세라 이야기

A Little Princess

세라 이야기

프랜시스 호지슨 버넷 지음 | 정영선 옮김 | 천은실 그림

CONTENTS

01. 세라 · 12

02. 프랑스어 수업 · 31

03. 어멘가드 · 43

04. 로티 · 57

05. 베키 · 72

06. 다이아몬드 광산 · 90

07. 다이아몬드 광산 뒷이야기 · 111

08. 다락방에서 · 146

09. 멜키세덱 · 165

10. 인도 신사 · 185

11. 람다스 · 205

12. 벽 건너편 · 222

13. 가난한 백성 · 237

14. 멜키세덱이 보고 들은 사실 · 255

15. 마법 · 263

16. 손님 · 311

17. 그 아이 · 338

18. 품위를 잃지 않는 공주님 · 352

19. 앤 · 372

"난 상상이 좋아.
상상하는 것만큼 근사한 것도 없거든.
마치 이야기 속 요정이 되는 것 같으니까.
뭐든 열심히 상상하면 진짜 같은 생각이 들어."

"세라 말로는 공주는 겉모습과는 상관이 없대.
부자인지 아닌지도 상관없고.
오로지 생각과 행동에 따라 공주가 된다는 거야."

"아주 많이 힘들 때는 열심히 공주님이 되는 상상을 해.

이렇게 혼잣말을 하지.

'나는 공주님이야. 요정 공주님.

요정이니까 그 무엇도 나를 괴롭히거나 화나게 할 수 없어.'

그러면 힘든 걸 다 잊어버리게 돼."

01
세라

　어두컴컴한 어느 겨울날, 런던은 거리마다 누런 안개가 짙게 깔려 있었다. 밤도 아닌데 가로등에는 불이 들어왔고 가게들은 창문마다 가스등 불빛을 환히 밝혀 놓았다. 그런 가운데 독특하게 생긴 여자아이 하나가 아버지와 함께 마차를 타고 널찍한 도로를 천천히 지나가고 있었다.

　다리를 포갠 채 아버지의 품에 안긴 여자아이는 지나가는 사람들을 물끄러미 쳐다보았다. 여자아이의 커다란 눈은 요즘 아이답지 않게 생각이 깊어 보였고 묘한 분위기를 풍겼다.

　여느 어린아이에게는 보기 힘든 표정이 여자아이의 조그만 얼굴에 떠올라 있었다. 열두 살쯤 된 아이라고 해도 어른스럽게 느껴지는 표정인데, 세라 크루는 겨우 일곱 살이었다. 사실 세라는 늘 엉뚱한 상상과 별난 생각에 잠겨 있는 아이였다. 어른들의 일과 세상에 대해 줄곧 생각해 왔다. 그래서 아주 오랜 세월 살아온 듯한 느낌이 들었다.

아버지 크루 대위와 함께 인도의 봄베이(현재 인도의 뭄바이: 옮긴이)를 떠나 이곳 런던으로 온 세라는 여행길에서 겪었던 일들을 떠올리고 있었다. 세라가 타고 온 커다란 배에서는 인도인 선원들이 이곳저곳을 조용히 지나다녔다. 뜨거운 갑판 위에서는 어린아이들이 놀고 있었다. 젊은 장교 부인들은 세라에게 말을 걸고는 세라의 대답에 웃음꽃을 피웠다.

세라는 참 이상하다고 생각했다. 분명히 태양이 이글이글 타오르는 인도에 있었는데, 다음 순간 너른 바다 한복판을 지나가더니, 어느덧 밤처럼 컴컴한 낮에 낯선 마차를 타고 낯선 거리를 달리고 있기 때문이었다. 어리둥절한 세라는 아버지에게 더 바짝 다가앉았다.

"아빠."

세라는 나지막하고 신비로운 느낌을 주는 목소리로 거의 속삭이듯 아버지를 불렀다.

"아빠."

크루 대위는 딸을 더욱 꼭 끌어안으며 아이의 얼굴을 내려다보았다.

"왜 그러니, 우리 딸? 우리 세라 무슨 생각 중이니?"

세라도 아버지 품으로 더 깊이 파고들며 소곤거렸다.

"여기가 '그곳'이에요? 여기예요, 아빠?"

"그래, 여기란다, 귀여운 세라야. 드디어 도착했구나."

세라는 일곱 살밖에 안 되었지만 자신의 물음에 대답하는 아버지가 슬퍼하고 있다는 것을 눈치챘다.

아버지는 몇 해 전부터 세라가 늘 '그곳'이라고 부르는 장소로 가는 데 마음의 준비를 하게 해주었다. 세라는 태어나자마자 어머니가 돌아가셨기 때문에 어머니의 사랑을 알지 못했고 그리움도 못 느꼈다. 젊고 잘생기고 부유한데다 딸을 애지중지하는 아버지가 세라에게는 유일한 가족이었다. 세라와 아버지는 늘 함께 지냈고 서로를 아꼈다.

세라는 다른 사람들이 아버지를 부자라고 하는 것을 들었다. 사람들은 세라가 듣는 줄도 모르고 그런 이야기를 나누었고, 세라도 어른이 되면 부자가 될 거라고 했다. 하지만 세라는 부자가 뭔지 잘 몰랐다. 태어날 때부터 부자로 늘 아름다운 집에 살았기 때문이었다. 여러 하인들이 세라를 '아가씨'라 부르며 허리를 굽혀 인사했고, 세라에게 무엇이든 다 해주었다. 장난감과 반려동물도 얼마든지 있었고, 세라를 떠받들어주는 인도인 유모도 있었다. 그래서 차츰 부자는 이런 것들을 갖춘 사람이라고 알게 되었지만, 세라가 아는 것은 그것이 다였다.

어린 세라에게는 괴로운 일이 딱 하나 있었는데, 언젠가 '그곳'으로 가야 한다는 사실이었다. 인도의 날씨는 어린아이가 지내기에는 적당치 않기 때문에, 아이들을 되도록 빨리 다른 곳으로 보내는 부모가 많았다. 아이들은 대부분 영국에서 학교를 다녔다. 세라도 다른 아이들이 떠나는 모습을 본 적이 있고, 어른들이 아이들에게 받은 편지 이야기를 하는 것도 많이 들었다. 그래서 '나도 가겠구나' 하고 짐작했다. 가끔 아버지가 들려주는 여행 이야기와 낯선 나라 이야기에 마음이 끌릴 때도 있었지만, 아버지와 함께 지낼 수 없다는 것을 떠올리면 괴로웠다.

세라는 다섯 살 때 아버지에게 이렇게 묻기도 했다.

"아빠, 나랑 같이 가면 안 돼요? 아빠도 학교에 가면 되잖아요? 공부라면 제가 도와드릴게요."

그럴 때마다 아버지는 이렇게 대답했다.

"귀여운 세라야, 별로 오래 있지 않아도 된단다. 네가 다닐 근사한 학교에는 여자아이들이 많으니 그 애들과 함께 놀면 돼. 아빠가 책도 많이 보내줄게. 금방 자랄 테니까 나중에 돌아보면 학교를 다닌 게 일 년도 채 안 된 것처럼 느껴질 거야. 어느새 아빠를 돌봐줄 만큼 똑똑하고 어른스러워져 있겠지."

세라도 그런 상상을 자주 했다. 집안 살림을 돌보고, 아버지와 함께 마차를 타고 돌아다니고, 손님을 초대해 식사할 때는 아버지와 함께 집주인 자리에 앉고, 아버지와 이야기를 나누며 아버지가 읽던 책을 보는 그런 상상 말이다. 그것이 세라가 세상에서 제일 간절히 바라는 일이었다. 반드시 영국의 '그곳'에 가야만 그 소망을 이룰 수 있다면 꼭 가야겠다고 마음먹었다. 다른 여자아이에게는 별로 관심이 없지만, 책을 많이 갖고 있으면 외롭지 않을 것 같았다. 세라는 무엇보다 책 읽기를 즐겼다. 그리고 항상 아름다운 이야기를 지어내어 혼잣말했다. 가끔은 아버지에게 들려주기도 했는데, 아버지도 세라만큼이나 즐거워했다.

세라가 아버지에게 나지막이 말을 건넸다.

"있잖아요, 아빠. 여기까지 왔으니 이젠 정말 포기해야겠네요."

아버지는 세라의 아이답지 않은 말에 웃으며 입 맞춰 주었다. 사실 아버지야말로 조금도 포기하지 못했지만 그런 마음은 비밀로 감춰두기로 했다. 독특한 꼬마 아가씨 세라는 지금껏 아버지에게 훌륭한 말벗이 되어 주었기 때문에, 아버지는 인도로 돌아가면 외롭겠다는 생각이 들었다. 이젠 집에 돌아가도 하얀 원피스를 입은 조그만 아이가 달려 나오는 일은 없을 테니 말이다. 그런 생각을 하며 아버지는 세라를 꼭 안아주었다. 그때 마차가 크고 칙칙한 광장으로 들어가 어떤 건물 앞에 멈춰 섰다.

주변의 다른 집과 똑같이 커다랗고 재미없는 벽돌 건물이었다. 문에는 반짝거리는 놋쇠 문패가 달려 있었다. 문패에는 '민친 여학교, 어린 숙녀를 양성하는 명문 기숙학교'라는 까만 글자가 새겨져 있었다.

"다 왔다, 세라야."

아버지 크루 대위는 애써 명랑하게 말했다. 세라를 마차에서 내려준 아버지는 건물 계단을 올라가 초인종을 눌렀다. 나중에 세라는 이 건물이 어쩐지 민친 교장과 닮았다는 생각을 자주 하게 되었다. 건물 외관은 그럴싸하게 잘 꾸며 놓았지만, 속에 든 것들은 모두 흉했다. 안락의자에는 딱딱한 뼈라도 들어 있는 것 같았다. 현관에 있는 물건은 모두 딱딱하고 반들반들했다. 구석에 놓인 큰 벽시계는 달처럼 동그란 문자판의 발그레한 양쪽 볼 부분조차 니스 칠을 잔뜩 한 것처럼 반들거렸다. 세라와 아버지가 안내받아 들어간 응접실에는 사각형 무늬가 들어간 카펫과 역시나 사각형 모양의 의자 여러 개가 있었다. 묵직한 대리석 벽난로 선반 위에는 묵직한 대리석 시계가 놓여 있었다.

세라는 딱딱한 마호가니 의자에 앉으며 얼른 주위를 둘러보고 아버지에게 말했다.

"아빠, 난 이곳이 마음에 들지 않아요. 하지만 아무리 용감한 군인이라도 전쟁터에 나가는 것이 썩 내키지는 않겠죠."

크루 대위는 그 말을 듣자마자 웃음을 터뜨렸다. 젊고 유머 감각이 풍부한 크루 대위에게 딸 세라의 엉뚱한 이야기는 아무리 들어도 질리지 않았다.

크루 대위는 딸에게 말했다.

"우리 귀여운 세라야, 이제 나한테 그런 진지한 이야기를 해줄 사람이 아무도 없으니 어쩌지? 너처럼 진지한 사람이 세상에 또 어디 있겠니."

세라가 되물었다.

"그런데 진지한 이야기에 아빠는 왜 그렇게 웃는 거예요?"

"그야 네가 너무 재미있게 이야기하니까 그렇지."

크루 대위는 여전히 웃으며 대답했다. 그러더니 갑자기 세라를 와락 끌어안고 힘껏 입을 맞추었다. 웃음기는 순식간에 사라지고 당장이라도 눈물을 흘릴 것 같은 표정이었다.

그때 민친 교장이 방으로 들어왔다. 세라는 민친 교장이 이 학교 건물과 굉장히 닮았다고 생각했다. 둘 다 키가 크고 재미없고 점잖으면서 보기 흉한 점이 그랬다. 민친 교장의 커다란 눈은 차갑고 가식적이었으며 활짝 미소 지은 모습도 그랬다. 세라와 크루 대위를 보자 민친 교장의 얼굴에 더욱 환한 미소가 번졌다. 크루 대위에게 이 학교를 소개해준 부인이 민친 교장에게 귀가 번쩍 뜨일 만한 이야기를 많이 해주었기 때문이다. 민친 교장은 무엇보다도 크루 대위가 어린 딸에게 기꺼이 어마어마한 돈을 쓸 수 있는 부자 아버지라는 이야기에 흡족했다.

민친 교장은 세라의 손을 잡고 쓰다듬으면서 이렇게 말했다.

"크루 대위님, 이렇게 예쁘고 장래가 촉망받는 아이를 맡게 되어 영광입니다. 메레디스 부인 말로는 따님이 아주 똑똑하다고 하더군요. 똑똑한 학생은 학교의 큰 보배죠."

세라는 아무 말 없이 민친 교장의 얼굴을 빤히 바라보며 서 있었다. 머릿속으로는 평소처럼 엉뚱한 생각을 하고 있었다.

'교장선생님은 왜 내가 예쁘다고 하실까? 나는 전혀 예쁘지 않은데? 예쁜 건 그레인지 대령님의 딸 이소벨이지. 보조개도 있고 뺨은 장밋빛인데다 머리카락도 길고 금발이니까. 나는 짧고 까만 머리에 눈도 초록색이잖아. 게다가 빼빼 말라서 하나도 예쁘지 않아. 내가 본 아이들 중에서는 내가 제일 못생겼어. 처음부터 거짓말을 하시다니.'

하지만 못생겼다는 것은 세라의 착각이었다. 아버지의 부대에서 예쁜 아이로 통하는 이소벨 그레인지와는 전혀 다르지만, 세라에게는 세라만의 묘한 매력이 있었다. 세라는 호리호리하고 몸이 유연했으며 또래보다 키가 약간 컸다. 강렬한 인상을 주는 조그마한 얼굴에는 사람을 끄는 힘이 있었다. 숱 많은 까만 머리는 끝부분만 살짝 곱슬거렸다. 초록빛이 감도는 회색 눈은 큼직하고 그윽했으며 속눈썹도 까맣고 길었다. 세라는 자신의 회색 눈이 마음에 들지 않았지만 다른 사람들은 세라의 눈을 예쁘다고 생각했다. 하지만 세라는 자신이 못생긴 아이라고 굳게 믿고 있어서 민친 교장이 추켜세워도 전혀 우쭐해하지 않았다.

세라는 계속 생각했다.

'내가 교장선생님더러 예쁘다고 한다면 그건 거짓말이야. 내가 말하면서도 거짓말이라는 생각이 들 거야. 물론 나도 교장선생님만큼 못생겼어. 닮지는 않았지만 나는 나대로 못생겼지. 교장선생님은 왜 그런 말을 하셨을까?'

세라는 민친 교장과 오랫동안 지낸 후에야 그 이유를 알 수 있었다. 민친 교장은 어느 누구든 아이를 데리고 온 학부모에게 똑같은 말을 해주었던 것이다.

세라는 아버지 곁에서 아버지와 민친 교장이 나누는 이야기를 가만히 듣고 있었다. 세라가 민친 여학교에 오게 된 것은 메레디스 부인의 두 딸이 이 학교에 다녔기 때문이다. 크루 대위는 메레디스 부인의 경험을 높이 샀다. 세라는 이 학교의 '특별 기숙생'이 되는데, 일반 기숙생보다 훨씬 더 큰 특권을 누리게 되었다. 작은 거실이 딸린 예쁜 침실을 혼자 쓰고 조랑말과 마차도 있었다. 인도에서 세라를 돌보던 유모를 대신해 하녀도 한 명 두게 되었다.

크루 대위는 세라의 손을 잡고 다독이면서 쾌활하게 웃는 얼굴로 말했다.

"이 아이 교육은 조금도 걱정하지 않습니다. 진도도 빠르고 공부도 열심히 하니까 오히려 말리느라 어려우실 겁니다. 항상 저 조그만 코를 책에 파묻고 앉아 있거든요. 교장선생님, 세라는 책을 읽는 게 아닙니다. 꼬마 여자애가 아니라 꼬마 늑대처럼 책 내용을 꿀꺽꿀꺽 삼킨답니다. 세라는 늘 새로운 책을 삼켜버리고 싶어 안달이랍니다. 크고 두껍고 심오한 어른들 책을 읽고 싶어 해요. 영어로 된 책뿐만 아니라 프랑스어와 독일어로 된 책도 탐내고 역사책과 위인전, 시, 그 외에도 온갖 종류의 책을 읽고 싶어 하죠. 세라가 책을 너무 많이 읽으면 책에서 떼어놓아 주십시오. 큰 길로 나가 조랑말을 타게 해도 좋고 새 인형을 사러 나가게 해도 좋겠네요. 세라는 인형 놀이를 더 많이 할 나이니까요."

그러자 세라가 말했다.

"아빠, 있잖아요. 그렇게 며칠에 한 번씩 새 인형을 사러 나가면 인형이 너무 많아져서 모두 사랑해줄 수 없을 것 같아요. 인형은 친한 친구여야 하잖아요. 저는 에밀리와 아주 친한 친구가 될 거예요."

크루 대위는 민친 교장을 바라보았고, 민친 교장은 크루 대위를 쳐다보았다.

민친 교장이 물었다.

"에밀리가 누구니?"

"말해드려, 세라야."

크루 대위가 미소를 지으며 세라에게 말했다.

그러자 세라의 초록빛 도는 회색 눈은 아주 진지하고 부드럽게 빛났다. 세라는 이렇게 대답했다.

"에밀리는 아빠가 저한테 사주실 인형이에요. 아직 만나지는 못했어요. 아빠와 함께 나가서 찾아보기로 했어요. 저는 그 인형을 에밀리라고 부를 거예요. 아빠가 없을 때 제 친구가 되어줄 테니까, 에밀리에게 아빠 이야기를 많이 들려주려고 해요."

가식적인 미소를 지은 민친 교장의 얼굴은 잔뜩 아부하는 모습으로 변했다. 민친 교장은 거짓 웃음을 터뜨리며 이렇게 말했다.

"어쩜 이렇게 창의력이 뛰어날까! 정말 사랑스러운 아이네요!"

크루 대위는 세라를 가까이 끌어당기며 말했다.

"맞아요. 아주 사랑스러운 아이죠. 제가 없어도 이 아이를 잘 보살펴 주십시오, 민친 교장 선생님."

세라는 호텔에서 아버지와 여러 날 함께 지냈다. 아버지가 배를 타고 인도로 돌아갈 때까지 함께 지낸 것이다. 아버지와 세라는 커다란 가게를 여러 군데 돌아다니며 온갖 물건을 잔뜩 샀다. 세라에게 필요한 것보다 훨씬 많았다. 하지만 크루 대위는 성미가 급하고 단순한 젊은이라서 어린 딸이 마음에 들어하는 물건은 물론이고, 자신의 마음에 드는 물건까지 다 사주고 싶어 했다. 일곱 살 아이에게 과할 만큼 엄청나게 고급스러운 옷도 잔뜩 사들였다. 값비싼 모피 장식이 달린 벨벳 원피스도 샀고, 레이스 달린 원피스와 자수를 놓은 원피스, 부드럽고 멋진 타조 깃털로 장식한 모자에 흰담비 털로 만든 코트와 손토시도 샀다. 앙증맞은 장갑과 손수건도 몇 상자씩 샀고, 비단으로 만든 긴 양말도 언제 다 신을까 싶을 정도로 사들였다.

공손한 태도의 젊은 여종업원들은 계산대 뒤에서 자기들끼리 속삭였다. 커다란 눈이 진지해 보이는 저 독특한 여자아이는 어딘가 낯선 나라의 공주임에 분명하다, 어쩌면 인도 국왕의 막내딸일지도 모른다고 소곤거렸다.

그러다가 두 사람은 마침내 에밀리를 찾아냈다. 에밀리를 찾아낼 때까지는 장난감 가게를 숱하게 돌아다니고 인형을 수없이 들여다보아야 했다.

　세라가 말했다.

　"에밀리는 인형이 아니라 진짜 사람처럼 보였으면 해요. 내가 이야기할 때 '들어주는' 것처럼 보였으면 좋겠거든요."

　그러고 나서 머리를 갸우뚱 기울이고는 생각에 잠기며 말했다.

　"인형의 문제는요, 아빠, 인형은 전혀 '알아듣는' 것 같지가 않다는 거예요."

　그래서 두 사람은 수많은 인형을 살펴보았다. 큰 인형과 작은 인형, 까만 눈의 인형과 파란 눈의 인형, 갈색 곱슬머리 인형과 금발을 땋아 내린 인형, 예쁜 옷을 차려입은 인형과 옷을 입지 않은 인형까지 샅샅이 찾아보았다.

　옷을 입지 않은 인형을 살펴보던 세라가 말했다.

　"아빠, 에밀리를 찾았는데 옷을 입지 않았다면 드레스 가게에 데려가서 몇 벌 만들어 달라고 해야겠어요. 입혀 보면서 만든 옷이 더 잘 맞을 테니까요."

　에밀리 찾기에 여러 번 실패한 아버지와 딸은 마차에서 내려 걸어가면서 가게 진열창을 하나하나 들여다보기로 했다. 마차는 두 사람 뒤를 천천히 따라갔다. 가게 두세 군데는 안으로 들어가 보지도 않고 지나쳤다. 그다지 크지 않은 어느 가게 쪽으로 걸어가는데, 갑자기 세라가 아버지의 팔을 잡아당기며 소리쳤다.

"앗, 아빠! 에밀리예요!"

세라는 기쁜 나머지 얼굴이 빨갛게 물들었다. 초록빛이 도는 회색 눈은 아주 좋아하는 친구를 만난 양 반짝거렸다.

"에밀리가 저기서 우리를 기다리고 있나 봐요! 우리 에밀리한테 가 봐요."

세라의 말에 크루 대위가 답했다.

"저런, 에밀리에게 우릴 소개해줄 사람이 있어야 할 것 같구나."

그러자 세라가 말했다.

"아빠가 절 소개해 주세요. 저는 아빠를 소개하고요. 저는 에밀리를 보자마자 한눈에 알아봤거든요. 아마 에밀리도 저를 알아볼 거예요."

정말 그랬을지도 모르겠다. 세라가 에밀리를 안아 올렸을 때, 에밀리의 눈이 아주 초롱초롱하게 빛났으니까 말이다. 에밀리는 커다란 인형이었지만 안고 다니기 힘들 만큼 크지는 않았다. 금빛이 도는 갈색 머리카락은 자연스럽게 물결치며 몸 위로 흘러내렸고, 깊고 투명한 회색빛을 띤 파란색 눈에 부드럽고 숱 많은 속눈썹도 있었다. 그려 넣은 것이 아니라 진짜 속눈썹이었다.

세라는 에밀리를 무릎에 올려놓고 가만히 들여다보며 말했다.

"틀림없어요, 아빠. 이 아이가 에밀리예요."

이제 에밀리의 물건을 살 차례였다. 에밀리의 옷을 살 때도 어린이 옷가게에 가서 세라의 옷만큼 고급스러운 옷을 잔뜩 맞추었다. 레이스 달린 드레스는 물론이고 벨벳 드레스, 모슬린 드레스, 코트와 모자, 예쁜 레이스로 장식한 속옷, 장갑과 손수건과 모피도 있었다.

세라가 말했다.

"에밀리가 항상 좋은 엄마와 함께 있는 아이처럼 보였으면 좋겠어요. 제가 엄마예요. 에밀리와 친구이면서 엄마도 되어줄 거예요."

크루 대위는 세라와 물건을 사러 돌아다니는 것이 못내 즐거웠지만, 슬픔을 떨칠 수가 없었다. 조금 있으면 이 사랑스럽고 독특한 꼬마 친구와 떨어져 있어야 한다는 생각이 계속 맴돌았던 것이다.

크루 대위는 한밤중에 잠자리에서 일어나 에밀리를 품에 안고 잠든 딸의 모습을 내려다보았다. 베개 위로 흐트러진 세라의 까만 머리카락이 에밀리의 금빛 도는 갈색 머리카락과 한데 뒤섞여 있었다. 둘 다 레이스가 나풀거리는 잠옷 차림이었고 기다란 속눈썹이 뺨 위에 내려앉은 모습이었다. 에밀리가 어찌나 진짜 아이처럼 보이던지, 크루 대위는 에밀리가 있어서 다행이라는 생각까지 들었다. 크루 대위는 한숨을 푹 쉬었다가 아이 같은 표정으로 콧수염을 잡아당기며 혼잣말을 했다.

"아이고, 귀여운 세라야! 나중에 네 아빠는 네가 얼마나 보고 싶을까."

이튿날 크루 대위는 민친 여학교에 가서 세라를 맡겨 두고 나왔다.

크루 대위는 아침 배를 타고 영국을 떠날 예정이었다. 민친 교장에게
는 영국에서 일어나는 일은 변호사인 배로 씨와 스킵워스 씨의 사무
실에서 맡아 처리한다고 알려주었다. 두 변호사에게 상의하면 무엇
이든 도움을 줄 것이고, 세라를 위해 쓴 돈도 그쪽에 이야기하면 치러
줄 것이라고 설명했다. 자신은 일주일에 두 번씩 세라에게 편지를 쓸
것이며, 세라가 해달라는 것은 무엇이든 다 들어 달라는 부탁도 했다.

크루 대위가 말했다.

"세라는 어려도 분별력 있는 아이여서 무리한 것은 바라지 않을 겁
니다."

크루 대위는 세라가 쓸 방의 작은 거실로 들어가 딸과 작별 인사를
나누었다. 아버지의 무릎에 앉은 세라는 조그만 손으로 코트 자락을
붙잡고 아버지의 얼굴을 오랫동안 뚫어지게 바라보았다.

"귀여운 세라야, 내 얼굴을 외우려는 거니?"

크루 대위가 세라의 머리를 쓰다듬으며 말했다.

세라는 이렇게 대답했다.

"아뇨, 아빠 얼굴은 이미 외웠어요. 아빠는 늘 제 마음속에 있으니
까요."

아버지와 세라는 서로 절대 떨어지지 않을 것처럼 꼭 끌어안고 입
맞춤을 했다.

마차가 학교 문을 나설 때 세라는 거실 바닥에 앉아 있었다. 양손으

로 턱을 괴고 앉아 눈길로 아버지가 탄 마차를 좇았다. 이윽고 마차는 광장 모퉁이를 돌아 사라졌다. 에밀리도 세라 옆에 앉아 마차를 배웅하고 있었다. 잠시 후 민친 교장은 여동생인 아멜리아 선생에게 세라가 무엇을 하고 있는지 보고 오라고 했다. 그러나 세라의 방문은 열리지 않았다.

방 안에서는 예의 바르면서도 작고 독특한 목소리가 들려왔다.

"제가 문을 잠갔어요. 괜찮다면 혼자 있게 해주시겠어요?"

뚱뚱하고 작달막한 아멜리아 선생은 언니를 매우 두려워했다. 언니인 민친 교장보다 훨씬 착한 사람이었지만 언니의 말이라면 결코 거스르는 일이 없었다. 아멜리아 선생은 놀란 얼굴로 아래층으로 내려가서 이렇게 말했다.

"언니, 난 저렇게 아이답지 않고 이상한 애는 본 적이 없어요. 문을 잠그고 들어앉아 숨소리 하나 내지 않고 가만히 있더라니까요."

그러자 민친 교장이 대꾸했다.

"다른 애들처럼 발길질을 하면서 빽빽 우는 것보다 훨씬 낫군. 나는 이 아이도 응석받이라 학교가 떠나가라 소란 피울 줄 알았지. 뭐든 자기 마음대로 하던 아이였을 테니까 말이야."

아멜리아 선생이 말했다.

"내가 그 아이 여행 가방을 열고 짐 정리를 해주었는데 말이에요, 난 여태 그런 물건은 본 적도 없어요. 코트에는 흑담비 털과 흰담비 털이 달려 있고요, 속옷에는 진짜 프랑스산 고급 레이스가 달려 있더라고요. 언니도 그 아이 옷을 봤잖아요. 언니는 어떻게 생각해요?"

민친 교장은 날카롭게 쏘아붙였다.

"정말 터무니없는 옷이지. 하지만 일요일에 학생들을 교회에 데려갈 때 그런 옷을 입은 아이가 맨 앞에 있으면 꽤 그럴듯해 보이겠지. 그 아이는 공주님처럼 부족한 것 없이 살았으니 말이야."

이층에서는 세라와 에밀리가 방문을 잠그고 바닥에 앉아 마차가 사라진 길모퉁이를 하염없이 바라보고 있었다. 마차에 있던 크루 대위도 마차를 멈추고 싶은 마음을 애써 참는 듯, 계속 뒤를 돌아보며 손을 흔들고 손키스를 보냈다.

02
프랑스어 수업

다음날 아침, 세라가 교실에 들어가자 모든 학생이 눈을 동그랗게 뜨고 호기심 어린 눈길로 세라를 쳐다보았다. 스스로 다 컸다고 생각하는 열세 살 라비니아 허버트부터 학교의 막내인 네 살 로티 레그까지, 세라에 대해 이미 여러 이야기를 들은 후였다. 세라가 민친 교장의 자랑이자 학교의 자랑인 것은 분명했다. 전날 밤 도착한 프랑스인 하녀 마리에트를 언뜻 본 학생도 한두 명 있었다. 라비니아는 온갖 핑계를 대어 세라의 방 앞을 지나갔는데, 마침 문이 열려 있어 마리에트의 모습을 볼 수 있었다. 마리에트는 어느 상점에서 뒤늦게 보내온 옷 상자를 여는 중이었다.

라비니아는 지리 교과서 위로 몸을 숙이고 친구 제시에게 소곤거렸다.

"상자에 레이스 주름 장식이 달린 속치마가 가득했어. 주름 장식이 여기저기 잔뜩 달려 있더라고. 하녀가 옷을 털어 바로잡는 걸 봤거든. 민친 교장선생님이 아멜리아 선생님한테 하는 이야기도 들었어. 쟤 옷이 너무 화려해서 어린아이가 입기에는 터무니없다고 하셨어. 우리 엄마가 아이들은 수수한 옷을 입어야 한다고 늘 말씀하셨거든. 저 애가 지금 입고 있는 게 어제 그 속치마야. 아까 앉을 때 봤어."

제시도 지리 교과서 위로 몸을 숙이며 소곤거렸다.

"비단 양말도 신고 있어. 발이 어쩜 저렇게 작을까! 저렇게 앙증맞은 발은 처음 봐."

그러자 라비니아가 코웃음을 치며 심술궂게 말했다.

"에이, 신발 때문에 그렇게 보이는 거야. 우리 엄마가 그러셨어. 영리한 구두장이라면 발이 작아 보이는 구두를 만들 수 있대. 저 애는 하나도 안 예쁜 것 같아. 눈 색깔이 너무 이상해."

제시는 몰래 교실 안을 둘러보며 속삭였다.

"다른 예쁜 아이들 같지는 않네. 그래도 자꾸 돌아보게 되는걸. 속눈썹도 엄청 길어. 눈은 초록색에 가까운 것 같아."

세라는 자기 자리에 조용히 앉아서 민친 교장의 지시를 기다리고 있었다. 세라의 자리는 민친 교장의 책상 옆이었다. 세라는 여러 아이들이 자신을 쳐다보고 있는데도 전혀 부끄러워하지 않았다. 오히려 자신을 바라보는 아이들을 호기심 어린 표정으로 말없이 바라보았다. 세라는 아이들이 무슨 생각을 하는지 궁금했다.

'이 아이들은 민친 교장선생님을 좋아할까? 수업은 재미있을까? 우리 아빠 같은 아빠를 둔 아이도 있을까?'

세라는 그날 아침 오랫동안 에밀리에게 아버지 이야기를 해줬다.

"아빠는 지금 바다 위에 계셔. 우린 틀림없이 좋은 친구가 될 거야. 서로 이야기도 많이 나누자. 에밀리, 어디 보자. 너는 눈이 정말 예쁘구나. 네가 말을 할 수 있으면 좋을 텐데."

세라는 상상력이 풍부했고 엉뚱한 생각도 많이 했다. 특히 에밀리가 살아 있어서 정말로 이야기를 듣고 공감해준다는 상상은 세라에게 큰 위로가 되었다. 그날 아침 마리에트는 학교에 가는 세라에게 짙은 파란색 원피스를 입혀주고 역시나 같은 색의 리본으로 머리를 묶어주었다. 옷 입기가 끝나자 세라는 인형 의자에 앉아 있는 에밀리에게 책을 한 권 놓아주면서 말했다.

"내가 아래층에 있는 동안 읽고 있어."

세라는 그런 자신의 모습을 신기한 듯 바라보고 있는 마리에트를 향해 조그만 얼굴에 진지한 표정을 하고 말했다.

"저는 인형들이 여러 가지 일을 할 수 있는데 우리에게는 숨기려 한다고 생각해요. 사실 에밀리도 책을 읽고 말을 하고 걸을 수 있을 거예요. 하지만 사람들이 방 안에 없을 때만 그렇게 하겠죠. 에밀리만의 비밀이라서요. 인형이 여러 가지 일을 할 수 있다는 사실이 알려지면 사람들이 인형에게 이것저것 시킬 테니까요. 그래서 인형들끼리 비밀로 하자고 약속했나 봐요. 방 안에 사람이 있으면 에밀리는 그냥 저기 앉아서 앞만 보고 있을 거예요. 하지만 사람이 방에서 나가면 에밀리는 책을 읽기 시작할 거예요. 아니면 창가로 가서 밖을 내다보겠죠. 그러다가 누군가 오는 소리가 들리면 급히 자기 자리로 돌아가서 계속 거기 있었던 것처럼 시치미 떼는 거예요."

"콤 엘레 드롤!(프랑스어로 '재미있는 아가씨네!'라는 뜻: 옮긴이)"

마리에트는 프랑스어로 혼잣말을 중얼거리고는 아래층으로 가서 하녀장에게 이 이야기를 해주었다. 마리에트는 벌써 세라가 좋아지기 시작했다. 총명해 보이는 조그만 얼굴에 흠잡을 데 없이 예의 바른 독특한 꼬마 아가씨가 마음에 들었다. 전에 돌봐주었던 아이들은 그다지 예의 바르지 못했는데, 세라는 아주 기품 있는 아이였다. 세라는 늘 다정한 말투로 고마움을 담아 "부탁해요, 마리에트."라든가 "고마워요, 마리에트."라고 말했다. 아주 사랑스러운 태도로 말이다. 하녀장과 이야기를 나누던 마리에트는 세라가 자신에게 고맙다고 할 때 귀부인에게 이야기하듯 한다며 이렇게 덧붙였다.

"작은 공주님 같다니까요."

마리에트는 새로 시중들게 된 아가씨가 좋았고 머물게 된 곳도 마음에 들었다.

세라가 교실에 들어와 앉은 뒤 몇 분이 흘렀다. 그동안 학생들의 눈길은 세라를 향해 있었다. 이윽고 민친 교장이 고상한 태도로 책상을 톡톡 두드리고는 말했다.

"여러분, 새 친구를 소개하려고 해요."

학생들이 전부 자리에서 일어났다. 세라도 일어났다. 민친 교장이 말을 이었다.

"모두들 세라 크루 양에게 아주 친절하게 대해주기 바랍니다. 크루 양은 먼 곳에서 왔거든요. 인도에서 왔죠. 수업 시간 끝나면 서로 인사 나누세요."

학생들은 깍듯하게 머리 숙여 인사했고, 세라도 무릎을 약간 구부리는 인사로 답례했다. 그런 다음 모두 자리에 앉아 서로를 쳐다보았다.

"세라, 이리 와보렴."

민친 교장이 선생다운 태도로 세라를 불렀다. 그리고 책상에서 책을 한 권 꺼내더니 책장을 휘리릭 넘겨보았다. 세라는 예의 바르게 민친 교장 앞으로 갔다.

민친 교장은 세라에게 말했다.

"아버지께서 프랑스인 하녀를 고용하셨더구나. 네가 프랑스어를 공부하는 데 도움이 되길 바라신 것 같다."

세라는 조금 이상하다는 생각이 들어 이렇게 말했다.

"교장선생님, 아빠는 제가 마음에 들어 할 거라고 생각하셔서 마리에트를 부르신 것 같아요."

그러자 민친 교장은 살짝 심술궂은 미소를 지으며 말했다.

"넌 너무 응석받이로 자라서 항상 모든 일이 네 마음에 들기 때문에 일어난다고 생각하는 모양이로구나. 내가 보기에 아버지는 네 프랑스어 실력이 늘기를 바라신 것 같다."

세라가 조금 더 나이가 많았거나 예의를 조금만 덜 갖추었다면 자신의 상황을 몇 마디로 간단하게 설명할 수 있었을 것이다. 하지만 지금의 세라는 어린데다 예의를 너무 갖추느라 그러지 못했다. 세라는 볼이 빨갛게 달아오르는 것을 느꼈다. 민친 교장은 엄격하고 강압적인 사람이었다. 게다가 세라가 프랑스어를 전혀 모른다고 굳게 믿고 있는 듯했다. 그 생각이 틀렸다고 바로잡아주는 것은 무례한 일이 될 것 같았다.

사실 세라는 언제부터였는지도 기억나지 않을 정도로 오래전부터 프랑스어를 알고 있었다. 세라가 아기였을 때부터 아버지는 줄곧 프랑스어로 말을 걸었다. 세라의 어머니는 프랑스 사람이었고 크루 대위는 아내가 쓰던 말을 아주 좋아했다. 세라는 항상 프랑스어를 듣고 자라 익숙했다.

"음, 저는 프랑스어를 배운 적은 없지만……."

세라는 수줍게 설명하려고 입을 열었다.

민친 교장에게는 비밀스런 골칫거리가 하나 있었는데, 바로 프랑스어를 할 줄 모른다는 것이었다. 민친 교장은 이 사실을 숨기고 싶어 했다. 이 문제를 계속 이야기하다가 새로 온 어린 학생이 멋모르고 이것저것 물어보기라도 하면 큰일이라는 생각이 들었다.

"그만."

민친 교장은 예의를 지키면서도 엄하게 세라의 말을 막았다. 그리고 이렇게 말했다.

"배운 적이 없으면 당장 배워야지. 조금 있으면 프랑스어를 가르치는 뒤파르주 선생님이 들어오실 게다. 선생님 오실 때까지 이 책을 가져가서 예습해라."

세라는 양 볼이 화끈거리는 것을 느끼며 자리로 돌아와 책을 펼쳤다. 그리고 심각한 표정으로 첫 페이지를 들여다보았다. 이런 상황에서 미소를 짓는다면 무례한 일이 될 테고, 세라는 예의에 어긋나는 행동은 하지 않기로 굳게 결심했기 때문이다. 하지만 '아버지'를 뜻하는 '페르'나 '어머니'를 뜻하는 '메르' 같은 단어를 공부해야 한다니, 왠지 이상했다.

그때 민친 교장이 세라를 싸늘한 눈길로 쳐다보며 말했다.

"세라, 조금 못마땅한가 보구나. 프랑스어 공부가 하기 싫다니 유감스럽구나."

세라는 다시 설명해보려고 했다.

"저는 프랑스어를 아주 좋아해요. 하지만……."

"선생님 말씀에 토를 달면 안 돼. 예습 계속해라."

민친 교장이 말을 잘랐다.

세라는 민친 교장의 말에 따랐다. '아들'을 뜻하는 '피스'나 '남자 형제'를 뜻하는 '프레르'와 같은 단어가 눈에 띄어도 웃지 않았다. 그리고 생각했다.

'뒤파르주 선생님이 오시면 말씀드릴 수 있을 거야.'

잠시 후 뒤파르주 선생이 들어왔다. 점잖고 지적인 중년의 프랑스인 남자 선생이었다. 세라는 예의 바르게 단어 공부에 몰두하는 것처럼 보이려 애썼다. 뒤파르주 선생은 그런 세라를 재미있다는 표정으로 바라보았다.

뒤파르주 선생이 민친 교장에게 물었다.

"이 학생이 새로 온 학생인가요? 좋은 학생이었으면 싶군요."

민친 교장이 대답했다.

"저 학생의 아버지 크루 대위는 아이가 프랑스어 공부를 시작하기만을 간절히 바라고 있답니다. 하지만 이 아이는 프랑스어에 대해 유치한 편견이 있는 것 같아요. 공부하고 싶지 않은 것 같더군요."

뒤파르주 선생은 다정한 태도로 세라에게 말을 건넸다.

"안됐군요, 마드모아젤(프랑스로 '아가씨'라는 뜻: 옮긴이). 하지만 함께 공부를 시작하면 프랑스어가 얼마나 아름다운지 알게 될 거예요."

세라는 자리에서 일어났다. 마음이 다급해졌고 창피한 느낌까지 들었다. 세라는 초록빛이 도는 커다란 회색 눈으로 뒤파르주 선생의 얼굴을 올려다보았다. 천진난만하게 잔뜩 호소하는 듯한 눈빛이었다. 세라는 이야기를 하면 선생이 이해해줄 것이라고 생각했다. 그래서 아름답고 유창한 프랑스어로 간결하게 상황을 설명하기 시작했다. 물론 민친 교장은 알아들을 수 없었다.

세라는 프랑스어를 제대로 배운 적이 없었다. 책으로 공부한 적도 없었다. 하지만 아버지와 다른 사람들이 항상 프랑스어로 말을 걸었기 때문에 프랑스어를 할 수 있었고, 곧 영어를 읽고 쓰면서 프랑스어도 읽고 쓰게 되었다. 세라의 아버지는 프랑스어를 아주 좋아했고 세라도 프랑스어를 좋아하게 되었다. 세라를 낳다가 돌아가신 사랑하는 어머니가 프랑스인이었던 것이다. 세라는 그런 상황을 이야기한 후, 뒤파르주 선생이 가르쳐주는 것은 무엇이나 즐겁게 배우겠지만 교과서에 나오는 단어는 이미 다 알고 있으며, 아까 민친 교장에게 그 이야기를 하려던 참이었다고 설명했다. 그러면서 프랑스어 단어 교과서를 내밀었다.

세라가 이야기를 시작하자 민친 교장은 기분이 몹시 언짢아졌다. 세라가 이야기를 마칠 때까지 민친 교장은 안경 너머로 세라를 뚫어져라 쳐다보며 분한 표정으로 앉아 있었다.

뒤파르주 선생은 미소를 지었다. 아주 흐뭇한 미소였다. 아이답고 예쁜 목소리로 자신의 모국어를 아주 간결하게, 매력적으로 이야기하는 것을 듣고 있으니 뒤파르주 선생은 고향에 온 것 같은 느낌이 들었다. 어두컴컴하고 안개 낀 날이 많은 런던에 있다 보면 머나먼 딴 세상처럼 아득하게 느껴지는 고향, 프랑스에 온 기분이었다. 세라가 이야기를 마치자 뒤파르주 선생은 사랑스럽다는 표정으로 세라에게서 프랑스어 단어 교과서를 받아 들었다. 그러더니 민친 교장에게 이렇게 말했다.

"아, 교장선생님. 이 학생에게는 가르칠 것이 별로 없네요. 프랑스어를 배운 적은 없는 것 같아요. 그냥 프랑스인이네요. 억양이 아주 아름답습니다."

민친 교장은 창피하고 분한 나머지 세라를 향해 소리쳤다.

"진작 말을 했어야지."

세라가 대답했다.

"아…… 말씀드리려고 했어요. 그런데 말을 제대로 꺼내지 못한 것 같아요."

민친 교장은 세라가 이야기하려고 했다는 것을 알았고, 세라의 잘못이 아니라는 사실도 알고 있었다. 그때 귀를 기울이고 있는 학생들이 민친 교장의 눈에 띄었다. 라비니아와 제시가 프랑스어 문법 교과서로 얼굴을 가리고 키득거렸기 때문이다. 민친 교장은 화가 치밀어 올랐다.

민친 교장은 엄하게 책상을 탁탁 두드리며 말했다.

"여러분, 조용히 하세요! 당장 조용히 해요!"

이때 이후로 민친 교장은 학교의 자랑이라 생각했던 세라를 눈엣가시처럼 여기게 되었다.

03
어멘가드

　세라는 첫날 민친 교장 옆에 앉아 있었다. 세라도 교실 안 학생들 전부가 세라의 일거수일투족을 관찰하고 있는 것을 느꼈다. 얼마 지나지 않아 세라 또래의 여자아이 하나가 세라의 눈에 띄었다. 그 아이는 약간 흐릿해 보이는 밝은 파란색 눈동자로 세라를 아주 뚫어지게 쳐다보았다. 몸집이 큰 아이였는데, 영리해 보이지는 않았지만 순진해 보이는 입술을 비쭉 내밀고 있었다. 옅은 금발 머리를 리본으로 꽉 묶어 땋아 내렸고, 그렇게 땋아 내린 머리가 목까지 내려왔다. 아이는 책상 위에 팔꿈치를 얹고 리본 끝을 잘근잘근 씹으며 새로 온 학생을 신기한 듯 빤히 쳐다보고 있었다.

　뒤파르주 선생이 세라에게 처음 말을 걸었을 때, 그 아이는 약간 겁을 먹은 듯했다. 그러다가 세라가 앞으로 나와 천진난만하게 호소하는 눈빛으로 선생을 바라보며 유창한 프랑스어로 대답하자, 이 뚱뚱한 여자아이는 놀랐는지 크게 움찔했다. 놀라면서도 경외하는 마음에 얼굴이 새빨개졌다. 이 아이는 프랑스어로 '메르'가 '어머니'고 '페르'가 '아버지'라는 것을 익히느라 몇 주 동안 눈물을 쏟으며 애를 써야 했다. 그런데 새로 온 또래 여자아이 세라는 그런 단어를 이미 잘 알고 있을 뿐 아니라 다른 프랑스어 단어도 많이 아는 듯했다. 게다가 프랑스어 동사도 별것 아니라는 듯 물 흐르듯이 말하는 것을 두 귀로 똑똑히 들었다. 이 아이에게는 엄청난 일이었다.

그래서 세라를 그토록 뚫어져라 처다보며 머리를 묶은 리본을 잘근잘근 씹었던 것이다. 마침 화가 잔뜩 난 민친 교장은 이 모습을 보자마자 야단을 쳤다.

"어멘가드, 수업 태도가 그게 뭐냐? 팔꿈치 떼라! 리본도 입에서 빼고! 당장 똑바로 앉지 못해?"

민친 교장은 엄한 목소리로 호통을 쳤다.

어멘가드는 한 번 더 크게 움찔했다. 라비니아와 제시가 키득거리자 어멘가드의 얼굴이 점점 더 빨개졌다. 사실 빨개지다 못해 아이의 불쌍한 눈, 흐릿하고 순진한 눈에서는 금방이라도 눈물이 굴러떨어질 것 같았다. 그 모습을 본 세라는 안쓰러운 마음에 그 아이에게 호감을 갖게 됐고, 친구가 되고 싶다고 생각했다. 세라는 늘 그랬다. 항상 누군가 곤란한 일 때문에 속상해하면 자신도 그 속으로 뛰어들고 싶어 했다.

아버지는 세라에게 종종 이런 말도 했다.

"우리 세라가 몇백 년 전에 남자아이로 태어났다면 온 나라를 돌아다니면서 칼을 뽑아 들고 곤란에 처한 사람들을 구해주고 지켜줬을 거야. 항상 어려운 사람을 보면 도와주고 싶어 하니 말이야."

세라는 뚱뚱하고 굼뜬 어멘가드가 좋아지기 시작해서 그날 오전 내내 계속 그쪽을 곁눈질했다. 세라가 살펴보니 그 아이에게 공부는 쉬운 일이 아니었다. 학교의 자랑이자 모범생 대접을 받는 거만한 아이일 가능성은 전혀 없었다. 프랑스어 실력은 보기 딱할 정도였다. 발음이 엉망이라 뒤파르주 선생조차 피식 웃고 말았다. 라비니아와 제시처럼 잘하는 아이들은 키득키득 비웃거나 무시하는 태도로 그 아이를 쳐다보았다. 세라는 웃지 않았다. 어멘가드가 '르 봉 펭'(프랑스어로 '맛있는 빵'이라는 뜻: 옮긴이)을 '리 봉 팡'이라고 했을 때도 못 들은 척했다. 세라는 감정이 섬세하면서도 약간 불같은 성미가 있었다. 키득거리는 소리에 불쌍하고 둔한 아이가 괴로워하는 모습을 보자 화가 났다.

세라는 교과서 위에 엎드려 입속말로 중얼거렸다.

"사실 웃긴 게 아닌데. 저렇게 웃으면 안 돼."

수업이 끝나자 친한 학생들끼리 삼삼오오 모여 이야기를 나누었다. 세라가 둘러보니 어멘가드는 창가 벤치로 밀려나 처량하게 앉아 있었다. 세라는 다가가서 말을 걸었다. 여자아이들끼리 처음 인사할 때 으레 하는 말이었다. 특별한 말은 아니었지만, 세라의 말투에는 다정함이 느껴져서 듣는 사람은 누구나 알 수 있었다.

세라가 물었다.

"이름이 뭐야?"

어멘가드는 깜짝 놀랐다. 새로운 학생이 오면 다들 어떤 아이일지 궁금해한다. 전날 밤, 전교생들은 지쳐서 잠들 때까지 한껏 들떠 새로 온 학생 세라에 대해 자신이 들은 이야기가 맞다며 서로 옥신각신했다. 마차와 조랑말이 있고 하녀가 딸려 있으며 인도에서 왔다는 새 학생은 결코 평범하지 않았다. 이런 학생이 말을 걸다니, 놀라웠다.

어멘가드가 대답했다.

"내 이름은 어멘가드 세인트존이야."

그러자 세라가 말했다.

"내 이름은 세라야. 네 이름, 참 예쁘다. 동화책에 나오는 이름 같아."

어멘가드가 떨리는 목소리로 말했다.

"내 이름이 좋아? 나도, 나도 네 이름이 마음에 들어."

어멘가드에게 인생 최대의 고민은 똑똑한 아버지였다. 어떨 때는 아버지의 존재가 끔찍한 재앙처럼 느껴지기도 했다. 아버지는 아는

것이 많았다. 구사할 줄 아는 외국어가 일고여덟 가지였고 몇천 권이나 되는 책의 내용을 똑똑히 외우고 있었다. 보통 그런 아버지라면 자식이 적어도 교과서 내용만큼은 훤히 알 것이라 생각한다. 몇 가지 중요한 역사적 사건쯤은 당연히 알아야 하고, 프랑스어 작문도 기본이라고 여기는 것이다. 아버지 세인트존 씨에게도 어멘가드는 골칫덩이였다. 아버지는 자기 딸이 잘하는 게 하나도 없는 아둔한 아이라는 사실을 이해할 수 없었다. 그 때문에 어멘가드를 빤히 보면서 여러 번 이렇게 말했다.

"맙소사! 가끔씩 저 애는 쟤 고모 엘리자만큼이나 멍청하다는 생각이 들어."

엘리자 고모는 배우는 것이 더디고 배운 것도 금세 까먹는 사람이었다. 어멘가드는 그런 고모를 놀랄 만큼 닮았다. 어멘가드가 학교 공부에서 엄청나게 뒤처져 있다는 것은 어쩔 수 없는 사실이었다.

어멘가드의 아버지는 민친 교장에게 이렇게 부탁했다.

"이 아이는 공부를 단단히 시켜야 합니다."

결국 어멘가드는 학교에서 대부분의 나날을 창피해하거나 눈물을 흘리며 보내게 되었다. 어멘가드는 배운 것을 잊어버리기 일쑤였고, 간신히 기억하더라도 이해하지 못했다. 어멘가드가 세라를 엄청난 선망의 눈길로 바라보는 것도 무리는 아니었다.

어멘가드가 예의 바르게 말했다.

"넌 프랑스어를 할 수 있지?"

크고 널찍한 창가 벤치에 올라 앉은 세라는 양손으로 무릎을 감싼 뒤 대답했다.

"내가 프랑스어를 할 수 있는 건 어릴 때부터 계속 들어서 그래. 매일 프랑스어를 들었다면 너도 할 수 있었을 거야."

그러자 어멘가드가 말했다.

"아니, 아니야. 나라면 못 했을 거야. 절대 할 수 없었을걸!"

"왜?"

세라는 궁금한 얼굴로 물었다.

어멘가드는 고개를 가로저었다. 그러는 바람에 땋아내린 머리가 좌우로 흔들렸다.

어멘가드가 말했다.

"방금 수업 시간에 들었잖아. 나는 늘 그래. 단어 몇 개조차도 제대로 말하지 못하는걸. 발음이 너무 이상해."

어멘가드는 잠깐 말을 멈추었다가 존경과 경외가 뒤섞인 목소리로 이렇게 말했다.

"넌 똑똑하잖아. 그렇지?"

세라는 창밖의 우중충한 광장을 내다보았다. 비에 젖은 쇠 난간과 거무스름한 나뭇가지에 앉은 참새들이 폴짝폴짝 뛰어오르며 지저귀고 있었다. 어멘가드의 말에 세라는 잠시 생각해보았다. 세라는 똑똑하다는 말을 자주 들었다. 그런데 자신이 정말 똑똑한지 궁금해졌다. 정말 똑똑하다면 어떻게 해서 똑똑해졌는지도 궁금했다.

세라는 이렇게 대답했다.

"글쎄, 잘 모르겠어."

어멘가드의 동그랗고 통통한 얼굴에 슬픈 표정이 떠오르자, 세라는 살짝 웃으며 다른 이야기를 꺼냈다.

"에밀리 보러 갈래?"

"에밀리가 누군데?"

예전에 민친 교장이 궁금해했던 것처럼 어멘가드도 호기심을 보였다. 세라는 손을 내밀며 말했다.

"내 방으로 올라가서 보자."

두 아이는 창가 벤치에서 뛰어내려 위층으로 올라갔다.

어멘가드가 복도를 지나가면서 소곤거렸다.

"넌 방을 혼자 다 쓴다고 하던데, 진짜야?"

세라가 대답했다.

"응. 아빠가 민친 교장선생님께 그렇게 해달라고 부탁했어. 왜냐하면 음, 나는 이야기를 지어내서 혼잣말을 하면서 놀거든. 다른 사람이 내 이야기를 듣는 건 싫어. 다른 사람이 듣고 있다고 생각하면 재미가 없어지거든."

두 아이는 세라의 방이 있는 복도까지 다다랐다. 어멘가드는 세라의 말을 듣더니 우뚝 멈춰 서서 세라를 빤히 쳐다보았다. 그러더니 거칠게 숨을 쉬면서 말했다.

"이야기를 지어낸다고? 정말 이야기를 만들 수 있어? 프랑스어를 하는 것처럼? 응?"

세라가 놀란 눈으로 어멘가드를 쳐다보았다.

"이런, 이야기는 누구나 만들 수 있잖아. 넌 한 번도 안 해봤어?"

세라는 조심하라는 의미로 어멘가드의 손을 잡으면서 소곤소곤 말했다.

"방문 앞까지 아무 소리도 내지 말고 가보자. 갑자기 문을 벌컥 여는 거야. 그러면 볼 수 있을지도 몰라."

세라는 반쯤 웃고 있었다. 두 눈은 기대에 가득 차 반짝였다. 어멘가드는 호기심이 동했다. 하지만 세라의 말이 무슨 뜻인지, 무엇을 보려는 것인지, 왜 보려고 하는지 전혀 알 수가 없었다. 그저 신나고 흥미진진하겠다고 생각했다. 어멘가드는 두근거리는 마음을 안고 세라의 뒤를 따라 발끝으로 살금살금 복도를 걸어갔다. 두 아이는 아무 소리도 내지 않고 방문 앞까지 도착했다. 세라가 갑자기 손잡이를 돌려 문을 활짝 열었다. 눈앞에 펼쳐진 방 안은 깔끔하고 조용했다. 벽난로에서는 난롯불이 부드럽게 타올랐고, 옆 의자에는 근사한 인형이 앉아 있었다. 인형은 책을 읽는 듯한 모습이었다.

세라는 안타까워했다.

"아휴, 에밀리가 우리 눈에 띄기 전에 제자리로 돌아갔네!"

그러고는 설명을 덧붙였다.

"인형들은 언제나 그러거든. 번개처럼 빠르다니까."

어멘가드는 세라에게서 눈길을 돌려 인형을 쳐다보더니 다시 세라를 바라보았다. 그리고 숨을 몰아쉬며 이렇게 물었다.

"저 인형이…… 걸을 수 있어?"

세라가 대답했다.

"그럼. 적어도 나는 그렇게 믿고 있어. 그렇게 믿는 '상상을 하면서' 노는 거야. 그러면 진짜처럼 느껴지거든. 넌 상상해본 적 없어?"

어멘가드가 말했다.

"없어. 한 번도 없어. 어떻게 하는 건데?"

독특한 새 친구 세라에게 완전히 반해버린 어멘가드는 이제껏 보았던 인형 중에서 가장 근사한 인형인 에밀리도 제쳐두고 친구만 계속 보고 있었다.

세라가 말했다.

"우리 좀 앉자. 들어봐. 상상하는 건 얼마나 쉬운지 시작하면 멈출 수가 없어. 계속 상상 속에 빠져서 행동하게 돼. 상상은 참 아름다워. 에밀리, 너도 잘 들어야지. 이쪽은 어멘가드 세인트존이야. 어멘가드, 이쪽은 에밀리야. 한번 안아볼래?"

어멘가드가 말했다.

"우와, 그래도 돼? 정말 그래도 될까? 진짜 예쁘다!"

에밀리가 어멘가드의 품에 안겼다.

어멘가드는 자신의 지루하고 재미없는 인생에서 이런 순간이 올 줄은 몰랐다. 새로 온 독특한 아이와 함께 어울려 놀게 되다니 꿈만 같았다. 두 아이는 점심 식사 종이 울려서 아래층으로 내려가야 할 때까지 함께 놀았다.

세라는 벽난로 앞 깔개 위에 앉아 어멘가드에게 신기한 이야기를 들려주었다. 무릎을 세워 약간 웅크리고 앉은 세라의 초록빛 눈은 반짝거렸고 뺨은 빨갛게 달아올랐다. 세라는 여행 이야기도 해주었고 인도 이야기도 해주었다. 하지만 어멘가드가 가장 마음을 빼앗겼던 부분은 인형에 대한 상상이었다. 인형은 사람이 방에 없을 때 걷기도 하고 말도 하고 뭐든 할 수 있는데, 그런 능력을 비밀로 해야 해서 사람들이 방으로 돌아오면 '번개처럼' 원래 있던 자리로 재빨리 돌아간다는 상상 말이다.

세라가 진지한 표정으로 말했다.

"우리 같은 '사람'은 인형처럼 할 수 없어. 그건 마법 같은 거니까."

세라는 에밀리를 찾아다니던 이야기도 해주었다. 이때 어멘가드는 세라의 표정이 갑자기 변하는 것을 보았다. 어두운 그림자가 얼굴을 덮는 듯하더니 세라의 두 눈에서 반짝이던 빛이 사라졌다. 세라가 갑자기 숨을 들이켰다. 슬픈 듯 묘한 숨소리가 조그맣게 났다. 그러더니 뭔가를 하기로, 혹은 절대 안 하기로 결심했을 때처럼 입술을 아주 꼭 깨물었다. 어멘가드는 세라가 여느 아이들 같다면 훌쩍거리거나 울음을 터뜨릴 것이라고 생각했다. 하지만 세라는 울지 않았다.

"어디 아파?"

어멘가드가 조심스럽게 물어보았다.

세라는 잠깐 아무 말도 하지 않다가 이렇게 대답했다.

"응. 하지만 몸이 아픈 건 아니야."

세라는 평소와 같은 목소리를 내려고 애쓰며 낮은 목소리로 이렇게 덧붙였다.

"너는 세상에서 아빠를 제일 사랑하니?"

어멘가드는 말문이 막혀 입이 약간 벌어졌다. 어멘가드는 아버지를 사랑한 적이 없었다. 물론 상류층 학교에 다니는 훌륭한 아이라면 절대 그렇게 대답하지 않을 것이다. 어멘가드도 그것을 잘 알고 있었지만, 아버지와 단둘이 있어야 하는 상황을 단 십분이라도 피할 수만 있다면 무엇이든 할 마음이 있었다. 어멘가드는 어쩔 줄 몰라 우물쭈물하며 말을 더듬었다.

"나, 나는 아버지를 거의 못 보거든. 항상 서재에 계셔. 여러 가지 책을 읽으시고."

세라가 말했다.

"나는 우리 아빠를 이 세상 전부보다 열 배는 더 사랑해. 아빠가 멀리 계셔서 내 마음이 아픈 거야."

세라는 웅크리고 앉아 조그만 무릎에 조용히 머리를 얹더니 몇 분 동안 움직이지 않고 그대로 있었다.

어멘가드는 걱정스러운 표정으로 생각했다.

'세라가 엉엉 울려나 봐.'

하지만 세라는 그러지 않았다. 짧고 까만 머리카락이 귀 쪽으로 흘러내렸지만 세라는 꼼짝도 하지 않았다. 그러더니 고개를 들지 않은 채 말했다.

"난 아빠에게 슬퍼도 참겠다고 약속했어. 꼭 참을 거야. 사람은 참을 줄 알아야 해. 군인들이 참는 걸 생각해봐! 우리 아빠는 군인이거든. 전쟁 중이라면 아빠는 오래 걸어도 참고 목이 말라도 참아야 해. 아마 크게 다쳐도 참아야겠지. 그래도 아빠는 아무 말 안 하실 거야. 한 마디도 말이야."

어멘가드는 가만히 바라보기만 했지만, 마음속으로는 세라가 정말 좋아지기 시작했다. 세라는 다른 아이들과 달리 사려 깊고 성숙했다.

고개를 들고 까만 머리카락을 뒤로 넘긴 세라는 묘한 미소를 지으며 말했다.

"이야기를 계속해야지. 너한테 상상하는 이야기를 하다 보면 외로움을 참을 수 있을 거야. 잊을 수는 없지만 잘 참을 수는 있으니까."

어멘가드는 왠지 모르게 가슴이 뭉클해져서 눈물이 고였다. 그래서 약간 잠긴 목소리로 말했다.

"라비니아와 제시는 '단짝' 사이야. 우리도 그랬으면 좋겠어. 나랑 단짝 할래? 너는 똑똑하고 나는 학교에서 제일 멍청하지만, 난 네가 너무 좋아!"

세라가 대답했다.

"나도 기뻐. 날 좋아해줘서 고마워. 우리 친하게 지내자."

세라가 환한 얼굴로 이렇게 말했다.

"그래, 내가 네 프랑스어 공부를 도와주면 되겠다."

04
로티

세라는 앞으로 몇 년 동안 민친 여학교에서 지내게 되었는데, 세라가 여느 아이들 같았다면 이곳의 학교생활은 전혀 도움이 되지 않았을 것이다. 세라는 평범한 학생이 아닌 귀한 손님 대접을 받았다. 뭐든 제멋대로 하게 해주고 칭찬 일색이니, 본래 고집이 세고 오만한 아이였다면 두고 보기 힘들 만큼 무례한 아이가 되었을지도 모른다. 만약 게으른 아이였다면 아무것도 배우지 못했을 것이다.

민친 교장은 속으로는 세라를 싫어했지만, 워낙 속물이라 말이나 행동으로 드러내지는 않았다. 그토록 돈벌이가 되는 학생이 학교를 떠나고 싶어 하면 안 되기 때문이었다. 세라가 아버지에게 이곳이 불편하고 싫다는 편지를 쓰면, 크루 대위는 당장 세라를 다른 학교로 보낼 게 틀림없었다. 민친 교장도 그것을 잘 알고 있었다.

민친 교장은 아이에게 계속 칭찬만 해주고 하고 싶은 대로 놔둔 채 떠받들어주면 분명 아이가 학교를 좋아하게 될 것이라고 생각했다. 그래서 세라는 학습 진도가 빠르고, 예의범절이 바르고, 다른 학생들과 사이좋게 지낸다는 칭찬을 자주 들었다. 돈이 가득한 조그만 지갑에서 동전을 하나 꺼내 거지에게 주면 마음씨가 후하다고 칭찬받았다. 세라가 하는 일은 아주 사소한 행동도 대단히 착한 일로 취급받았다. 타고난 성격이 선하고 영리하지 않았다면 세라는 아주 이기적인 아이가 되었을지도 모른다. 하지만 세라는 영리해서 자신의 처지와 주변 상황을 아주 분별력 있게 이해했고 진실도 알아차릴 수 있었다. 가끔씩 세라는 어멘가드에게 이런 이야기를 했다.

"사람에게는 여러 가지 일이 참 우연히 일어나. 나한테는 좋은 우연이 많이 일어난 거야. 내가 항상 공부하고 책 읽기를 좋아하는 것도, 배운 내용을 잘 기억하는 것도 그냥 우연일 뿐이야. 멋지고 근사하고 똑똑한 아버지의 딸로 태어난 것도 우연이고, 내가 바라는 건 뭐든 해주실 수 있을 만큼 아버지가 부자인 것도 우연이야. 난 사실 성격이 좋지 않을지도 몰라. 갖고 싶은 것은 뭐든 다 있고 다들 친절하게 대해주면 성격이 좋아질 수밖에 없잖아?"

세라의 표정은 굉장히 진지했다.

"내가 진짜로 착한 아이인지 아니면 못된 아이인지 어떻게 알 수 있을까? 난 정말 모르겠어. 난 어쩌면 끔찍하게 나쁜 아이인지도 몰라. 내가 고생을 해본 적이 없어서 아무도 모를 뿐이지."

"라비니아 언니도 고생 같은 건 안 했어. 그렇지만 아주 못됐잖아."

어멘가드가 별생각 없이 말했다.

세라는 조그만 코끝을 문지르며 어멘가드의 말을 되새겨보다가 입을 열었다.

"글쎄, 아마 라비니아 언니가 '자라는' 중이라 그럴 수도 있지."

세라가 이런 말을 한 것은 아멜리아 선생의 말 때문이었다. 라비니아가 너무 빨리 자라서 건강도 안 좋고 성격도 나빠진 것 같다는 아멜리아 선생의 말을 좋은 쪽으로 해석한 것이었다.

사실 라비니아는 심술궂은 아이였다. 세라에 대한 질투심이 지나치게 강했다. 라비니아는 세라가 오기 전까지 자신이 학생들의 대표라고 생각했다. 실제로 학생들의 위에 군림했고, 다른 학생들이 자신의 말을 따르지 않으면 마구 괴롭혔다. 라비니아는 어린 학생들을 제멋대로 휘둘렀고, 자기 또래의 큰 학생들에게는 거만하게 굴었다. 외모도 예쁜 편이었고, 이 학교 학생들이 둘씩 짝을 지어 걸어나갈 때 보면 옷도 가장 잘 입었다.

그런데 세라가 나타나자 상황이 바뀌었다. 벨벳 코트에 흑담비 털 손토시를 끼고 타조 깃털 장식을 늘어뜨린 모자까지 쓴 세라가 이제 민친 교장의 옆자리를 차지하고 맨 앞줄에 서게 된 것이다. 처음에는 받아들이기 힘들었지만, 시간이 지나자 세라가 리더인 것이 분명해졌다. 고약하게 굴어서가 아니라 고약하게 굴지 않아서 그런 것이었다.

"세라 크루에 관해서라면 한 가지는 확실해. 그 애는 전혀 잘난 체하지 않아. 너는 좀 잘난 체하잖아, 라비니아."

제시의 솔직한 말에 '단짝' 라비니아는 불같이 화를 냈다.

제시가 말을 이었다.

"나 같으면 조금이라도 잘난 체하지 않고는 못 견딜 텐데. 예쁜 물건을 그렇게 많이 가진 데다 다들 그토록 야단을 떨면서 떠받들어 주잖아. 부모님들이 오실 때마다 민친 교장선생님이 어찌나 세라를 자랑하는지, 정말 불쾌해."

그러자 라비니아가 자신의 장기인 민친 교장 흉내를 냈다.

"교장선생님은 이러시지. '세라, 응접실로 와서 머스그레이브 부인에게 인도 이야기 좀 해드리거라.' '세라, 이리 와서 피트킨 부인과 프랑스어로 이야기를 좀 나눠보렴. 세라 양은 억양이 아주 완벽하답니다.' 어쨌든 그 애는 우리 학교에서 프랑스어를 배운 것도 아닌데 말이야. 프랑스어 할줄 아는 게 뭐 그리 똑똑한 거라고. 배운 건 하나도 없고 그냥 하는 거잖아. 걔네 아빠가 항상 프랑스어로 말씀하시니까 그냥 하게 된 거지. 걔네 아빠도 그래. 인도 장교가 그렇게 대단한 건아니잖아."

제시가 느릿느릿 말했다.

"글쎄, 그래도 호랑이를 잡으셨잖아. 세라 방에 있는 호랑이 가죽이 걔네 아버지가 잡은 거래. 그래서 세라가 그토록 좋아하는 거야. 거기 누워서 머리를 쓰다듬어 주기도 하고 고양이한테 하듯 말도 걸더라."

라비니아가 톡 쏘아붙였다.

"그 애는 항상 멍청한 놀이만 한다니까. 우리 엄마가 그러는데 그 애처럼 상상하며 노는 건 멍청한 짓이래. 나중에 괴짜가 될 거라고 하셨어."

세라가 잘난 체하지 않는다는 것은 사실이었다. 세라는 다정한 아이여서 자신이 누리는 특권과 가진 물건들을 아낌없이 주변에 나누어 주었다. 이 학교의 어린 학생들은 열 살에서 열두 살 정도의 큰 학생들에게 무시당하며 비키라는 말을 듣는 것에 익숙해져 있었다. 하지만 모두가 부러워하는 세라는 절대 그런 행동으로 어린 학생들을 울리지 않았다. 세라는 어리지만 어머니같이 따뜻한 아이였다. 넘어져서 무릎을 다친 아이가 있으면 달려가서 일으켜주고 다독여주었다. 아픔을 잊게 해줄 만한 사탕 같은 것을 주머니에서 찾아 건네기도 했다. 세라는 비키라며 작은 아이들을 밀치는 일이 없었다. 나이가 어리다고 은근히 창피를 주거나 흉보지도 않았다.

라비니아가 로티를 때리며 '꼬마 녀석'이라고 불렀을 때, 세라는 라비니아에게 단호하게 말했다.

"네 살이면 네 살이지. 내년에는 다섯 살이 되고 그다음에는 여섯 살이 되잖아."

그리고 잘못을 깨달으라는 듯 눈을 크게 떴다.

"애도 십육 년 후에는 스무 살이 된다고."

그러자 라비니아가 말했다.

"참나, 우리가 계산도 못하는 줄 아니?"

그랬다. 16 더하기 4가 20이라는 것은 인정할 수밖에 없는 사실이었다. 스무 살이라는 나이는 대담한 아이라 해도 감히 꿈꾸기 힘든 엄청난 나이였다.

그래서 어린 학생들은 세라를 무척 좋아했다. 세라는 큰 학생들이 얕보는 어린 학생들을 몇 번이나 자기 방으로 데려가 함께 차를 마시며 놀았다. 에밀리도 갖고 놀게 해주었다. 에밀리만 쓰는 파란 꽃무늬 찻잔 세트도 있어서, 아주 달게 만든 차를 따라 주었다. 그렇게 진짜 같은 인형 찻잔 세트는 처음 보았다. 그날 오후 로티를 감싸준 후로 알파벳을 배우는 어린 학생들 전부가 세라를 여신이나 여왕처럼 여겼다.

특히 로티 레그는 세라를 우러러보았다. 세라에게 어머니같이 따뜻한 마음이 없었다면 귀찮아했을 정도로 세라를 따랐다. 로티를 학교에 보낸 것은 아버지였다. 젊고 경솔한 로티의 아버지는 딸을 학교에 보내는 것 말고는 무엇을 해주어야 하는지 전혀 몰랐다. 로티의 어머니는 돌아가셨다. 아버지는 로티가 태어난 후로 줄곧 딸을 인형이나 아주 버릇없는 원숭이, 혹은 조그만 애완견을 다루듯 대했다. 결국 로티는 아주 끔찍한 아이가 되어 버렸다. 뭔가 바
라는 것이 있거나 마음에 안 드는 것이 있으면
울부짖으며 떼를 썼다. 게다가 항상 어린아이에
게 금지된 것만 갖고 싶어 하고 자신에게 도움되
는 것은 싫어했다. 그렇다 보니 학교에서는 어디
선가 어린 로티가 째지는 듯한 목소리로 울부짖
는 소리가 울려 퍼지기 일쑤였다.

로티는 사람들이 어머니가 없는 어린아이를
가엾게 여겨 잘해준다는 것을 알고 있었다. 그것이 로티의 가장 큰 무
기였다. 로티가 그것을 어떻게 알게 되었는지는 아무도 몰랐다. 아마
도 로티의 어머니가 죽고 얼마 되지 않아 어른들이 나누는 이야기를
들었을지도 모른다. 로티는 버릇처럼 사람들의 동정심을 이용했다.

세라가 로티를 돌봐주게 된 데는 사연이 있었다. 어느 날 아침 세라
는 어느 방 앞을 지나가다가 한 아이가 화가 나서 울부짖는 소리를 들
었다. 민친 교장과 아멜리아 선생이 아이를 진정시키려 했지만 아이
는 울음을 그치지 않았다. 아이가 너무 떼를 쓰는 바람에 민친 교장은
위엄 있고 엄격한 태도이기는 해도 사방에 다 들리도록 고래고래 소
리를 지를 수밖에 없었다.

"뭣 때문에 그렇게 우는 거니?"

민친 교장이 고함치듯 물었다.

세라의 귀에 아이의 칭얼거리는 목소리가 들려왔다.

"으앙, 으앙! 난 엄마가 없잖아!"

아멜리아 선생이 악을 썼다.

"아이고, 로티야! 그만 좀 해라! 그만 울어! 뚝 그치렴!"

"우에엥! 으앙, 으앙, 으앙! 아악!"

로티는 학교가 떠나가라 울부짖었다.

"나는, 흐엉, 엄마가 없단 말이야!"

민친 교장이 다그쳤다.

"매를 맞아야겠구나. 너처럼 말을 안 듣는 아이는 맞아야 해!"

로티는 더욱 더 크게 울부짖었다. 아멜리아 선생도 울기 시작했다. 민친 교장의 목소리는 점점 커져서 우레 소리 같아졌다. 아이가 말을 듣지 않자, 화가 치밀어오른 민친 교장은 의자에서 벌떡 일어서더니 방에서 휙 나가버렸다. 뒤에 남은 아멜리아 선생이 아이를 진정시켜야 했다.

세라는 방에 들어가야 할지 망설이며 복도에 가만히 서 있었다. 최근 로티와 친해진 세라는 자신이 로티를 조용히 시킬 수도 있겠다는 생각이 들었다. 방을 나오던 민친 교장은 세라와 마주쳤다. 민친 교장은 약간 짜증스러운 표정이었다. 세라는 방 안에서 들리던 민친 교장의 목소리를 떠올렸다. 고상하지도 상냥하지도 않은 목소리였다.

그러나 민친 교장은 세라를 보자 평소와 같은 미소를 지으려 애쓰며 말했다.

"어머나, 세라로구나!"

세라는 자신이 왜 여기 있는지 설명했다.

"지나가다가 멈춰 서게 되었어요. 로티 목소리가 들렸거든요. 제 생각에는, 어쩌면 제가 로티를 진정시킬 수 있지 않을까 싶은데요. 제가 한번 달래 보아도 될까요, 민친 교장선생님?"

"그게 되겠니? 넌 참 대단한 아이로구나."

민친 교장은 신경질적으로 대답하면서 한숨을 쉬었다. 그 퉁명스러운 태도에 세라는 약간 흠칫했다. 민친 교장은 그런 세라를 보고 태도를 누그러뜨리며 허락한다는 뜻으로 이렇게 말했다.

"하지만 넌 뭐든 잘하니까 로티도 진정시킬 수 있을지 모르지. 들어가 보렴."

말을 마치자 민친 교장은 가버렸다.

세라는 방으로 들어갔다. 로티는 바닥에 누워 빽빽 울면서 조그맣고 통통한 다리로 마구 발을 구르고 있었다. 아멜리아 선생은 어쩔 줄 몰라 하면서 로티 쪽으로 몸을 숙이고 있었다. 새빨갛게 달아오른 얼굴에는 땀이 송골송골 맺혀 있었다. 로티는 자기 집 어린이 방에 있을 때도 늘 그랬다. 발을 구르면서 빽빽 울기 시작하면 항상 자기 고집대로 되어야 얌전해졌다. 불쌍한 아멜리아 선생은 통통한 몸으로 허둥지둥 이런저런 방법을 시도해보았다.

"불쌍한 로티야, 네가 엄마 없는 건 나도 알지……."

이렇게 말했다가 또 다음 순간에는 말투를 바꿔서 다그쳤다.

"로티야, 울음 그치지 않으면 혼낸다. 불쌍한 꼬마 천사야! 그래, 그래……! 아주 못된 아이로구나! 이렇게 밉살스런 녀석을 봤나. 때려 줘야겠다! 이리 와!"

세라는 두 사람에게 조용히 다가갔다. 어떻게 해야 할지 뾰족한 수는 없었지만, 마음속으로 어렴풋하게 드는 생각은 있었다. 저렇게 속수무책으로 흥분해서 이랬다저랬다 말을 바꾸지는 않았으면 좋겠다는 생각이었다. 세라는 낮은 목소리로 말했다.

"아멜리아 선생님, 민친 교장선생님께서 제가 로티를 달래 보아도 된다고 하셨는데요, 그래도 될까요?"

아멜리아 선생님은 몸을 돌려 별 기대 없이 세라를 바라보았다. 그리고 숨찬 목소리로 말했다.

"아, 정말 할 수 있겠니?"

"잘 모르겠어요. 하지만 한번 해볼게요."

세라는 여전히 반쯤 소곤거리며 대답했다.

아멜리아 선생은 깊은 한숨을 쉬면서 바닥에 대고 있던 무릎을 떼고 비틀비틀 일어섰다. 로티는 통통하고 자그마한 다리로 발길질을 멈추지 않았다.

세라가 말했다.

"로티 모르게 살짝 나가시면 제가 로티와 함께 있을게요."

아멜리아 선생은 거의 울먹이고 있었다.

"아이고, 세라야! 저렇게 지독한 아이는 처음이야. 이 학교에 계속 다니게 할 수 있을지 모르겠구나."

아멜리아 선생은 살그머니 방에서 나갔다. 빠져나갈 구실이 생겨서 얼마나 다행이라고 생각했는지 모른다.

세라는 잔뜩 화가 나서 울부짖는 아이 옆에 서서 아무 말 없이 아이를 내려다보았다. 그러다가 아이 옆 바닥에 털썩 주저앉아 기다렸다. 방 안은 로티의 짜증 섞인 울음소리 말고는 아무 소리도 나지 않았다.

어린 로티에게는 낯선 상황이었다. 로티는 자신이 빽빽 울면 다른 사람들이 울음을 멈추라고 꾸짖었다가 제발 울지 말라고 매달리고, 다그쳤다가 달래주기도 하는 상황에 익숙했다. 로티는 자신이 드러누워 발길질을 해대며 시끄럽게 우는데도 근처에 있는 사람이 조금도 신경을 쓰지 않자, 오히려 그쪽으로 관심이 쏠렸다. 우느라 꼭 감고 있던 눈을 뜨고 곁에 누가 있는지 보았다. 여자아이 하나밖에 없었다. 에밀리를 비롯해 근사한 물건을 잔뜩 가지고 있는 세라였다. 세라는 생각에 잠긴 얼굴로 자신을 계속 지켜보고 있었다. 잠깐 울음을 멈추고 상황을 파악하고 나자, 로티는 다시 울어야겠다고 마음먹었다. 하지만 방 안은 조용했고 자신에게 관심을 기울이고 있는 세라의 독특한 얼굴을 보자, 기세가 조금 사그라들었다.

"나는, 나는 엄마가 없단 말이야!"

로티는 칭얼거렸다. 그렇지만 목소리는 그다지 크지 않았다.

세라는 계속 로티를 지켜보았다. 약간 이해했다는 눈빛이었다. 이윽고 세라가 말했다.

"나도 엄마가 없어."

너무나 뜻밖의 이야기에 로티는 두 다리를 바닥으로 내려버렸다. 로티는 드러누운 채로 꼼지락거리며 세라를 빤히 쳐다보았다. 아이가 막무가내로 떼를 쓰고 울 때는 새로운 것으로 주의를 돌리면 울음을 멈춘다. 로티는 세라와 아주 친하지는 않았지만 세라를 좋아하는 편이었다. 줄곧 화만 내는 민친 교장과 바보같이 응석을 다 받아주는 아멜리아 선생은 싫었다. 로티는 떼쓰기를 그만두고 싶지 않았다. 하지만 집중이 잘 되지 않았다. 다시 꼼지락거리며 못마땅한 표정으로 훌쩍거리던 로티는 이렇게 말했다.

"언니 엄마는 어디 갔는데?"

세라는 잠시 대답이 없었다. 어른들 말로는 엄마가 하늘에 있다고 했다. 그 문제에 대해 생각을 많이 해보았는데, 세라의 판단은 달랐다. 세라는 대답했다.

"우리 엄마는 하늘로 가셨어. 하지만 나는 엄마가 분명히 가끔씩 날 보러 오신다고 생각해. 엄마가 보이지는 않지만 말이야. 너희 엄마도 그러실 거야. 두 분 모두 지금 우리를 보고 계실지도 몰라. 두 분 다이 방 안에 계실지도 모르고."

로티는 벌떡 일어나 앉아서 주위를 둘러보며 엄마를 찾아보았다. 로티는 곱슬머리를 한 조그맣고 예쁜 아이였다. 동그란 눈은 파란 물망초 꽃 같았다. 엄마가 지난 삼십 분 동안 자신을 보고 있었다면 천사 같은 아이라고 여기지 않을지도 몰랐다.

세라는 이야기를 계속했다. 세라의 말이 동화책에나 나오는 이야기라고 말하는 사람도 있겠지만, 세라의 상상 속에서만큼은 모두 진짜였다. 로티는 자신도 모르게 세라의 말을 귀 기울여 듣고 있었다. 지금까지 어른들은 로티에게 엄마는 날개가 달렸고 왕관을 썼다고 이야기하면서 아름다운 하얀 드레스 차림의 천사들 그림을 보여주었다. 하지만 세라는 진짜 사람들이 있는 아름다운 나라 이야기, 진짜 이야기를 하는 것 같았다.

세라는 평소와 마찬가지로 이야기에 몰두해, 이미 상상의 나라에 들어와 있는 것처럼 말했다.

"들판이 있는데 들판 가득 꽃이 피어 있어. 백합이 가득 피어 있는 거야. 부드러운 바람이 불어오면 백합꽃 향기가 퍼져. 부드러운 바람이 항상 불어오니까 다들 늘 꽃향기를 맡게 되는 거지. 어린아이들은 백합꽃 들판을 뛰어다니면서 꽃을 한 아름 따 모으고, 재미있게 웃고 떠들면서 조그만 화환을 만들어. 길은 반짝거리고 사람들은 아무리 먼 길을 걸어도 피곤해지지 않아. 그래서 어디든 마음대로 갈 수 있지. 도시 주변에는 진주와 금으로 만든 담장이 있어. 담장은 낮아서 사람들이 가서 기댈 수도 있고, 거기서 세상을 내려다보며 미소 짓기도 하는 거야. 아름다운 메시지를 보내기도 하고."

세라가 어떤 이야기를 해도 로티는 분명히 울음을 멈추고 푹 빠져들었을 것이다. 하지만 이 이야기는 다른 무엇보다 훨씬 아름다운 이야기였다. 로티는 앉은 채로 몸을 움직여 세라에게 가까이 다가간 뒤 이야기가 끝날 때까지 조용히 넋을 잃고 귀를 기울였다. 이야기는 너무 빨리 끝났다. 로티는 이야기가 끝난 것이 아쉬워서 울려는 듯 입술을 비죽거렸다.

로티는 결국 울먹이며 외쳤다.

"나도 그곳으로 갈래. 학교에는 엄마가 없잖아."

세라는 로티가 울려는 것을 보고 상상에서 빠져나와 로티의 통통한 손을 잡아주었다. 로티를 자기 쪽으로 끌어당긴 세라는 살짝 웃으며 이렇게 말했다.

"내가 엄마가 되어줄게. 네가 내 딸이 되어 함께 놀면 되지. 에밀리는 네 동생이 되고."

로티가 웃자 보조개가 쏙 들어갔다. 로티가 말했다.

"정말?"

세라는 대답하면서 벌떡 일어났다.

"그럼. 에밀리한테 가서 말해주자. 말하고 나서 내가 얼굴을 씻겨
줄게. 머리도 빗자."

로티는 아주 명랑하게 좋다고 말한 다음 세라와 함께 총총걸음으로
방을 나가 위층으로 올라갔다. 조금 전의 소동이 무엇 때문이었는지
는 기억도 나지 않는 듯했다. 사실은 점심 먹으러 가기 전에 세수하고
머리 빗기가 싫다고 그토록 떼를 쓴 것이었다. 민친 교장이 와서 굉장
히 권위적으로 몰아붙인 탓도 있었지만 말이다. 그때부터 세라는 로
티의 새엄마가 되었다.

05

베키

사실 세라에게는 아주 강력한 힘이 있었다. 그 힘은 세라가 가진 화려한 물건이나 학교의 자랑이라는 사실보다도 더 강력했다. 그 힘 때문에 훨씬 더 많은 아이들이 세라를 따르게 되었다. 라비니아를 비롯한 몇몇 여학생들은 세라의 그런 힘을 굉장히 시기하면서도 자신도 모르는 새 마음을 빼앗겼다. 세라가 가진 힘이란 '이야기를 만들어내는 능력'이었다. 세라가 말하는 모든 것은 상상 속의 이야기이든 아니든, 무엇이나 아름답게 들렸다.

학교에 재미있는 이야기를 잘하는 사람이 있으면 궁금하다는 게 어떤 것인지 잘 알게 된다. 다들 그런 사람 뒤를 따라다니며 아름다운 사랑 이야기를 들려 달라고 조르게 된다. 이야기를 듣고 싶어 하는 사람들이 이야기꾼 주변으로 모여들어 계속 떠나지 않고 함께하게 되는 것이다.

세라는 이야기를 만들어낼 수 있을 뿐 아니라 이야기하는 것을 아주 좋아했다. 모여든 아이들 한가운데 앉거나 서서 근사한 이야기를 떠올리기 시작하면, 세라의 초록빛 두 눈은 커지면서 반짝반짝 빛났고 양 볼은 빨갛게 달아올랐다. 세라는 자신도 모르게 이야기의 흐름에 따라 목소리를 높이거나 낮추었다. 날씬한 몸을 잔뜩 숙이거나 흔들기도 하고, 연극하는 것처럼 손짓을 하며 분위기를 고조시켰다. 덕분에 이야기는 더욱 흥미진진해졌고, 무서운 대목에서는 아이들이 깜짝 놀라기도 했다.

세라는 아이들에게 이야기를 들려주고 있다는 사실을 잊고 상상 속에 빠져들기도 했다. 이야기 속 왕과 여왕, 아름다운 아가씨들을 직접 보고 함께 살아온 것처럼 생생하게 모험 이야기를 풀어놓았다. 어떤 날은 이야기를 마치고 나면 흥분해서 숨이 차기도 했다. 그러면 세라는 콩닥거리는 가슴에 조그맣고 가냘픈 손을 얹고 그런 자신이 우스운지 조금 웃기도 했다. 그리고 이런 말을 하기도 했다.

"이야기를 하다 보면 지어낸 이야기 같지가 않아. 이야기 속 세상이 너희들보다 더 진짜 같고 교실보다 더 진짜 같아. 내가 이야기 속에 나오는 사람이 된 것 같은 기분이야. 왕도 되었다가 꼬마가 되기도 하고 말이야. 정말 묘한 기분이야."

세라가 민친 여학교에 오고 나서 이 년쯤 지난 어느 날이었다. 안개가 자욱한 어느 겨울 오후, 세라는 마차를 타고 밖으로 나갔다. 따뜻한 벨벳 모피 코트를 기분 좋게 차려입은 모습은 세라 자신이 생각하는 것보다 훨씬 더 눈부셨다. 마차에서 내린 세라가 보도를 가로질러 갈 때 지저분한 아이 하나가 눈에 띄었다. 그 아이는 지하 부엌으로 내려가는 계단에 서 있었는데, 눈을 커다랗게 뜬 채 난간 사이로 세라를 쳐다보느라 목을 길게 빼고 있었다. 아이의 꾀죄죄한 얼굴에는 왠지 모를 간절한 소망과 수줍은 표정이 엿보여서 세라의 눈길을 끌었다. 세라는 사람을 대할 때 늘 그래왔듯이 아이를 바라보며 미소를 지었다.

하지만 꾀죄죄한 얼굴에 커다랗게 뜬 두 눈을 한 아이는 귀한 학생들을 쳐다본 것을 들키면 안 된다고 생각하는 게 분명했다. 아이는 용수철 달린 인형처럼 후다닥 몸을 감추더니 부엌 안으로 허둥지둥 들어가 버렸다. 갑자기 순식간에 사라지는 바람에, 그토록 가엾어 보이는 아이가 아니었다면 세라는 자신도 모르게 웃고 말았을 것이다.

그날 저녁, 세라는 교실 한 귀퉁이에서 아이들에게 둘러싸여 앉아 이야기를 들려주고 있었다. 그때 낮에 본 그 아이가 석탄 통을 들고 조심조심 교실로 들어왔다. 석탄 통은 아이에게 너무 무거워 보였다. 아이는 벽난로 앞 깔개에 무릎을 꿇고 앉더니 석탄을 넣어 불을 다시 지피고 재를 쓸어 담았다.

난간 사이로 몰래 내다보고 있을 때보다는 깨끗한 모습이었지만, 아이는 잔뜩 겁을 내고 있는 듯했다. 그렇게 겁을 내면서 학생들을 쳐다보는 것 같기도 하고, 이야기를 엿듣는 것 같기도 했다. 아이는 아무 소리도 내지 않으려고 손가락으로 석탄 조각을 집어서 조심스럽게 불에 넣었다. 불을 피우는 데 쓰는 무쇠 도구들도 아주 살살 털었다. 조금 지나자 세라는 알아차렸다. 그 아이는 이야기가 어떻게 진행되는지 너무 궁금해서, 간간이 한 마디라도 들릴까 하는 마음에 느릿느릿 일을 하고 있었던 것이다. 그것을 눈치챈 세라는 일부러 큰 목소리로 또랑또랑하게 이야기했다.

"인어들은 맑은 초록색 바다를 부드럽게 헤엄치면서 깊은 바닷속 진주로 엮은 그물을 끌고 갔어. 공주님은 하얀 바위에 앉아서 그것을 지켜보았지."

세라의 이야기는 어느 공주님에 대한 근사한 이야기였다. 인어 왕자님과 사랑에 빠진 공주님이 왕자님과 함께 바닷속 반짝이는 동굴에서 살게 된다는 내용이었다.

그 조그만 하녀 아이는 석탄 받침 앞 난롯가를 닦았다. 다 닦고 나서 한 번 더 닦았다. 그러고도 다시 또 닦기 시작했다. 세 번이나 난롯가를 닦을 정도로 그 아이는 이야기에 푹 빠져버렸다. 마법이라도 걸린 듯 넋을 잃고 말았다. 이야기를 들을 처지가 아니라는 것도 까맣게 잊어버렸다. 이야기 말고 다른 것은 생각도 나지 않았다. 아이는 빗자루를 건성으로 쥔 채 벽난로 앞 깔개 위에 무릎을 꿇고 앉았다. 이야기가 계속되면서 아이는 세라의 목소리를 따라 바닷속 구불구불한 동굴 속으로 들어갔다. 부드럽고 투명한 파란 빛이 반짝이고, 아름다운 금빛 모래가 깔려 있는 곳이었다. 처음 보는 말미잘과 해초가 아이를 향해 손을 흔들듯 너울거렸고, 희미한 노랫소리와 음악소리가 저 멀리 메아리처럼 퍼졌다.

일하느라 거칠어진 아이의 손에서 빗자루가 떨어졌다. 주위를 둘러본 라비니아 허버트가 말했다.

"저 애가 듣고 있어."

들킨 아이는 빗자루를 휙 집어 들고 자리에서 일어섰다. 아이는 석탄 통을 와락 움켜쥐고 놀란 토끼처럼 허겁지겁 교실에서 나갔다.

세라는 조금 화가 나서 말했다.

"저 애가 듣고 있다는 건 나도 알고 있었어. 그게 뭐 어때서?"

라비니아는 고상한 척 고개를 치켜들고 말했다.

"글쎄, 너희 엄마는 너더러 하녀에게 이야기를 해주라고 하실지도 모르겠네. 하지만 '우리 엄마'는 나한테 그러지 말라고 하실 거야."

세라는 이상하다는 듯한 표정을 지으며 말했다.

"우리 엄마라고? 우리 엄마는 적어도 그러지 말라고 하시지는 않을 것 같아. 이야기는 누구나 들을 수 있다는 걸 아시니까."

그러자 모진 말을 떠올린 라비니아가 이렇게 쏘아붙였다.

"너희 엄마는 돌아가셨잖아. 돌아가셨는데 어떻게 아신다는 거야?"

"그럼 언니는 우리 엄마가 아무것도 모르신다고 생각해?"

세라는 작지만 단호한 목소리로 받아쳤다. 가끔씩 세라는 이렇게 똑 부러지게 말할 때가 있었다.

그러자 로티가 카랑카랑한 목소리로 말했다.

"세라 언니의 엄마는 뭐든 다 알고 계셔. 우리 엄마도 그렇고. 우리 학교에서는 세라 언니가 우리 엄마가 되었지만 말이야. 천국에 있는 우리 엄마도 뭐든 다 아셔. 거긴 길은 반짝거리고 들판에는 백합이 가득 피어 있어서 다들 백합꽃을 따 모아. 세라 언니가 나 재워줄 때 얘기해준단 말이야."

라비니아는 세라 쪽으로 몸을 돌리고 이렇게 말했다.

"너 되게 못됐다. 성경에 나오는 천국 이야기도 네가 지어낸 이야기로 바꿔버리나 보네."

그러자 세라가 대꾸했다.

"성경 책에는 멋진 이야기가 훨씬 더 많아. 한번 읽어봐! 언니는 내 이야기가 지어낸 이야기인지 아닌지 어떻게 아는데?"

그리고 천국 이야기에는 어울리지 않지만 조금 화를 내며 말했다.

"하지만 이건 확실해. 언니가 다른 사람들에게 친절하지 않는다면 천국이 내 말대로인지 아닌지 절대 알 수 없을 거야. 로티야, 가자."

세라는 교실에서 나왔다. 아까 그 하녀 아이를 다시 볼 수 있을지도 모른다고 기대했지만, 복도에는 아무도 없었다.

"불 피우는 어린 여자아이가 누구인지 알아요?"

그날 밤, 세라는 마리에트에게 물어보았다.

마리에트는 기다렸다는 듯이 자세한 이야기를 풀어놓기 시작했다. 마리에트는 마드모아젤 세라가 물어보는 것도 당연하다며 호들갑스럽게 말했다. 그 가엾은 아이는 부엌 심부름꾼으로 온 아이였다. 하지만 부엌 잔심부름뿐만 아니라 온갖 잡일을 도맡아했다. 신발과 벽난로 석탄 받침을 까맣게 광내고, 무거운 석탄 통을 들고 계단을 오르내리며, 바닥과 창문도 닦아야 했다. 거기에 누구든 일을 시키면 다 해야 했다. 나이는 열네 살이었지만 너무 못 먹고 자라 열두 살 정도로 보였다. 사실 마리에트는 그 아이를 가엾게 여겼다. 부끄럼을 너무 많이 타서, 누군가 말이라도 걸면 겁을 잔뜩 먹은 가엾은 눈동자가 튀어나올 것처럼 보인다고 했다.

"그 애는 이름이 뭔데요?"

세라가 물었다. 세라는 탁자 옆에 앉아 양손으로 턱을 괴고, 음악 연주를 감상하듯 열심히 듣고 있었다.

그 아이의 이름은 베키였다. 마리에트는 하인들 모두가 오 분이 멀다 하고 "베키, 이것 좀 해. 베키, 저것도 해."라며 부려먹는 것을 들었다고 했다.

세라는 마리에트가 나간 후 얼마 동안 난롯불을 바라보며 앉아서 베키 생각을 했다. 그리고 이야기를 만들어보았다. 그 이야기 속에서 베키는 괴롭힘을 당하는 주인공이었다. 세라가 보기에 베키는 배불리 먹어본 적이 없어 보였다. 굶주린 눈빛을 하고 있었기 때문이다. 세라는 베키를 다시 보고 싶었다. 물론 베키가 물건을 들고 계단을 오르내리는 모습은 여러 번 보았는데 항상 일에 쫓기는 것 같았다. 게다가 다른 사람 눈에 띄는 것을 너무 두려워해서 말을 걸 수도 없었다.

몇 주가 흘렀다. 어느 안개 낀 오후, 세라는 자기 방 작은 거실로 들어갔다가 안쓰러운 모습을 보게 되었다. 불이 밝게 타오르는 난롯가에는 세라가 특별히 아끼는 안락의자가 있었는데, 그 의자에 베키가 앉아 깊이 잠들어 있었다. 베키의 코와 앞치마에는 군데군데 석탄 얼룩이 묻어 있었고, 빈 석탄 통이 근처에 놓여 있었다. 부지런한 젊은이도 감당하기 힘든 일을 어린아이의 몸으로 해내느라 지쳐 곯아떨어진 것이었다.

베키는 올라가서 방마다 잠자리 준비를 해놓으라는 지시를 받았다. 방이 워낙 많다 보니 베키는 하루 종일 뛰어다니며 일했다. 세라의 방은 마지막 차례로 미뤄 두었다. 세라의 방은 다른 방과 달랐다. 평범한 학생들의 방은 밋밋하고 휑했다. 꼭 필요한 물건만 갖다 놓는 것으로 만족해야 했던 것이다. 그에 비해 세라의 안락한 작은 거실은

이 심부름꾼 하녀에게는 호화로운 공주님 방 같았다. 실은 밝고 쾌적한 작은 방일 뿐이었지만 말이다. 그 방에는 그림과 책도 많았고, 인도에서 가져온 신기한 물건들도 있었다. 소파도 있고, 낮고 푹신한 의자도 있었다. 에밀리는 세상을 다스리는 여신 같은 모습으로 자기 자리에 앉아 있었다. 난롯불은 항상 활활 타오르고 있었으며 석탄 받침도 잘 닦아 놓아 윤이 반지르르했다.

베키는 그 방을 오후에 할 일 중 가장 나중으로 미뤄두었다. 들어가면 마음이 편안해지는 곳이기 때문이었다. 게다가 그 방에 들어가면 아주 잠깐이라도 그 푹신한 의자에 앉아서 주변을 둘러볼 수 있지 않을까 하는 생각이 머릿속을 떠나지 않았다. 그리고 이런 근사한 것들에 둘러싸여 사는 행운을 거머쥔 아이를 떠올려보고 싶었다. 추운 겨울날 난간 사이로 슬쩍 보려고 했던 아이, 예쁜 모자와 코트를 갖춰입고 밖으로 나가던 세라에 대해 말이다.

그날 오후 베키는 그 의자에 앉아보았다. 쿡쿡 쑤시는 짤막한 다리가 편안해지는 느낌이 어찌나 달콤하던지, 온몸이 사르르 녹아내리는 것 같았다. 난롯불도 따뜻하고 기분 좋게 타올라 마법처럼 베키를 감싸주었다. 석탄이 빨갛게 타오르는 것을 바라보고 있는 동안 베키의 꾀죄죄한 얼굴에는 지친 미소가 서서히 번졌다. 이윽고 자신도 모르게 고개가 앞으로 수그러들고 눈꺼풀이 처지면서 깜박 잠들고 말았다.

사실 세라가 방으로 들어왔을 때는 베키가 이 방에 들어온 지 십 분도 안 되었을 때였다. 하지만 베키는 워낙 단잠에 빠져 있어서 마치 '잠자는 숲속의 공주'처럼 몇백 년 동안이나 잠든 것처럼 보였다. 물론 가엾은 베키가 잠자는 숲속의 공주와 같은 모습은 아니었지만 말이다. 베키는 못생기고 왜소한 아이, 고단한 어린 심부름꾼 하녀처럼 보일 뿐이었다. 세라는 베키가 자신과는 많이 다르다는 생각이 들었다. 마치 다른 세상에서 온 존재 같았다.

이날 오후 세라는 춤 수업을 받았다. 춤 선생은 매주 왔지만, 춤 수업은 학교의 큰 행사에 속했다. 학생들은 가장 예쁜 드레스를 차려입었다. 세라는 특히 춤을 잘 춰서 앞에 불려나가는 경우가 많았다. 그래서 마리에트는 가능하면 가장 나풀나풀하고 아름다운 옷을 만들어 주어야 했다.

오늘 세라가 입은 것은 장밋빛 드레스였다. 마리에트는 진짜 장미 꽃 봉오리를 사다가 화환을 만들어 세라의 까만 머리에 씌워주었다. 세라는 재미있는 동작을 새로 배웠다. 미끄러지듯 걸어가다가 공중으로 날아오르며 교실 안을 돌아다니는 세라의 모습은 커다란 장밋빛 나비 같았다. 신나게 몸을 움직이다 보니 세라의 얼굴은 기쁨과 즐거움으로 환하게 빛났다.

세라가 한 마리 나비같이 춤을 추며 미끄러지듯 자기 방까지 와 보니 그곳에는 베키가 앉아 있었다. 꾸벅꾸벅 조는 바람에 베키의 하녀 모자가 옆으로 흘러 떨어질 듯했다.

세라는 베키의 모습을 보고 작게 외쳤다.

"어머나, 불쌍해라!"

아끼는 의자에 지저분한 아이가 앉은 것을 보았지만 못마땅하다는 생각은 전혀 들지 않았다. 오히려 베키가 있는 것을 보고 아주 기뻤다. 자신이 만든 이야기 속 괴롭힘 당하는 주인공이 잠에서 깨면 이야기를 나눌 수 있을 테니 말이다. 세라는 살금살금 다가가서 베키를 바라보며 서 있었다. 베키는 조그맣게 코를 골고 있었다.

세라가 중얼거렸다.

"저절로 일어났으면 좋겠어. 깨우고 싶지는 않지만 민친 교장선생님은 베키 언니가 여기 있는 걸 알면 화를 내실 거야. 몇 분만 더 기다려보자."

세라는 탁자 끝에 걸터앉았다. 장밋빛 옷에 싸인 날씬한 다리를 앞뒤로 까딱이며 어떻게 하는 것이 가장 좋을까 생각해 보았다. 아멜리아 선생이 곧 들어올 텐데, 이 모습을 보면 베키를 혼낼 것이 분명했다.

세라는 생각했다.

'하지만 베키 언니는 너무 피곤한 것 같아. 너무 지쳐 있다고!'

그 순간, 타오르던 석탄 조각 덕분에 세라의 고민은 끝났다. 큰 덩어리에서 떨어져 나온 석탄 조각이 벽난로 금속망으로 달칵 떨어진 것이었다. 놀란 베키는 숨을 헉 들이쉬며 눈을 떴다. 잠들었던 것도 미처 깨닫지 못한 채 잠시 멍하니 앉아 있었다. 그때 방 주인인 멋진 학생의 모습이 눈에 들어오자 베키는 깜짝 놀랐다. 그 학생은 눈앞에서 장밋빛 요정처럼 앉아 관심 어린 눈빛을 보내고 있었다.

베키는 벌떡 일어나 모자를 꽉 움켜쥐었다. 그러다 모자가 귀에 대롱대롱 걸려 있는 것을 깨닫고 모자를 똑바로 쓰려고 손을 마구 휘저었다. 엄청난 말썽을 부리고 만 것이다! 건방지게 이런 대단한 아가씨의 의자에 앉아 잠이 들다니! 월급도 받지 못하고 문밖으로 쫓겨나는 일만 남았다.

베키는 숨이 콱 막히는 듯한 소리를 내며 흐느꼈다.

"아아, 아가씨! 아가씨!"

베키는 말을 더듬거렸다.

"용서해 주세요, 아가씨! 아아, 정말 죄송해요, 아가씨!"

세라는 앉았던 탁자에서 내려와 베키에게 다가갔다. 그리고 하녀가 아닌 자신과 같은 처지의 학생에게 이야기하듯 말했다.

"놀라지 마. 정말 괜찮아."

베키는 변명했다.

"일부러 그러려던 것은 아니었어요, 아가씨. 불이 따뜻했고 저는 너무 피곤했어요. 건방진 마음은 없었어요!"

세라는 다정한 웃음을 짓더니 베키의 어깨에 손을 얹고 이렇게 말했다.

"피곤했으니 어쩔 수 없었을 거야. 아직 잠이 덜 깬 것 같아."

베키는 가련한 얼굴로 세라를 쳐다보았다. 지금껏 베키는 이토록 상냥하고 다정한 목소리는 누구에게도 들은 적이 없었다. 명령하거나 혼내는 소리 아니면 따귀를 철썩 때리는 소리만 지겹도록 들었다. 그런데 오후의 춤 수업 때문에 장밋빛 옷을 아름답게 차려입은 이 아가씨는 잘못하다가 들킨 하녀를 대하는 것 같지 않았다. 베키도 얼마든지 피곤해할 수 있으며 심지어 잠이 들 수도 있다는 듯이 너그럽게 바라보고 있는 것이다! 가냘프고 부드러운 조그마한 손이 어깨에 와 닿는 것도 처음 느껴보는 놀라운 경험이었다.

베키는 숨을 몰아쉬며 말했다.

"저기, 아가씨, 화 안 나셨어요? 주인마님에게 말씀 안 하실 거예요?"

세라는 놀라며 외쳤다.

"안 해. 당연히 말 안 하지."

석탄 그을음을 뒤집어쓴 베키의 얼굴은 비참하면서도 두려운 표정으로 가득했다. 그 모습을 보자 세라는 베키가 안쓰러운 나머지 견디기 힘들었다. 세라의 머릿속에 평소처럼 엉뚱한 생각이 떠올랐다. 세라는 베키의 볼에 손을 얹으며 이렇게 말했다.

"이런, 우린 다 똑같아. 나도 언니처럼 어린 여자아이일 뿐이잖아. 내가 베키 언니가 아닌 것은 우연일 뿐이야. 베키 언니가 내가 아닌 것도 우연이고!"

베키는 하나도 알아듣지 못했다. 베키로서는 그런 놀라운 생각을 이해할 수 없었다. 다만 '우연한 사고'라는 말은 들어본 적이 있었다. 마차에 치였거나 사다리에서 떨어져 병원으로 가는 불행한 일이 '우연한 사고'였다.

베키는 공손한 태도로 더듬더듬 말했다.

"우연한 사고 말인가요, 아가씨?"

"응."

세라는 멍하니 대답했다. 잠깐 상상의 나래를 펼치고 있었던 모양이었다. 하지만 베키가 자신의 말뜻을 이해하지 못한 것을 알아채고 곧 명랑한 말투로 이렇게 물었다.

"일은 다 끝났어? 좀 더 여기 있을 수 있어?"

베키는 다시 한번 숨이 턱 막혔다.

"여기요, 아가씨? 제가요?"

세라는 문가로 달려갔다. 문을 열어 밖을 살펴보며 무슨 소리가 들리나 귀를 기울였다. 이윽고 베키에게 설명했다.

"지금은 주위에 아무도 없나 봐. 방 정리하는 일이 끝났으면 조금만 여기 머물다 가도 되지 않아? 어쩌면 언니가 케이크를 좋아하지 않을까 싶었거든."

이후 세라의 방에 머무른 시간은 베키에게 황홀한 꿈만 같았다. 세라는 찬장을 열고 케이크를 두툼하게 한 조각 잘라 베키에게 주었다. 세라는 굶주린 베키가 케이크를 맛있게 먹어치우자 기뻐했다. 세라는 베키에게 질문을 건네기도 하고 웃기도 했다. 그러자 베키도 긴장 했던 마음이 풀어지기 시작했다. 한두 번은 가까스로 용기를 내어 세 라에게 직접 뭔가를 물어보기까지 했다.

베키는 세라의 장밋빛 드레스를 열심히 쳐다보며 조심스럽게 물었 다. 거의 속삭임에 가까운 작은 목소리였다.

"그 옷이 아가씨의 옷 중에 가장 좋은 옷이에요?"

세라가 대답했다.

"내 춤 수업용 드레스 중 하나야. 예쁘지?"

베키는 감탄하느라 몇 초 동안 말이 없더니 움츠러드는 목소리로 이렇게 말했다.

"저는 공주님을 본 적이 있어요. 코벤트 가든(런던의 번화가: 옮긴이) 바깥쪽 붐비는 거리에 서 있다가요. 오페라를 보러 가는 멋있는 사람 들을 구경하던 중이었죠. 그런데 다들 한 곳을 쳐다보면서 서로 '저분 이 공주님이야.'라고 수군거리더라고요. 공주님이라는 분은 다 큰 아 가씨였는데 머리부터 발끝까지 분홍색이었어요. 드레스도 분홍색, 꽃 장식도 분홍색이었죠. 아가씨가 저 탁자에 앉아 있는 것을 보니까 그 공주님 생각이 났어요. 아가씨가 공주님처럼 보였거든요."

그러자 세라는 생각에 잠긴 목소리로 말했다.

"나는 공주님이 되고 싶다는 생각을 자주 해. 공주님으로 사는 건 어떤 기분일지 궁금하거든. 나중에 내가 공주님이라고 상상하며 놀아야겠어."

베키는 감탄하며 세라를 바라보고 있었다. 아까와 마찬가지로 세라가 한 말이 무슨 뜻인지는 하나도 알아듣지 못했다. 베키의 눈빛은 숭배에 가까웠다. 세라는 곧 생각하던 것을 멈추고 베키에게 다른 질문을 던졌다.

"베키 언니, 그때 내 이야기 듣고 있었지?"

베키는 약간 놀라면서 인정했다.

"네, 아가씨. 그러면 안 된다는 것은 알고 있었어요. 하지만 이야기가 정말 아름다워서 듣지 않을 수가 없었어요."

세라가 말했다.

"나는 언니가 들어주는 게 좋았어. 내가 만든 이야기를 듣고 싶어하는 사람들에게 들려주는 것만큼 기분 좋은 일이 없거든. 왜 그런지는 잘 모르겠어. 그 뒷이야기 들을래?"

베키는 다시 한번 숨이 턱 막혔다. 그래서 외치듯 말했다.

"제가요? 이 학교 아가씨들처럼 듣는다고요? 왕자님 이야기를 전부 다요? 하얗고 조그마한 아기 인어들이 머리에 별을 달고 웃으면서 헤엄치는 이야기도 전부요?"

세라는 고개를 끄덕이며 말했다.

"지금은 들을 시간이 없겠지. 내 방을 언제 청소하러 오는지 알려줘. 내가 되도록이면 그 시간에 방에 있다가 매일 조금씩 이야기를 들려줄게. 아주 길고 아름다운 이야기거든. 게다가 난 항상 새로운 부분을 덧붙이니 말이야."

베키의 숨소리가 거칠어졌다.

"그렇게만 된다면 저는 석탄 통이 아무리 무거워도 상관없어요. 이야기 들을 생각만 하면 주방장님이 저한테 무슨 짓을 해도 견딜 수 있어요."

세라가 말했다.

"그렇게 해. 내가 전부 다 이야기해 줄게."

아래층으로 내려가는 베키는 더이상 예전의 베키가 아니었다. 무거운 석탄 통에 짓눌려 비틀거리던 모습은 사라지고 없었다. 주머니에는 세라가 한 조각 더 잘라준 케이크가 들어 있는데다 배도 부르고 따뜻했다. 아까 먹은 케이크와 난롯불 때문만은 아니었다. 세라 덕분에 마음속까지 훈훈하고 든든했다.

베키가 나가고 나서 세라는 가장 좋아하는 탁자 끄트머리에 걸터앉았다. 발은 의자 위에, 팔꿈치는 무릎 위에 올려놓고 턱을 손으로 받치고는 중얼거렸다.

"내가 공주님이라면 사람들에게 선물을 나눠줄 수 있을 텐데. 비록 상상 속에서만 공주님일 뿐이지만 나 역시 사람들에게 해줄 수 있는 것이 있잖아. 아까처럼 말이야. 베키 언니는 선물을 받은 것처럼 기뻐했어. 주위 사람들을 도와주는 것을 선물이라고 상상해야지. 나는 선물을 나눠주고 있는 거야."

06
다이아몬드 광산

그로부터 얼마 후 굉장히 흥미진진한 일이 생겼다. 세라뿐만 아니라 전교생이 흥분했고, 몇 주 동안 단골 이야깃거리가 되었다. 크루 대위가 쓴 편지에 아주 재미있는 이야기가 있었던 것이다.

어릴 때 크루 대위와 같은 학교를 다녔던 친구 하나가 뜻밖에 인도까지 찾아왔다. 그 친구는 드넓은 땅을 소유하고 있었는데, 그곳에서 다이아몬드를 발견해 광산을 개발 중이라고 했다. 친구가 확신하는 대로 모든 일이 문제 없이 진행되면, 생각만 해도 아찔할 만큼 막대한 부를 거머쥐게 된다는 것이었다. 친구는 좋아하는 친구 크루 대위와 손잡고 이 일을 진행해 어마어마한 부를 나누고 싶다고 했다. 세라는 아버지의 편지를 통해 이러한 내용을 알 수 있었다.

사실 세라나 학교 여학생들에게 사업 계획이란 아무리 훌륭해도 그다지 흥미로운 이야기로 들리지는 않았을 것이다. 하지만 '다이아몬드 광산'은 마치 『아라비안 나이트』 이야기처럼 굉장해 보여서 저절로 관심이 쏠릴 수밖에 없었다.

　이야기에 흥미를 느낀 세라는 어멘가드와 로티에게 깊은 땅 속 미로 같은 통로가 눈앞에 보이듯 자세히 이야기해 주었다. 그 통로의 벽과 천장에는 번쩍거리는 보석이 박혀 있고, 낯선 나라의 인부들이 무거운 곡괭이로 보석을 파내는 것이었다. 어멘가드는 그 이야기를 즐겁게 들었고, 로티는 처음부터 다시 들려달라고 졸랐다. 라비니아는 아주 심술궂은 태도를 보였다. 라비니아는 제시에게 다이아몬드 광산 같은 것이 실제로 있을 리 없다고 쑥덕거렸다.

　"우리 엄마한테는 40파운드나 주고 산 다이아몬드 반지가 있어. 그렇게 비싼데 그다지 크지도 않아. 다이아몬드로 가득 찬 광산이 있다면 광산 주인은 말도 못 할 만큼 부자일 거야."

　제시가 키득거리며 말했다.

　"세라가 그렇게 말도 못 할 만큼 부자가 되겠지."

　"말도 못 할 부자인지, 말도 못 하게 웃긴 애인지 모르지만 말이야."

　라비니아가 코웃음치자 제시가 말했다.

　"넌 세라를 싫어하나 보네."

　그러자 라비니아가 톡 쏘아붙였다.

"그런 거 아냐. 하지만 다이아몬드가 가득한 광산 이야기는 안 믿어."

제시가 또다시 키득거리며 말했다.

"어쨌든 사람들이 다이아몬드를 갖고 다닌다면 어딘가에서 다이아몬드가 나온다는 얘기잖아. 라비니아, 거트루드가 뭐라고 했는지 알아?"

라비니아는 시큰둥했다.

"몰라. 또 그 지겨운 세라 이야기라면 난 관심 없어."

제시가 말했다.

"뭐, 세라 이야기는 맞아. 요즘 그 애의 '상상 놀이'는 공주 놀이래. 학교에서도 항상 공주처럼 행동한다는 거야. 그렇게 하면 공부가 더 잘 된다나. 어멘가드에게도 공주 놀이를 해보라고 했는데 어멘가드가 자기는 너무 뚱뚱해서 안 된다고 했나 봐."

라비니아가 빈정거렸다.

"어멘가드는 공주 하기엔 너무 뚱뚱하지. 세라는 너무 말랐고."

제시는 또 키득거렸다.

"세라 말로는 공주는 겉모습과는 상관이 없대. 부자인지 아닌지도 상관없고. 오로지 생각과 행동에 따라 공주가 된다는 거야."

라비니아가 말했다.

"세라는 거지도 공주가 될 수 있다고 생각할걸. 이제부터 공주마마라고 불러야겠네."

수업이 끝나면 학생들은 교실 난롯가에 모여 앉았다. 학생들은 그 시간을 가장 좋아했다. 그때는 민친 교장과 아멜리아 선생이 작은 거실에서 단둘이 차를 마시는 시간이기도 했다. 그 시간이 되면 학생들 사이에 많은 이야기가 오가고 수많은 비밀이 남몰래 퍼졌다. 특히 어린 학생들이 평소처럼 다투거나 시끄럽게 뛰어다니지 않고 얌전히 있으면 더욱 흥미로운 이야기가 오갔다. 어린 학생들이 소란스럽게 굴면 큰 학생들이 끼어들어 아이들을 야단쳤다. 얌전히 있지 않으면 민친 교장이나 아멜리아 선생이 나타나 즐거운 시간이 끝날 수도 있기 때문이었다. 라비니아가 제시와 이야기를 나누고 있을 때, 교실 문이 열리고 세라와 로티가 함께 들어왔다. 로티는 세라가 어디를 가든 강아지처럼 졸졸 쫓아다녔다.

라비니아가 소곤소곤 말했다.

"저기 공주마마 오시네. 끔찍한 로티까지 달고! 그렇게 저 애가 좋으면 자기 방에 데리고 있지, 여기는 왜 왔담? 오 분만 있으면 울고불고 발악을 할 텐데."

사실 새엄마 세라에게 교실로 가자고 졸랐던 것은 로티였다. 갑자기 교실에서 놀고 싶어졌던 것이다. 로티는 교실 한 귀퉁이에서 노는 어린 학생들 무리에 끼어 놀았다. 세라는 창가 벤치에 무릎을 세우고 앉아 책을 펼쳐 읽었다. 그 책은 프랑스 혁명에 관한 책이었다. 세라는 곧 바스티유 감옥 죄수들을 그린 끔찍한 그림 속으로 빠져들었다. 구조대가 죄수들을 구출해 감옥에서 나오게 하는 그림이었다. 하지만 이들은 감옥에 너무 오랜 세월 갇혀 있어서, 허옇게 센 머리와 수염이 얼굴을 거의 뒤덮을 정도로 길게 자라 있었다. 바깥세상이 있다는 것도 다 잊고 꿈속에서 사는 듯한 모습이었다.

세라는 상상 속으로 아주 깊이 빠져들었다. 그러다 별안간 로티의 울음소리가 들려 상상이 깨지자 기분이 상했다. 세라에게는 책에 몰두해 있다가 방해를 받는 것만큼 화를 참기 힘든 일도 없었다. 책을 좋아하는 사람이라면 그렇게 방해받는 순간 짜증스러운 감정이 밀려들게 된다. 화를 내고 싶은 마음을 다스리기 힘들어지는 것이다.

세라는 예전에 어멘가드에게 비밀스럽게 이런 말을 한 적이 있었다.

"그렇게 방해를 받으면 누가 나를 때린 것 같은 느낌이 들어. 나도 한 대 때리고 싶어진단 말이야. 고약한 말을 참으려면 얼른 다른 생각을 해야 해."

그 말처럼 세라는 창가 벤치에 책을 내려놓으면서 다른 생각을 해야만 했다. 세라는 편안한 구석 자리에서 폴짝 내려왔다.

조금 전 로티는 미끄럼을 타면서 교실 바닥을 돌아다니고 있었다. 처음에는 시끄럽게 돌아다니면서 라비니아와 제시의 이야기를 방해하더니, 마침내 넘어져서 통통한 무릎을 다치고 만 것이었다. 로티는 악을 쓰고 울면서 아이들 사이를 마구 뛰어다녔다. 아이들 중에는 달래주는 친구도 있었지만, 로티에게 악감정을 품고 꾸지람하는 학생도 있었다.

"당장 그쳐, 이 울보야! 그치라니까!"

라비니아가 호통쳤다.

"난 울보 아냐…… 아니란 말이야! 세라 언니! 세라 언니!"

로티는 울부짖으며 세라를 찾았다.

그러자 제시가 외쳤다.

"쟤가 울음을 안 그치면 민친 교장선생님이 들으실 거야. 로티야, 동전 줄게. 뚝 그쳐!"

"동전 필요 없어."

로티는 훌쩍훌쩍 울면서 말했다. 통통한 자기 무릎을 내려다보다가 핏방울이 맺혀 있는 것을 보고 다시 울음을 터뜨렸다.

세라가 재빨리 달려와 무릎을 꿇고 로티를 안아주었다. 그러고는 이렇게 말했다.

"울지 마, 로티야. 로티 너 세라 언니하고 '약속'했잖아."

로티는 눈물을 흘리며 말했다.

"라비니아 언니가 울보라고 했단 말이야."

세라는 로티를 토닥여주었지만 로티도 알고 있는 단호한 목소리로 이렇게 말했다.

"하지만 네가 계속 울면 진짜 울보가 되어버리잖아. 우리 착한 로티야, 약속했잖니."

로티는 약속했던 것이 기억났지만, 좀 더 소리 높여 칭얼거리고 싶은 마음에 이렇게 말했다.

"난 엄마가 없잖아!"

그러자 세라가 명랑하게 말했다.

"어머, 엄마 있잖아. 까먹었어? 이 세라 언니가 로티 엄마인걸? 내가 엄마인 게 싫어?"

로티는 마음이 좀 풀린 듯 코를 훌쩍이며 세라의 품에 폭 안겼다.

세라가 계속 로티를 달랬다.

"언니하고 창가 벤치로 가서 앉자. 너한테만 들리도록 조그맣게 이야기 들려줄게."

로티는 울먹이며 말했다.

"정말? 다이아몬드 광산 이야기도 해줄 거야?"

라비니아가 끼어들었다.

"다이아몬드 광산이라고? 골칫덩이에 응석받이 꼬마같으니라고. 한 대 찰싹 때려주고 싶다, 정말!"

세라가 벌떡 일어섰다. 바스티유 감옥 이야기가 나오는 책에 열심히 몰두했던 것을 떠올린 게 틀림없었다. 가서 로티의 새엄마 노릇을 해주어야 한다는 것은 알고 있었지만, 아무리 세라여도 천사는 아니어서 라비니아가 좋아지지 않았다.

세라는 흥분해서 말했다.

"난 언니를 때려주고 싶어. 하지만 때리지는 않을 거야!"

세라가 감정을 억누르려 애썼다.

"정말 언니를 때려주고 싶지만 그래도 안 때릴 거라고. 우리가 철부지 부랑아도 아니고, 둘 다 철이 들 만큼 들었으니까."

라비니아는 반격의 기회를 놓치지 않고 이렇게 말했다.

"아, 물론이죠, 공주마마. 우리는 공주니까요. 적어도 누구 한 명은 말이죠. 이 학교는 아주 격조 높은 곳인가 봐. 공주 학생도 다 있고 말이야!"

세라는 라비니아 쪽으로 한 발짝 다가섰다. 따귀라도 한 대 때리려는 듯한 모습이었다. 어쩌면 그러려고 했는지도 모른다. 세라의 상상 놀이는 생활의 활력소였다. 좋아하는 친구가 아니면 상상에 대해 말도 꺼낸 적 없었다. 공주가 되는 '상상'은 세라에게 굉장히 소중하고 수줍은 상상이었고 예민한 문제였다. 그래서 비밀로 하려고 했는데, 지금 라비니아가 전교생 앞에서 세라의 소중한 상상을 비웃고 있는 것이다.

세라는 뺨이 따끔거릴 정도로 얼굴이 화끈 달아오르는 것을 느꼈다. 진정하려고 애썼다. 공주님이라면 발끈해서 화를 내지는 않을 테니 말이다. 세라는 손을 내리고 잠시 꼼짝 않고 서 있었다. 그러더니 입을 열었다. 평소처럼 차분한 목소리였다. 세라는 당당하게 고개를 들었고, 모두가 세라의 말에 귀를 기울였다.

세라가 말했다.

"맞아. 가끔씩 내가 공주님이라는 상상을 하고 놀아. 그래서 공주님답게 품위를 유지하려고 해."

라비니아는 딱히 대꾸할 말이 떠오르지 않았다. 세라를 상대하다 보면 마땅한 대답을 찾을 수 없는 경우가 많았다. 왠지 모르게 항상 다른 아이들이 얄미운 세라에게 막연히 공감하고 있는 듯했기 때문이다. 지금도 아이들은 관심 있게 귀를 쫑긋 세우고 있는 모습이었다. 사실 아이들은 공주 이야기를 좋아했기 때문에 뭔가 확실한 이야기를 듣고 싶어서 세라에게 더 가까이 모여들었다.

라비니아는 가까스로 받아칠 말을 생각해냈지만 그리 신통치는 않았다.

"참 나, 나라를 물려받으면 우리나 잊지 마시지!"

라비니아가 말했다.

"잊지 않을게."

세라는 이렇게 말한 다음 그대로 꼿꼿하게 서서 라비니아를 똑바로 쳐다보았다. 라비니아는 제시와 팔짱을 끼고 돌아서 가버렸다.

이런 일이 있은 후 아이들은 세라를 '세라 공주님'이라고 불렀다. 세라를 질투하는 아이들은 세라를 비꼬고 싶을 때마다 그렇게 불렀고, 세라를 아끼는 친구들은 애칭으로 불렀다. 세라의 이름을 불러야 할 때 '공주님'이라고 부르는 아이는 없었지만, 세라를 따르는 아이들은

'공주님'이라는 말이 멋있고 위엄이 느껴져서 아주 좋아했다. 민친 교장은 그 '공주님' 소리에 왕족이 다니는 기숙학교라도 된 듯한 기분이 들어 학부모들이 오면 그 이야기를 여러 번 했다.

베키는 '공주님'이야말로 세라에게 어울리는 호칭이라고 생각했다. 얼마 전 안개 낀 날 오후, 베키가 세라의 방 푹신한 의자에서 잠이 들었다가 벌떡 일어나 두려움에 떨었던 그때부터 베키는 세라와 점점 더 친해졌다. 민친 교장과 아멜리아 선생은 아무것도 눈치채지 못했다. 세라가 이 심부름꾼 하녀에게 친절하다는 것은 알고 있지만, 두 아이가 아슬아슬하게 짬을 내어 즐거운 시간을 보내는 것은 전혀 모르고 있었다. 베키는 이층 학생들의 방을 번개같이 빠르게 정리하고 세라의 작은 거실로 가서 무거운 석탄 통을 내려놓을 때면 기쁜 한숨을 내쉬었다. 그때마다 세라는 조금씩 이야기를 들려주었다. 맛있는 음식을 나눠주기도 했고, 서둘러 베키의 주머니에 먹을 것을 넣어 주기도 했다. 베키는 밤에 자신의 다락방으로 올라가 잠자리에 들 때 챙겨준 음식을 깨끗이 먹어치웠다.

"조심해서 먹어야 해요. 부스러기가 남아 있으면 쥐가 나오거든요."

베키가 말했다.

겁에 질린 세라의 목소리가 커졌다.

"쥐? 방에 쥐가 있어?"

베키는 아주 태연하게 대답했다.

"많아요, 아가씨. 다락방에는 큰 쥐도 있고 생쥐도 있죠. 쥐가 돌아다니는 소리도 자꾸 들으면 익숙해져요. 저도 침대 쪽으로 오지 않으면 신경 안 써요."

"세상에!"

세라가 놀라며 작은 소리로 외쳤다.

그러자 베키가 말했다.

"조금만 참으면 뭐든 익숙해져요. 심부름꾼 하녀로 태어났으니 어쩔 수 없죠. 그래도 바퀴벌레보다는 쥐가 나아요."

세라도 고개를 끄덕였다.

"나라도 그럴 거야. 시간이 지나면 나 역시 쥐하고 친구가 될지도 모르지. 하지만 바퀴벌레하고는 친구가 될 것 같지 않아."

베키가 세라의 밝고 따뜻한 방에 오래 있을 엄두를 내지 못할 때도 있었다. 말도 몇 마디 못 나누는 그런 날, 세라는 베키의 주머니에 작은 선물을 넣어주었다. 베키는 낡은 주머니를 허리끈으로 묶어 옷자락 속에 달고 다녔던 것이다.

세라에게는 새로운 취미가 생겼다. 베키의 조그만 주머니에 들어갈 만한 맛있는 음식을 찾아내는 것이었다. 마차를 타거나 걸어서 외출할 때면 가게 진열장을 열심히 들여다보았다. 처음으로 조그만 고기 파이(파이 빵 껍질 속에 다진 고기를 넣어 오븐에 구운 음식: 옮긴이)를 두세 개 사서 돌아왔을 때는 대단한 발견을 해낸 듯한 기분이었다. 세라가 찾아낸 음식을 보여주면 베키의 눈은 반짝반짝 빛났다.

"어머나, 아가씨!"

베키는 중얼거리듯 말했다.

"파이 속이 아주 꽉 차 있네요. 꽉 찬 속이 최고예요. 스펀지케이크도 정말 맛있지만 그건 금방 녹아 없어져요. 마치…… 뭐라고 해야 할지 모르겠네요. 어떤 기분인지 아실지 모르겠어요, 아가씨. 어쨌든 이 파이는 먹으면 뱃속에 그대로 있을 것 같아요."

세라는 머뭇거리면서 말했다.

"글쎄, 음식이 계속 뱃속에 남아 있으면 좋지 않겠지. 하지만 파이는 분명 맛있을 거야."

파이는 맛있었다. 음식점에서 사온 소고기 샌드위치도 맛있었고, 롤빵과 볼로냐소시지도 맛있었다. 베키는 점차 배고픔과 피곤함을 덜 느끼게 되었고, 석탄 통이 그렇게 견딜 수 없을 만큼 무겁다는 느낌도 들지 않았다.

석탄 통이 아무리 무거워도, 주방장이 아무리 성질을 부려도, 잔뜩 쌓인 일들이 아무리 고되어도 베키는 견딜 수 있었다. 오후에 맞이할 작은 즐거움 덕분이었다. 세라 아가씨가 작은 거실에서 기다리고 있을 거라는 생각만 해도 기운이 솟았다. 사실 고기 파이가 없어도 세라 아가씨를 만나는 것 자체가 좋았다. 겨우 한두 마디 나눌 시간밖에 없을 때에도 세라는 항상 다정한 모습으로 베키를 격려했다. 좀 더 시간

SWEET MORNING

NEW
COOKIE

이 나면 세라가 이야기를 들려주거나 함께 시간을 보내기도 했다. 베키는 이따금씩 다락방 침대에 누워 잠들지 않고 세라와 함께 한 일들을 떠올렸다.

세라는 타고난 성격 자체가 베풀기 좋아하는 아이였고, 자신이 가장 좋아하는 일을 자연스럽게 하고 있을 뿐이었다. 불쌍한 베키에게 그것이 얼마나 큰 힘이 되는지, 자신이 얼마나 훌륭한 후원자 노릇을 하고 있는지 미처 몰랐다. 베풀기 좋아하는 사람은 자신이 가진 물건을 아낌없이 나눠줄 뿐 아니라 마음도 나눠주게 된다. 가진 물건이야 없을 때도 있겠지만 마음만은 늘 풍성해 많은 것들을 나눠줄 수 있다. 따뜻하고 친절하고 다정한 마음에서 우러나오는 도움의 손길과 편안한 위로, 웃음 같은 것들을 말이다. 그중에서도 즐겁고 다정한 웃음이 가장 큰 도움이 될 때도 있다.

베키는 지금까지 이리 치이고 저리 치이는 고단한 생활을 하느라 웃을 일이 거의 없었다. 하지만 세라 덕분에 미소를 되찾았고, 이제는 둘이 함께 웃음을 터뜨리곤 했다. 두 아이 모두 전혀 몰랐지만 웃음이야말로 '속이 꽉 찬' 고기 파이만큼 근사한 것이었다.

세라의 열한 번째 생일이 몇 주 앞으로 다가왔을 때, 아버지 크루 대위에게서 편지가 왔다.

그런데 그 편지는 평소처럼 아이같이 신나는 말투로 쓴 것이 아닌 듯했다. 건강도 좋지 않았고, 다이아몬드 광산 사업이 지나치게 큰 부담이 되고 있는 것이 분명했다.

아버지는 이런 편지를 써 보냈다.

우리 귀여운 세라야, 아빠는 사업가로는 영 소질이 없나 봐. 숫자와 서류가 골치 아프구나. 제대로 이해가 안 되는데다 해야 할 일이 어마어마한 것 같아. 아마 열이 나지 않는다면 이 정도로 힘들지는 않겠지. 요샌 밤이 되어도 절반은 잠을 이루지 못해 뒤척이고 나머지 반은 나쁜 꿈에 시달린단다. 우리 꼬마 마님이 여기 있었더라면 진지하면서도 유익한 충고를 해주었을 텐데. 그렇지 않니, 우리 꼬마 마님?

세라를 '꼬마 마님'이라고 부르는 것은 아버지가 자주 하는 농담 중 하나였다. 세라가 워낙 아이답지 않은 태도를 보이기 때문에 농담 삼아 그렇게 불렀던 것이다.

아버지는 세라의 생일을 맞아 여러 가지 근사한 선물을 준비했다. 그중에는 파리에서 주문한 새 인형도 있었다. 인형 옷도 놀라울 정도로 아름답고 완성도가 뛰어났다. 아버지는 세라에게 인형 선물이 마음에 들지 물어보려고 미리 편지를 보냈는데, 세라는 아주 독특한 반응을 보였다.

세라는 이런 답장을 썼다.

아빠도 알다시피 전 계속 나이를 먹고 있잖아요. 더는 다른 인형을 선물 받지 않으려고 해요. 이번 인형만 마지막으로 받고요. 이에 대해 진지하게 할 이야기가 있어요. 제가 시를 쓸 수 있다면 제목은 분명 '마지막 인형'으로 했을 거예요. 하지만 전 시를 못 쓰겠어요. 쓰려고 해봤는데 정말 우습더라고요. 와츠나 코울리지, 셰익스피어(모두 영국의 유명한 시인과 작가: 옮긴이)의 시와는 전혀 다른 거 있죠. 어떤 인형도 에밀리를 대신할 수 없을 거예요. 하지만 '마지막 인형'도 아주 많이 아껴주려고 해요. 틀림없이 전교생이 그 인형을 좋아해 줄 거고요. 큰 학생이나 어린 학생이나 모두 인형을 좋아하거든요. 열다섯 살이 되어가는 큰 학생들은 벌써 어른인 척하지만 말이에요.

크루 대위는 인도의 집에서 이 편지를 읽었다. 심한 두통으로 머리가 깨질 듯이 아픈 상태였다. 탁자 위에는 서류 더미와 편지가 잔뜩 쌓여 있었다. 모두 크루 대위를 근심 걱정과 두려움으로 몰아넣는 것들뿐이었다. 몇 주째 웃어본 적이 없는 크루 대위였지만 세라의 편지를 읽고는 크게 웃었다.

크루 대위는 혼잣말을 중얼거렸다.

"아아, 우리 세라는 해마다 더 재미있어지네. 하느님, 이 사업이 제대로 자리 잡아서 제가 자유롭게 집으로 달려가 세라를 볼 수 있게 해 주세요. 지금 당장 세라가 그 조그만 팔로 내 목을 안아줄 수 있다면 더 바랄 게 없을 텐데! 그렇게만 된다면 무엇을 내주어도 아깝지 않을 텐데!"

세라의 생일 파티는 아주 성대하게 치르기로 예정되어 있었다. 교실을 장식하고 생일 파티를 하기로 했다. 굉장한 격식을 갖추어 선물 상자를 열고, 민친 교장 방에서 화려한 파티를 하기로 했다. 세라의 생일이 되자 학교 안이 들썩거렸다. 파티 준비를 하느라 다들 오전 시간이 어떻게 지나갔는지 모를 정도였다. 교실은 크리스마스 때처럼 호랑가시나무 화환으로 장식했다. 교실 벽 쪽으로 빙 둘러 책상을 옮겨 놓은 다음 빨간색 덮개도 씌웠다.

생일 아침에 세라가 작은 거실로 나와 보니, 탁자 위에는 꾸러미가 하나 놓여 있었다. 갈색 종이로 꽁꽁 싸놓은 조그맣고 두툼한 꾸러미였다. 세라는 그것이 생일 선물이라는 것을 알아차렸다. 누가 준 것인지도 짐작할 수 있었다.

세라는 조심조심 선물을 풀어보았다. 선물은 네모난 핀꽂이 쿠션이었다. 아주 깨끗하지는 않았지만 빨간색 플란넬 천으로 만든 쿠션이었다. 거기에 조심스럽게 꽂혀 있는 까만색 핀은 '셍일 축카'(글을 제대로 배우지 못한 베키가 '생일 축하'를 잘못 쓴 것: 옮긴이)라는 글자 모양을 하고 있었다.

"어머나!"

세라는 외쳤다. 마음이 따뜻해지는 느낌이었다.

"얼마나 정성을 많이 들였을까! 정말 마음에 들어. 왠지 슬픈 느낌이 드네."

그런데 다음 순간 세라는 얼떨떨해졌다. 핀꽂이 쿠션 바닥에 종이 카드가 꽂혀 있었는데, 종이에는 깔끔한 글자로 '아멜리아 민친'이라고 쓰여 있었던 것이다.

세라는 핀꽂이 쿠션을 이리저리 살펴보며 혼잣말을 중얼거렸다.

"아멜리아 선생님이라니! 어떻게 이런 일이 있을 수 있지?"

그 순간 문이 조심스럽게 열리더니 베키가 빼꼼 얼굴을 내밀었다. 얼굴에는 기쁨과 애정 어린 미소가 가득했다. 베키는 느릿느릿 들어와서 초조한 듯 손가락을 잡아당기며 서 있었다.

"선물은 마음에 드세요, 세라 아가씨? 괜찮아요?"

베키가 물었다.

그러자 세라가 큰 목소리로 말했다.

"마음에 드냐고? 정말 고마워, 베키 언니. 전부 직접 만들었잖아."

베키는 흥분과 감격에 벅차 코를 훌쩍거렸고, 기쁜 나머지 눈가에 촉촉하게 눈물까지 맺혔다.

"그냥 평범한 플란넬 천이에요. 새것도

아니고요. 하지만 뭔가 드리고 싶어서 밤마다 조금씩 만들었어요. 물론 아가씨는 새틴 천에 다이아몬드 핀이 박혀 있다고 상상하실 수 있겠죠. 저도 만들면서 그런 상상을 하려고 해봤어요."

베키는 약간 자신 없는 목소리로 이렇게 말했다.

"카드는요, 쓰레기통에서 얼른 꺼낸 건데 잘못한 것은 아니겠죠? 아멜리아 선생님이 버리시더라고요. 저는 카드가 없잖아요. 그런데 카드가 없으면 제대로 된 선물이 아닌 것 같아서요. 아멜리아 선생님 카드를 꽂았어요."

세라는 달려가서 베키를 꼭 끌어안았다. 왠지 설명할 수는 없지만 감동에 벅차 울컥하는 심정이었다.

"아아, 베키 언니!"

세라는 이렇게 외치고는 묘한 목소리로 조그맣게 웃었다.

"난 베키 언니가 너무 좋아. 정말 정말 좋아!"

그러자 베키가 속삭이듯 말했다.

"아유, 아가씨! 고마워요, 아가씨. 다정하기도 하시지. 그렇게 좋은 선물도 아닌데요. 플란넬 천이 새것도 아니고요."

07
다이아몬드 광산 뒷이야기

    오후가 되자 세라가 화환으로 장식한 교실로 들어왔다. 마치 거창한 행렬의 앞장을 선 듯한 모습이었다. 한껏 차려 입은 민친 교장이 세라의 손을 잡아 안내하고 있었다. 민친 교장 뒤로 세라의 '마지막 인형' 선물 상자를 든 남자 하인이 따라왔고, 그 뒤에는 다른 선물 상자를 든 하녀가 있었다. 베키는 맨 끝에서 세 번째 선물 상자를 들고 따라왔는데, 깨끗한 앞치마에 새 모자를 쓰고 있었다. 세라는 평소처럼 교실로 들어가고 싶었지만, 민친 교장은 세라를 자기 방으로 불러 자신의 바람을 이야기했다.

    "이번 생일 파티는 그냥 행사가 아니란다. 평범하게 지나가지 않을 게다."

세라는 거창하게 안내를 받으며 교실로 들어왔다. 큰 학생들은 세라를 쳐다보며 서로 팔꿈치를 쿡쿡 찔렀고, 어린 학생들은 자리에 앉아 들뜬 기분에 꼼지락거리기 시작했다. 세라는 쑥스러운 기분이 들었다.

학생들이 소곤거리는 소리가 커지자 민친 교장이 말했다.

"여러분, 조용히 하세요! 제임스, 선물 상자를 탁자 위에 올려놓고 뚜껑을 열어라. 에마, 그 선물 상자는 의자 위에 올리고. 베키!"

민친 교장의 목소리가 갑자기 날카로워졌다.

베키는 들뜬 나머지 하녀답지 않게 로티를 보며 미소 짓고 있었다. 기대에 부풀어 흥분한 로티가 가만히 있지 못하고 꿈틀거리고 있었던 것이다. 베키는 선물 상자를 떨어뜨릴 지경이었다. 그러다 민친 교장이 불호령을 치자, 겁에 질려 잘못했다는 뜻으로 무릎을 살짝 굽히며 인사했다. 그 모습이 우스꽝스러워서 라비니아와 제시는 킥킥거리며 웃었다.

민친 교장이 말했다.

"주제넘게 학생들을 똑바로 쳐다보면 안 되지. 하녀가 너무 건방지구나. 선물 상자를 내려놓아라."

덜덜 떨면서 서둘러 상자를 내려놓은 베키는 허둥지둥 문가로 돌아갔다.

"이제 가도 좋아."

민친 교장은 하인들에게 나가라는 손짓을 했다.

베키는 자신보다 윗사람인 하인들이 먼저 지나갈 수 있도록 공손하게 옆으로 비켜섰다. 그러면서도 탁자 위에 놓인 선물 상자가 궁금해서 힐끔 바라보지 않을 수 없었다. 겹겹이 싸놓은 포장용 구김 종이 사이로 파란색 새틴으로 만든 물건이 고개를 내밀고 있었다.

세라가 갑자기 말했다.

"민친 교장선생님, 괜찮다면 베키 언니도 함께 있으면 안 될까요?"

세라의 대담한 요청에 민친 교장은 약간 움찔했다. 민친 교장은 안경을 치켜올리며 불안한 표정으로 학교의 자랑인 세라를 지그시 바라보았다.

민친 교장은 놀랍다는 듯 말했다.

"베키라니? 세라, 그게 무슨 소리지?"

세라는 민친 교장 쪽으로 한 발 앞으로 나와서 말했다.

"베키 언니도 선물을 구경하고 싶을 거라고 생각해요. 함께 있으면 좋겠어요. 베키 언니도 여자아이잖아요."

민친 교장은 화가 나서 세라와 베키를 차례로 쳐다보았다. 그러더니 이렇게 말했다.

"세라, 베키는 잔심부름꾼 하녀란다. 잔심부름꾼 하녀를, 음, 여자아이라고 볼 수는 없지."

민친 교장은 순간적으로 아무렇게나 말한 것이 아니었다. 민친 교장에게 잔심부름꾼 하녀란 석탄 통을 나르고 불을 피우는 기계 같은 것이었다.

세라는 물러서지 않고 말했다.

"베키 언니는 여자아이 맞아요. 여기 있으면 분명 즐거워할 거예요. 함께 있도록 허락해 주세요, 교장선생님. 제 생일이잖아요."

민친 교장은 콧대를 세우며 대답했다.

"생일이라 부탁하는 거라면 허락하지. 베키, 세라 양이 큰 친절을 베풀었으니 고맙다고 해라."

베키는 즐거운 기대감에 부풀어 긴장하며 구석에서 앞치마 끝자락을 비틀고 있던 중이었다. 민친 교장의 말에 베키는 앞으로 나와 무릎을 살짝 굽혀 인사했다. 베키가 감사의 말을 늘어놓는 동안 세라와 베키 사이에는 서로의 마음을 헤아리는 다정한 눈빛이 오고 갔다.

베키가 말했다.

"아아, 괜찮으시다면 여기 있을게요, 아가씨! 정말 감사합니다! 인형이 정말 보고 싶었어요. 감사합니다, 아가씨."

그리고 몸을 돌려 두려움에 떨며 민친 교장에게도 무릎을 굽혀 인사했다.

"분에 넘치는 일을 허락해 주셔서 감사합니다, 주인마님."

민친 교장은 다시 한번, 이번에는 문가 구석으로 가라는 손짓을 하면서 이렇게 지시했다.

"저쪽으로 가 있어라. 학생들에게 너무 가까이 다가오면 안 돼."

베키는 미소를 지으며 구석 쪽으로 갔다. 베키는 어디라도 괜찮았다. 이렇게 즐거운 일이 벌어지고 있는 동안 아래층 부엌방이 아니라 이 방 안에 있을 수만 있다면 어디든 좋았다. 민친 교장이 못마땅한 표정으로 헛기침을 하고 다시 말을 시작해도 신경이 쓰이지 않을 정도였다.

민친 교장이 말했다.

"자, 여러분, 여러분에게 해줄 이야기가 있어요."

학생 하나가 소곤거렸다.

"연설을 하시려나 봐. 빨리 끝났으면 좋겠다."

세라는 조금 불편한 기분이 들었다. 세라의 생일 파티인 만큼 그에 관한 이야기를 하려는 듯한데, 민친 교장이 자신의 이야기를 늘어놓는 동안 교실에 서 있는 것이 달갑지는 않았다.

민친 교장의 연설이 시작되었다.

"여러분, 모두 알다시피 우리 사랑하는 세라 양이 오늘 열한 살이 되었어요."

"'사랑하는' 세라라니!"

라비니아가 중얼거렸다.

"여러분 중에는 이미 열한 살이 된 학생도 여럿 있죠. 하지만 세라 양의 생일은 다른 학생들의 생일과는 조금 다릅니다. 세라 양은 장차 막대한 재산의 상속녀가 될 테고, 그 재산을 가치 있게 사용할 의무가 있습니다."

"다이아몬드 광산 말이겠지."

제시가 키득거리며 속삭였다.

세라는 민친 교장의 말을 귀담아듣지 않았지만, 초록빛이 도는 회색 눈동자로는 민친 교장을 계속 바라보며 서 있었다. 세라는 얼굴이 달아오르는 기분이었다. 민친 교장이 돈 이야기를 하면 어쩐지 새삼스럽게 민친 교장이 정말 싫다는 생각이 들었다. 물론 어른을 싫어하는 것은 바람직한 태도가 아니지만 말이다.

민친 교장의 말은 계속되었다.

"세라 양의 아버지인 크루 대위님이 인도에서 세라 양을 데려와 나에게 맡기셨지요. 그때 대위님은 장난삼아 이런 말씀을 하셨답니다. '민친 교장선생님, 이 아이는 큰 부자가 될 거라 걱정입니다.' 나는 이렇게 대답했지요. '크루 대위님, 우리 학교에서 받는 교육을 통해 세라 양은 막대한 재산보다 더 빛나는 사람이 될 것입니다.' 세라 양은 아주 뛰어난 학생이 되었죠. 세라 양의 프랑스어와 춤 실력은 우리 학교의 자랑입니다. 예의범절도 훌륭해서 여러분 모두 '세라 공주님'이라고 부를 정도고요. 마음씨도 좋아서 오늘 오후 여러분에게 근사한 생일 파티도 열어주었네요. 여러분이 세라 양의 마음 씀씀이에 고마워했으면 좋겠군요. 모두 함께 '세라야, 고마워!'라고 크게 외쳐 고마운 마음을 표현했으면 합니다."

그러자 세라가 온 첫날 아침 그랬던 것처럼, 전교생이 일제히 자리에서 일어났다. 세라는 아직도 그때를 생생하게 기억하고 있었다.

"세라야, 고마워!"

전교생이 입을 모아 말했다. 로티는 펄쩍펄쩍 뛰면서 외쳤다. 세라는 잠시 부끄러워하는 것 같더니 무릎을 살짝 굽혀 답례했다. 아주 우아한 인사였다.

세라가 말했다.

"생일 파티에 와 줘서 고마워."

민친 교장이 고개를 끄덕였다.

"아주 잘했다, 세라. 진짜 공주도 사람들에게 박수를 받을 때 그렇게 하지."

그리고 나무라는 말투로 엄하게 말했다.

"라비니아, 방금 코웃음치는 것과 아주 똑같은 소리가 났는데, 다른 학생을 시샘하더라도 좀 더 교양 있게 표현하거라. 이제 나는 나갈 테니 모두 즐거운 시간을 보내렴."

민친 교장이 교실을 나가는 순간, 민친 교장이 있다는 것만으로도 아이들을 꼼짝 못 하게 하던 마법이 풀려버렸다. 아이들은 교실 문이 닫히자마자 모두 자리를 떴다. 어린아이들은 펄쩍펄쩍 뛰거나 공중제비를 돌면서 달려 나왔다. 큰 아이들은 딴짓하지 않고 곧장 달려나왔다. 모두 생일 선물 상자 쪽으로 몰려들었다. 세라는 즐거운 표정으로 선물 상자 중 하나에 몸을 기울였다.

"이건 분명 책이야."

세라가 말했다.

어린아이들은 별로라는 듯 중얼거렸고 어멘가드는 질색한 얼굴로 외쳤다.

"너희 아빠는 생일 선물로 책을 보내주셔? 어휴, 너희 아빠도 우리 아빠만큼 심한 분이구나. 열지 마, 세라야."

"나는 좋은데."

세라는 웃으면서 말했다. 하지만 책 상자를 열지 않고 가장 큰 선물 상자 쪽으로 몸을 돌렸다. 세라가 상자에서 꺼낸 것은 '마지막 인형'이었다. 인형이 너무나 아름다워서 아이들은 탄성을 질렀다. 숨 막힐 듯 황홀해하며 인형에서 눈을 떼지 못했다.

"거의 로티만큼이나 큰 인형이네."

누군가 숨가쁜 목소리로 말했다.

로티는 박수를 치더니 킥킥 웃으면서 춤을 추고 돌아다녔다.

라비니아가 말했다.

"극장에 가는 차림인가 봐. 옷 안쪽이 흰담비 털로 되어 있어."

어멘가드는 앞쪽을 살펴보고 이렇게 외쳤다.

"어머나, 인형이 금테를 두른 파란색 오페라글라스(극장에서 사용하

는 작은 쌍안경: 옮긴이)도 들고 있어!"

세라가 말했다.

"인형 여행 가방도 있어. 무슨 물건이 들어 있나 열어 보자."

세라는 바닥에 앉아 열쇠로 여행 가방을 열었다. 아이들이 세라 주위로 모여들어 시끄럽게 떠들었다. 세라는 가방에서 차례대로 상자를 꺼내 속에 든 물건을 보여주었다. 교실이 이렇게 소란스러웠던 적은 한 번도 없었다. 가방에서는 레이스로 만든 옷깃과 비단으로 만든 긴 양말, 손수건이 나왔다. 보석함 속에는 진짜 다이아몬드처럼 보이는 목걸이와 작은 왕관도 들어 있었다. 기다란 바다표범 털가죽 코트와 손토시도 있었고, 화려한 파티 드레스, 산책할 때 입는 옷, 초대받아 갈 때 입는 옷도 여러 벌씩 있었다. 모자와 티파티 드레스, 부채도 많았다. 라비니아와 제시조차도 인형 놀이를 할 나이가 지났다는 것을 까맣게 잊을 정도였다. 둘 다 즐겁게 감탄하며 계속 나오는 인형 물건들을 구경했다.

자리에서 일어나 탁자 옆에 선 세라는 까만 벨벳으로 만든 커다란 모자를 인형의 머리에 얹어주었다. 정작 이런 화려한 물건들의 주인인 인형은 무표정했다.

세라가 말했다.

"인형이 사람의 말을 알아들을 수 있다고 상상해봐. 주위에서 감탄해주면 우쭐해지겠지?"

"넌 항상 상상 놀이만 하는구나."

라비니아가 시건방진 태도로 말했다.

세라는 차분하게 대답했다.

"응, 맞아. 난 상상이 좋아. 상상하는 것만큼 근사한 것도 없거든. 마치 이야기 속 요정이 되는 것 같으니까. 뭐든 열심히 상상하면 진짜 같은 생각이 들어."

그러자 라비니아는 이렇게 말했다.

"모든 것을 다 가지고 있으니 상상이 아주 잘될 수밖에. 거지나 다락방에 사는 가난한 아이라면 상상한다고 진짜처럼 느껴지겠어?"

세라는 인형에게 타조 깃털 모자를 씌우던 것을 멈추고 생각에 잠기더니 이렇게 말했다.

"'내 생각에는' 할 수 있을 것 같아. 거지라면 쉬지 않고 계속 상상하려고 노력해야 하겠지. 하지만 쉽지 않을지도 몰라."

세라는 나중에 이 순간을 자주 떠올렸다. 그 이야기를 하자마자 그런 일이 벌어지다니 참 신기할 노릇이었다. 세라가 말을 마치자마자 아멜리아 선생이 교실로 들어와서 이렇게 말했다.

"세라야, 너희 아버지의 변호사 배로 씨가 민친 교장선생님을 만나러 왔단다. 두 분이 따로 이야기를 나눠야 해서 간식은 교장선생님 방 응접실에 차려 놨다. 이 교실에서 교장선생님이 손님을 만나야 하니, 너희는 응접실로 가서 파티를 계속하는 게 좋겠구나."

언제든 간식이 뒷전으로 밀려나는 경우는 드물다. 아이들의 눈이 반짝거렸다. 아멜리아 선생은 아이들을 얌전하게 줄 세웠다. 세라는 맨 앞에 섰다. 아멜리아 선생이 아이들을 데리고 교실을 나가자, 교실에는 세라의 '마지막 인형'만 남게 되었다. 인형이 놓인 의자 주변으로는 인형 옷이 화려하게 흩어져 있었다. 여러 벌의 드레스와 코트가 학생들의 의자 등받이에 걸려 있었고, 그 옆으로 레이스 주름 장식이 달린 속치마가 잔뜩 쌓여 있었다.

함께 간식을 먹으러 가지 못하는 베키는 아무 생각 없이 이 예쁜 물건들을 좀 더 보려고 꾸물거렸다. 정말 경솔한 행동이었다.

"베키, 넌 다시 가서 일해."

아멜리아 선생이 이렇게 말하고 교실을 떠났지만, 베키는 나가다 말고 멈춰 서서 손토시와 코트를 집어 들었다. 홀린 듯이 인형 옷을 바라보고 있는데, 문가에서 민친 교장의 목소리가 들렸다. 주제넘는 행동을 했다고 꾸중 들을 것을 생각하자 덜컥 겁이 났다. 베키는 얼른 탁자 밑으로 들어가 탁자보로 몸을 가렸다.

민친 교장은 이목구비가 날카롭고 무미건조해 보이는 키 작은 남자와 함께 교실로 들어왔다. 남자는 약간 불안한 표정이었다. 민친 교장도 약간 불안해 보였다. 무미건조해 보이는 키 작은 남자를 바라보는 표정은 짜증스러운 듯도 하고 당황한 듯도 했다.

민친 교장은 격식을 차려 고상한 체 앉더니 남자에게 의자에 앉을 것을 권했다.

"앉으세요, 배로 씨."

그런데 배로 씨는 바로 의자에 앉지 않았다. '마지막 인형'과 주변에 흩어져 있는 물건에 관심이 쏠린 듯했다. 배로 씨는 초조하고 못마땅한 표정으로 안경을 고쳐 썼다. 인형은 조금도 신경 쓰지 않는 듯 똑바로 앉아서 무심하게 배로 씨를 마주 바라볼 뿐이었다.

"100파운드쯤 되겠네요."

배로 씨는 간단하게 정리하더니 말을 이었다.

"모두 파리의 디자이너가 만든 값비싼 물건이죠. 젊은이가 돈을 아주 펑펑 써댔군요."

민친 교장은 기분이 나빴다. 학교의 가장 큰 후원자를 비난하는 것처럼 들렸기 때문이다. 말이 지나쳤다. 아무리 변호사라고 해도 그렇게 함부로 말할 권리는 없었다.

민친 교장은 쌀쌀맞은 표정으로 말했다.

"배로 씨, 죄송하지만 무슨 말씀이신지 모르겠네요."

그러자 배로 씨도 똑같이 비난조로 대답했다.

"생일 선물 말입니다. 열한 살짜리 어린애한테 이런 선물을 주다니! 터무니없는 낭비잖습니까."

민친 교장이 더욱 쌀쌀맞은 표정으로 자세를 꼿꼿하게 바로잡으며 말했다.

"크루 대위님에게는 막대한 재산이 있으니까요. 다이아몬드 광산만 해도……."

배로 씨는 민친 교장 쪽으로 휙 돌아서더니 불쑥 말을 내뱉었다.

"다이아몬드 광산이라고요? 광산 따위는 없습니다! 처음부터 없었어요!"

민친 교장은 의자에서 벌떡 일어나서 외쳤다.

"뭐라고요? 무슨 소리예요?"

배로 씨는 아주 무뚝뚝하게 대답했다.

"애초에 광산 같은 것이 존재하지도 않았더라면 훨씬 더 좋았겠죠."

"다이아몬드 광산이 없다고요?"

민친 교장은 의자를 붙잡고 간신히 서서 외치듯 말했다. 눈부신 꿈이 신기루처럼 스르르 사라져가는 느낌이었다.

배로 씨가 말했다.

"다이아몬드 광산 때문에 부자가 되는 사람보다 파산하는 사람이 훨씬 많습니다. 직접 사업을 하지도 않고 친구에게 모두 맡길 거라면, 다이아몬드 광산이든 금광이든 뭐가 됐든 아무리 친한 친구가 투자를 권유해도 손을 대지 말았어야죠. 죽은 크루 대위는……."

민친 교장은 놀라서 숨을 헉 들이쉬며 배로 씨의 말을 막았다.

"'죽은' 크루 대위라고요? 죽었다는 말인가요? 그럼 설마 오늘 찾아오신 이유가……."

배로 씨는 짧고 무뚝뚝하게 대답했다.

"대위는 사망했습니다, 교장선생님. 말라리아에 사업난까지 겹쳐 그렇게 되었죠. 사업난 때문에 힘들지만 않았어도 말라리아에 걸렸다고 죽지는 않았겠죠. 말라리아까지 합세하지 않았다면 사업난을 겪는다고 목숨까지 잃지는 않았을 테고요. 어쨌거나 크루 대위는 죽었습니다!"

민친 교장은 다시 의자에 주저앉았다. 배로 씨의 말을 듣고 나자 불안감이 밀려들었다.

민친 교장이 물었다.

"사업난이라면 정확히 어떤 것 말씀인가요?"

"무슨 사업이 망했느냐 이 말씀입니까? 다이아몬드 광산이죠. 친한 친구도 얽혀 있는데 폭삭 망했으니까요."

민친 교장은 숨이 턱 막혔다.

"망했다고요?"

민친 교장은 목소리를 쥐어짜며 말했다.

"한 푼도 안 남았습니다. 대위는 돈이 지나치게 많았죠. 대위의 친한 친구가 다이아몬드 광산에 눈이 뒤집혀서 가진 재산을 다 털어 넣었고, 크루 대위의 재산까지 모두 투자하게 했습니다. 그 친구는 도망쳐 버렸고요. 크루 대위가 그 소식을 들었을 때는 이미 말라리아에 걸린 상태여서 충격이 너무 컸죠. 의식이 흐릿한 채 죽어가면서 어린 딸을 그렇게 찾았답니다. 딸에게 재산을 한 푼도 남겨주지 못하고 눈을 감았죠."

이제 민친 교장은 상황 파악이 되었다. 평생 이렇게 큰 타격은 처음이었다. 학교의 자랑거리였던 학생과 후원자가 한순간에 사라지고 말았다. 민친 교장은 흠씬 두들겨 맞고 강도를 당한 듯한 기분이 들었다. 이 모두가 크루 대위와 세라, 배로 씨의 잘못인 것 같았다.

민친 교장은 악을 쓰듯 말했다.

"그러니까 그 말씀은 크루 대위가 남긴 돈이 '전혀 없다'는 거네요! 세라는 돈 한 푼 없는 거지라는 말이고요! 내가 막대한 재산의 상속녀가 아니라 거지 아이를 떠맡게 되었다는 말씀이에요?"

배로 씨는 빈틈없는 사업가여서, 당장 확실하게 책임을 벗어야겠다는 생각이 들었다. 그는 딱 잘라 대답했다.

"그 아이는 확실히 무일푼입니다. 교장선생님이 그 아이를 떠맡게 된 것도 분명한 사실이고요. 우리가 알고 있는 바로는 아이에게 가족이 없거든요."

민친 교장은 한 걸음 앞으로 나섰다. 이 순간에도 아이들은 즐겁게 재잘대며 파티 음식을 먹고 있었다. 민친 교장은 당장이라도 교실 문을 열고 뛰쳐나가 생일 파티를 중단시킬 기세였다.

"말도 안 돼요! 지금 이 순간에도 그 아이는 내 거실에서 나풀거리는 실크 원피스에 레이스 속치마를 갖춰 입고 내 돈으로 차린 생일 파티를 즐기고 있다고요."

배로 씨는 태연하게 말했다.

"그 아이가 생일 파티를 여는 경우 교장선생님의 돈으로 여는 것이 맞죠. 배로 앤 스킵워스 변호사 사무실에는 어떤 의무도 없습니다. 한 사람의 재산이 이렇게 씻은 듯이 사라진 것도 처음 보네요. 크루 대위는 우리 회사에서 청구한 돈도 지불하지 않고 죽었습니다. 금액이 매우 크죠."

민친 교장은 문가에서 다시 돌아섰다. 점점 더 화가 치밀어 올랐다. 누군들 이보다 더 악몽 같은 일을 상상이나 할 수 있을까.

민친 교장이 소리쳤다.

"어떻게 이런 일이 있을 수 있죠? 항상 지불해 주시리라 믿고 그 아이를 위해 엄청난 돈을 들여 온갖 말도 안 되는 물건을 사들였단 말이에요. 터무니없이 비싼 인형에, 유별난 인형 옷까지 다 내 돈으로 샀다고요. 그 아이가 바라는 것은 뭐든 다 해주라고 해서 말이에요. 그 아이는 마차에 조랑말, 하녀까지 두고 있는데, 그 비용도 지난번에 받은 돈을 다 써서 모두 내가 지불했다고요!"

배로 씨는 확고하고 분명한 태도로 있는 그대로의 사실만 전달했고, 계속 남아서 민친 교장의 넋두리를 들어줄 생각은 없는 것이 틀림없었다. 배로 씨는 기숙학교 교장의 분노에 별로 공감하지 않는지 이렇게 말했다.

"교장선생님, 그 아이에게 선물하려는 것이 아니라면 이제 아무것도 사주지 마십시오. 그래봤자 알아주는 사람도 없습니다. 그 아이는 이제 땡전 한 푼 없어요."

"그러면 저는 어쩌면 좋죠?"

민친 교장은 이 문제를 바로잡을 의무가 전적으로 배로 씨에게 있기라도 한 것처럼 따져 물었다.

"저는 이제 어떻게 해야 하나요?"

배로 씨는 안경을 벗어 주머니에 집어넣으며 말했다.

"어쩔 수 없습니다. 어쨌거나 크루 대위는 죽었어요. 아이는 빈털터리가 되었고요. 교장선생님 말고는 아무도 그 아이를 책임질 사람이 없습니다."

"저는 그 아이에 대해 책임이 없어요. 맡지 않을 겁니다!"

민친 교장은 너무 화가 나서 얼굴이 하얗게 질렸다.

배로 씨는 시큰둥한 표정으로 말했다.

"저는 이 일과 아무런 상관이 없어요, 교장선생님. 배로 앤 스킵워스 변호사 사무실에는 어떤 의무도 없습니다. 물론 이런 일이 벌어진 것은 아주 유감스럽지만 말입니다."

민친 교장은 숨을 몰아쉬며 말했다.

"그 아이를 제가 떠맡을 거라고 보신다면 큰 착각입니다. 저도 사기를 당하고 돈까지 빼앗겼어요. 아이는 길거리로 쫓아낼 겁니다!"

민친 교장도 심하게 화가 나지 않았더라면 그렇게 노골적으로 본심을 털어놓지는 않았을 것이다. 엄청나게 사치스러운 환경에서 자란 아이, 항상 불쾌하게 생각했던 아이를 억지로 떠맡게 되자 자제력을 잃고 만 것이었다.

배로 씨는 차분하게 문 쪽으로 걸어가면서 말했다.

"저라면 그렇게 하지 않을 겁니다, 교장선생님. 남들 보기에 좋지 않잖아요. 학교와 관련해서 불미스러운 소문이 돌면 어쩌려고요. 이곳 학생이 돈 한 푼 없이 쫓겨나 도와주는 사람 하나 없다고 말입니다."

배로 씨는 영리한 사업가여서 은근한 말로 부추겼다. 민친 교장도 사업을 하고 있으니 자신의 말뜻을 알아챌 것이라고 생각했다. 민친 교장은 모질고 냉혹하다며 손가락질받을 만한 행동을 할 처지가 아니었다.

배로 씨는 이런 말도 덧붙였다.

"아이를 그냥 두고 잘 이용해 보세요. 제가 보기에는 영리한 아이인 것 같은데, 좀 자라면 써먹을 데가 많지 않겠습니까."

"기다릴 것 없이 써먹을 겁니다."

민친 교장은 언성을 높였다.

배로 씨는 조금 악랄한 미소를 띠며 말했다.

"당연히 그러시겠죠, 교장선생님. 그러실 겁니다. 그럼 안녕히 계십시오!"

배로 씨는 꾸벅 인사를 하고 나가서 문을 닫았다. 민친 교장은 얼마간 꼼짝 않고 문 쪽을 노려보며 서 있었다. 배로 씨의 말이 맞았다. 민친 교장도 알고 있었다. 빠져나갈 길이 전혀 없었다. 학교의 자랑은 온데간데없이 사라지고 의지할 데 하나 없는 빈털터리 아이만 남았다. 크루 대위의 재산을 믿고 미리 지출한 돈이 있어 손해가 엄청난데, 돌려받을 길은 없었다.

그렇게 뼈아픈 심정으로 숨을 몰아쉬며 서 있는데, 별안간 아이들의 왁자지껄한 목소리가 터져 나왔다. 생일 파티를 하라고 내준 소중한 자신의 방에서 나는 소리였다. 최소한 생일 파티라도 중단시켜야 했다.

문 쪽으로 발걸음을 옮기는데 문이 열리더니 아멜리아 선생이 들어왔다. 아멜리아 선생은 언니가 아까와 달리 성난 얼굴을 하고 있는 것을 보고 불안한 마음에 한 발짝 뒤로 물러섰다.

아멜리아 선생이 흠칫하며 물었다.

"언니, 왜 그래요?"

대답하는 민친 교장의 목소리는 험악했다.

"세라 크루는 어디 있어?"

아멜리아 선생은 당황해서 말을 더듬거렸다.

"세라 말이에요? 아니, 당연히 아이들하고 언니 방에 있죠."

민친 교장은 잔뜩 비꼬는 말투로 물었다.

"세라의 호화판 옷장에 까만 옷도 있나?"

아멜리아 선생은 더듬거리며 대답했다.

"까만 옷? '까만' 옷 말이에요? 세라 옷이야 색깔별로 다양하죠. 그런데 까만 옷이 있던가?"

아멜리아 선생은 얼굴이 점점 창백해졌다.

"없…… 아니, 있긴 해요! 그런데 너무 작죠. 예전에 입던 벨벳 옷 중에 까만 옷이 하나 있는데 세라가 커버려서 이젠 맞지 않거든요."

"그 아이한테 가서 당치도 않은 분홍색 비단 드레스를 벗고 까만 옷으로 갈아입으라고 해. 맞든 안 맞든 상관없어. 화려한 옷 같은 건 이제 끝이야!"

그러자 아멜리아 선생은 통통한 손을 맞잡고 울기 시작했다.

"왜 그래요, 언니? 아휴, 언니! 도대체 무슨 일이에요?"

민친 교장은 거침없이 대답했다.

"크루 대위가 죽었어. 한 푼도 남기지 않고 죽었다고. 오냐오냐 제멋대로 자란 데다 엉터리 상상이나 하고 노는 저 거지 아이만 떠맡게 되었지 뭐야!"

아멜리아 선생은 가까이 있는 의자에 털썩 주저앉았다. 민친 교장의 투덜거림은 계속되었다.

"저 애한테 가당찮은 물건들을 사주느라 얼마를 썼는데. 그 돈은 한 푼도 돌려받지 못하게 생겼다고! 저 말도 안 되는 생일 파티 좀 멈추게 해봐. 아이 옷도 당장 갈아입히고."

아멜리아 선생은 숨 가빠하며 말했다.

"제가요? 꼭 제가 가서 말해야 해요?"

민친 교장은 날선 목소리로 윽박질렀다.

"당장 가! 그렇게 멍청이처럼 쳐다보지 말고. 어서 가!"

불쌍한 아멜리아 선생은 멍청하다는 소리를 워낙 많이 들어 아무렇지도 않았다. 사실 자신이 똑똑하지 않은 것도 알고 있었고, 마음에 내키지 않는 일들을 해야 할 사람도 멍청한 자신이라는 것을 알고 있었다. 하지만 즐거워하는 아이들 사이를 비집고 들어가 이 생일 파티의 주인공에게 갑자기 거지가 되었으니 위층으로 올라가서 이젠 맞지도 않는 까만 옷으로 갈아입으라고 말해야 한다니, 당황스러운 일이 아닐 수 없었다. 그래도 반드시 해야만 했다. 이것저것 따지고 있을 때가 아닌 것은 분명했다.

아멜리아 선생은 말없이 자리에서 일어나 교실을 나갔다. 손수건으로 하도 눈물을 닦아서 눈가가 빨갛게 보였다. 언니의 표정과 말투가 지금 같을 때는 군말 없이 시키는 대로 하는 것이 가장 현명한 행동이었다.

민친 교장도 교실을 가로질러 갔다. 자신도 모르는 사이에 소리 내어 혼잣말을 하고 있었다. 작년에 다이아몬드 광산 이야기가 나오면서 민친 교장도 기대란 기대는 잔뜩 하게 되었다. 아이가 다니는 학교 교장도 광산 주인의 도움을 받아 주식으로 한몫 챙길 수 있지 않을까 싶었던 것이다. 그런데 이제 수익에 대한 기대는 고사하고 지금까지 손해 본 것을 되짚어보고 있는 형편으로 전락한 것이다.

"세라 공주님 아니었냐고! '여왕님'이라도 되는 것처럼 떠받들어줬는데."

그렇게 혼잣말을 하면서 화가 나 씩씩거리며 구석 탁자를 지나치려던 민친 교장은 깜짝 놀라고 말았다. 탁자 밑에서 크게 훌쩍훌쩍 우는 소리가 들렸던 것이다.

민친 교장은 화가 머리끝까지 나서 소리를 질렀다.

"이건 또 뭐야?"

크게 훌쩍훌쩍 우는 소리가 다시 들려왔다. 민친 교장은 걸음을 멈추고 치렁치렁한 탁자보를 살짝 들어올렸다.

"아니, 여기가 어디라고! 네가 어떻게 감히! 당장 나와!"

민친 교장이 악을 썼다.

그러자 탁자 밑에서 불쌍한 베키가 기어 나왔다. 납작해진 모자는 한쪽으로 삐딱했고 얼굴은 울음을 참느라 빨개져 있었다.

베키는 변명하기 시작했다.

"마님, 죄송해요. 저예요. 그러면 안 되는 줄 알지만 인형을 보고 있었어요, 마님. 그러다가 마님이 들어 오시길래 겁이 나서 탁자 밑으로 기어들어간 거예요."

민친 교장이 말했다.

"계속 거기서 몰래 엿들었구나."

베키는 무릎을 굽혀 용서를 구하면서 변명을 했다.

"아니에요, 마님. 엿들으려던 게 아니에요. 몰래 빠져나오려고 했어요. 그럴 틈이 없어서 계속 있을 수밖에 없었던 거예요. 엿듣지 않았어요. 그럴 이유도 없고요. 그런데 그냥 들리는 것은 저도 어쩔 수가 없었어요."

베키는 눈앞에 서 있는 무시무시한 마님에 대한 두려움이 갑자기 사라진 것처럼 또다시 눈물을 왈칵 터뜨리며 말했다.

"아이고, 주인마님, 이런 말씀 드리면 절 혼내시겠지만, 세라 아가씨가 너무 불쌍해요. 이제 어쩌면 좋아요?"

"썩 나가!"

민친 교장이 고함을 쳤다.

베키는 민친 교장에게 다시 무릎을 굽혀 인사했다. 뺨 위로 눈물이 줄줄 흐르고 있었다. 베키는 떨리는 목소리로 이렇게 말했다.

"네, 마님, 나갈게요. 그런데 한 가지 간청드리고 싶은 게 있어요. 세라 아가씨는 부잣집 아가씨여서 늘 머리부터 발끝까지 시중을 받으면서 살았잖아요. 이제는 하녀도 없이 어떻게 살겠어요? 그래서, 그래서 말씀인데요, 제가 할 일을 다 마친 후에 아가씨 시중을 들어도 될까요? 일은 빨리 할게요. 마님께서 불쌍한 아가씨 시중드는 일을 허락해주신다면 말이에요."

베키는 또 눈물을 왈칵 쏟으며 대꾸했다.

"아아, 불쌍한 세라 아가씨…… 마님, 아가씨는 공주님이었잖아요."

베키의 말에 민친 교장은 화가 머리끝까지 치밀었다. 고작 잔심부름꾼 하녀가 세라 편을 들다니, 기가 막히는 일이었다. 게다가 민친 교장은 늘 세라에게 품고 있던 못마땅한 감정이 어느 때보다도 커져 있었다. 민친 교장은 발을 쾅쾅 구르며 말했다.

"안 돼! 당연히 안 되지. 세라는 이제 자기 일은 자기가 직접 해야 하고 다른 사람 일까지 해줘야 해. 당장 나가지 않으면 쫓겨날 줄 알아라."

베키는 앞치마로 얼굴을 가리고 도망치듯 교실을 빠져나와 아래층 부엌방으로 내려갔다. 그리고 설거지감 사이에 주저앉아 가슴이 찢어지는 듯한 기분으로 엉엉 울었다.

"이야기 속 주인공이랑 똑같아. 성에서 쫓겨나 세상에 나오게 된 불쌍한 공주님이잖아."

몇 시간 후 세라는 민친 교장이 지시한 대로 옷을 갈아입고 왔다. 민친 교장은 전과 달리 꼼짝도 하지 않고 세라를 뚫어져라 쳐다보았다.

민친 교장 앞에 나온 세라는 조금 전의 생일 파티가 꿈속에서 겪은 일이나 오랜 옛날 일 같기도 하고 남의 일같이 생소하게 느껴졌다.

생일 파티의 흔적은 온데간데없이 사라졌다. 화환도 교실 벽에서 떼어버렸고 책상도 모두 제자리로 돌려놓았다. 민친 교장의 방 작은 거실도 평소와 똑같았다. 생일 파티의 흔적은 어디에도 없었다. 민친 교장도 평상복으로 갈아입었다. 학생들은 파티 드레스를 벗으라는 지시를 받았다. 아이들은 옷을 갈아입고 교실로 돌아와 삼삼오오 무리지어 속닥속닥 이야기를 나누었다.

그런 가운데 민친 교장은 아멜리아 선생에게 말했다.

"세라에게 내 방으로 좀 오라고 해. 난 울거나 소란 피우는 것은 못 봐준다고 분명히 일러둬."

그러자 아멜리아 선생이 대답했다.

"언니, 그런 신기한 애는 처음 봐요. 전혀 시끄럽게 굴지 않더라고요. 크루 대위가 인도로 돌아갔을 때도 조용했잖아요. 언니도 기억나죠? 아버지 돌아가신 이야기를 하는데 꼼짝도 않고 서서 아무 말 없이 날 쳐다보면서 듣고만 있더라고요. 눈만 점점 더 커지는 것 같았어요. 얼굴은 아주 하얗게 질려서요. 내가 말을 다 하고 나서도 그대로 몇 초 동안 앞만 쳐다보면서 서 있더라니까요. 그러다 턱을 덜덜 떨더니 획 돌아서서 위층 자기 방으로 달려가더라고요. 다른 애들이 몇 명 울었는데 세라한텐 들리지도 않는 것 같았어요. 내 말 하나만 들리는 것처럼 말이에요. 반응이 없으니까 기분이 되게 묘하더라고요. 그런 애

135

기를 들으면 무슨 말이라도 하는 게 보통이잖아요. 무슨 말이 됐든 말이에요."

세라가 위층으로 올라가 방문을 잠그고 무엇을 했는지는 세라 본인 말고는 아무도 몰랐다. 사실 세라 자신도 별로 기억나는 것은 없었다. 그저 왔다 갔다 하면서 자기 목소리 같지 않은 낯선 목소리로 계속 이 말을 반복했던 것만 기억났다.

"아빠가 돌아가셨어! 아빠가 돌아가셨어!"

세라는 의자에 앉아 자신을 쳐다보고 있는 에밀리 앞에 멈춰 서서 정신없이 외쳤다.

"에밀리, 내 말 들려? 아빠가 돌아가셨대. 인도에서, 아주 멀리 떨어진 인도에서 말이야."

민친 교장의 작은 거실로 불려온 세라의 얼굴은 아주 창백했고 눈가는 거무스름했다. 어떤 슬픔으로 괴로워하고 있는지 드러내고 싶지 않다는 듯, 입은 굳게 다물고 있었다. 아까는 한껏 꾸며진 교실에서 값진 생일 선물 사이를 나풀거리며 돌아다니던 모습이 꼭 장밋빛 나비 같았는데, 지금의 낯선 모습은 쓸쓸하고 다소 기묘해 보이기까지 했다.

세라는 버리려던 까만색 벨벳 원피스로 갈아입었다. 하녀 마리에트의 도움은 받지 않았다. 너무 짧고 꽉 끼는 옷이다 보니 껑충한 치마 밑으로 드러난 호리호리한 다리가 더 길고 가늘어 보였다. 까만 리본을 찾지 못해서 살짝 흐트러진 채 풀어놓은 짧고 숱 많은 까만 머리는 창백한 얼굴과 아주 강한 대조를 이루었다. 한쪽 팔로는 까만 천으로 감싼 에밀리를 꼭 끌어안고 있었다.

민친 교장이 말했다.

"인형은 내려놔야지. 무슨 생각으로 인형을 갖고 온 거냐?"

세라가 대답했다.

"싫어요. 내려놓지 않을래요. 유일한 제 물건이잖아요. 아빠가 저한테 주신 거니까요."

민친 교장은 항상 세라 때문에 은근히 신경이 거슬렸다. 지금도 그랬다. 세라의 말은 그다지 무례하지도 않고 차분하고 한결같아서 민친 교장은 뭐라 대꾸할 말을 찾기가 힘들었다. 아마 민친 교장도 자신의 처사가 냉혹하고 비인간적이라는 사실을 알고 있었기 때문인지도 모른다.

민친 교장은 이렇게 말했다.

"앞으로 인형 놀이할 시간 같은 건 없을 거다. 넌 일을 해야 해. 쓸모 있는 사람이 되려고 노력해야 하고."

세라는 크고 묘한 눈으로 말없이 민친 교장을 계속 쳐다보았다.

민친 교장은 말을 계속했다.

"이제 모든 게 완전히 달라질 거야. 아멜리아 선생이 너한테 무슨 일이 벌어졌는지 설명해줬겠지?"

세라가 대답했다.

"네, 아빠가 돌아가셨고 돈을 남겨주지 않으셔서 저는 아주 가난해 졌다고 하셨어요."

"넌 거지가 됐어."

민친 교장은 이 말의 의미를 다시 한번 되새기며 화가 치밀어 오르는 듯 말했다.

"가족도 없고 집도 없고 너를 돌봐줄 사람은 아무도 없다는 얘기야."

순간 핼쑥하고 창백한 얼굴이 움찔했지만 세라는 이번에도 아무 대꾸하지 않았다.

민친 교장은 까칠하게 따지듯 물었다.

"도대체 뭘 그렇게 빤히 쳐다보는 거냐? 멍청해서 무슨 말인지 모르 겠니? 너는 이제 완전히 외톨이가 됐어. 내가 아주 너그러운 마음으로 너를 여기 있게 해주지 않으면 의지할 사람이 아무도 없다는 얘기야."

"무슨 말씀인지 알겠어요. 알아들었어요."

세라가 낮은 목소리로 대답했다. 울컥 치밀어 오르는 슬픔을 꾹 참는 듯한 목소리였다.

그러자 민친 교장은 근처 의자에 놓여 있는 멋진 생일 선물을 가리 키며 소리쳤다.

"그리고 저 인형, 저 말도 안 되는 인형 말이다. 저것처럼 어처구니 없고 사치스러운 물건이 또 어디 있겠니. 저것도 내가 돈을 낸 거란 말이다!"

세라는 고개를 돌려 의자 쪽을 쳐다보며 말했다. 슬픔에 잠긴 조그만 목소리가 묘하게 들렸다.

"마지막 인형 말씀이로군요."

민친 교장이 말했다.

"그래, 그야말로 마지막 인형이로구나! 저 인형도 내 거야. 네 것이 아니다. 네가 지금 갖고 있는 것은 다 내 돈으로 산 거야."

세라가 대답했다.

"그럼 가져가세요. 저는 괜찮아요."

세라가 울고불며 겁에 질린 모습이었다면 민친 교장도 좀 더 인내심을 발휘했을지 모른다. 민친 교장은 권위적인 행동으로 자신이 가진 힘을 확인하고 싶어 하는 사람이었으니 말이다. 하지만 세라의 창백하고 조그마한 얼굴에는 동요하는 기색이 없었고 목소리는 작지만 당당해서, 민친 교장은 마치 무시당하는 것 같은 기분이 들었다.

민친 교장이 으름장을 놓았다.

"잘난 체하지 마라. 자존심 세울 때는 지났어. 넌 이제 공주도 뭣도 아니야. 마차와 조랑말은 돌려보낼 거고 하녀는 해고할 거야. 낡고 수수한 옷을 입어라. 사치스러운 옷은 이제 네 신분에 걸맞지 않으니 말이다. 너는 이제 베키처럼 네 밥벌이를 해야만 해."

놀랍게도 이 말을 들은 아이의 눈에 안심하는 듯 희미한 빛이 반짝였다.

세라가 물었다.

"일을 해도 돼요? 일할 수 있다면 다른 것은 괜찮아요. 어떤 일을 하면 되나요?"

민친 교장이 대답했다.

"하라는 일은 다 하면 된다. 너는 영리한 아이니까 금세 익히겠지. 쓸모 있게 굴려고 노력하면 계속 있게 해주마. 너는 프랑스어를 잘하니 어린 학생들도 도와주고."

세라가 큰 소리로 말했다.

"그래도 돼요? 꼭 하게 해주세요! 틀림없이 잘 가르칠 수 있어요. 저도 그 애들을 좋아하고 애들도 저를 좋아하니까요."

민친 교장이 말했다.

"애들이 너를 좋아해? 쓸데없는 소리 마라. 너는 어린 학생들을 가르치는 일만 하는 게 아니야. 부엌과 교실에서 심부름도 하고 일손을 도와야지. 일하는 게 마음에 들지 않으면 쫓아낼 거야. 잊지 마라. 이제 가봐."

세라는 민친 교장을 바라보며 잠깐 그대로 서 있었다. 또 이상한 생각에 깊이 빠진 모양이었다. 세라는 잠시 그러다가 밖으로 나가려고 돌아섰다.

"잠깐!"

민친 교장이 세라를 불러 세웠다.

"감사 인사를 하려던 게 아니었니?"

세라는 잠깐 멈춰 섰다. 가슴속에 온갖 이상한 생각들이 휘몰아쳤다. 세라는 되물었다.

"무엇에 대해서요?"

그러자 민친 교장이 대답했다.

"내가 너에게 친절을 베풀었잖니. 집을 마련해 주었으니 말이다."

세라는 민친 교장을 향해 두세 걸음 다가섰다. 세라의 가냘프고 조그마한 가슴이 오르락내리락하더니 이상할 만큼 아이답지 않고 격한 어조로 이렇게 말했다.

"그건 친절이 아니에요. 교장선생님은 전혀 친절하지 않으셨고 여긴 절대 제 집이 아니에요."

세라는 불러 세우거나 뭔가 반응을 보일 틈도 없이 돌아서서 달려 나가버렸다. 민친 교장은 꼼짝도 하지 않고 노여움에 찬 눈길로 세라의 뒷모습을 쳐다볼 뿐이었다.

세라는 천천히 계단을 올라갔지만 숨이 차서 에밀리를 꼭 끌어안았다. 그러고는 혼잣말을 했다.

"에밀리가 말을 할 수 있으면 좋을 텐데. 말을 할 수 있다면 얼마나 좋을까!"

세라는 자기 방으로 올라갈 생각이었다. 호랑이 가죽에 누워 커다란 호랑이 머리에 볼을 갖다 대고 난롯불을 쳐다보며 생각에 잠기고 싶었다. 하지만 층계참에 이르기도 전에 아멜리아 선생이 세라의 방에서 나와 문을 닫더니 초조하고 어색한 표정으로 그 자리에 서 있었다. 사실 아멜리아 선생은 언니가 지시한 일이 치사하다고 남몰래 생각했다.

아멜리아 선생이 말했다.

"저기…… 이젠 이 방에 들어가면 안 돼."

"들어가면 안 된다고요?"

세라는 큰 소리로 묻고는 한 걸음 물러섰다.

"이제 네 방이 아니니까."

대답하는 아멜리아 선생의 얼굴이 조금 빨개졌다.

어찌 된 일인지, 세라는 갑자기 어떤 상황인지 파악이 되었다. 민친 교장이 말한 대로 모든 것이 달라지기 시작한 것이었다.

"그럼 제 방은 어디인가요?"

세라는 목소리가 떨리지 않기를 간절히 바라면서 물어보았다.

"이제 다락방에서 자야 해. 베키 옆방에서."

세라는 그 방이 어디 있는지 알고 있었다. 베키가 전에 말해주었다. 세라는 돌아서서 계단을 두 층 더 올라갔다. 비좁은 꼭대기 층 계단에는 낡아빠진 기다란 카펫이 깔려 있었다. 예전의 세라는 마치 세상을 등지고 멀리 떠나간 듯한 기분이었다. 예전의 세라는 더이상 자신이

아닌 듯했다. 짧고 꽉 끼는 낡은 옷을 입고, 다락방으로 통하는 계단
을 올라가는 세라의 모습은 예전과는 완전히 달랐다.

다락방에 다 와서 문을 여니 침울해지면서 가슴이 덜컥 내려앉는 기
분이었다. 세라는 문을 닫았다. 문을 등지고 서서 주위를 둘러보았다.

이곳은 정말 다른 세상이었다. 지붕은 비스듬히 기울어 있고 하얀색으로 사방을 칠해 놓은 방이었다. 하얗게 칠한 벽은 지저분했고 군데군데 칠이 떨어져 있었다. 방 안에는 녹슨 벽난로 철망과 낡은 철제 침대가 하나 있었고 딱딱한 침대에는 빛바랜 침대보가 덮여 있었다. 아래층에서 쓰다가 너무 낡아서 치워둔 가구들도 있었다. 천장에 뚫린 창문을 통해 칙칙한 회색 하늘이 직사각형 창문만큼만 보였고, 어지간히 닳은 빨간색 발받침대도 하나 있었다. 세라는 그쪽으로 가서 앉았다. 지금껏 거의 울지 못했지만 지금도 울고 있지 않았다. 세라는 에밀리를 무릎에 뉜 채 얼굴을 바짝 갖다 댔다. 에밀리를 감싼 까만색 천 위에 자신의 조그맣고 까만 머리를 얹고, 팔로는 에밀리를 안은 채로 아무 말 없이, 아무 소리도 내지 않고 가만히 앉아 있었다.

그렇게 조용히 앉아 있는데 문을 톡톡 두드리는 소리가 들렸다. 너무 작고 조심스럽게 두드린 나머지 처음에는 잘 들리지 않았다. 문이 조심조심 열리고 눈물로 얼룩진 얼굴이 빼꼼 드러나자, 세라는 그제야 정신이 들었다. 베키였다. 베키는 저녁 내내 몰래 울면서 앞치마로 눈물을 훔치는 바람에 얼굴이 엉망이었다.

베키는 잔뜩 숨죽여 말했다.

"아가씨, 잠깐 들어가도 될까요?"

세라는 얼굴을 들고 베키를 바라보았다. 미소를 지으려고 했지만 어쩐지 잘 되지 않았다. 눈물을 줄줄 흘리는 베키의 다정하고 슬픔에

144

잠긴 얼굴 때문인지, 갑자기 세라의 얼굴이 어린아이처럼 보였다. 나이에 비해 훨씬 조숙해 보이는 평소의 얼굴이 아니었다. 세라는 손을 내밀고 조금 훌쩍거리며 말했다.

"아, 베키 언니. 내가 전에 말했잖아. 우린 똑같은 여자아이라고. 둘다 똑같다고. 이것 봐, 정말이잖아. 하나도 다르지 않아. 난 이제 공주가 아니야."

베키는 세라 쪽으로 달려가 세라 옆에 무릎을 꿇고 앉았다. 그리고 세라의 손을 잡아 가슴에 꼭 안고 애정과 슬픔이 뒤섞인 얼굴로 훌쩍훌쩍 울었다.

"아니에요, 아가씨는 공주님이에요."

베키는 울먹거리느라 말이 자꾸 끊겼다.

"무슨 일이 있어도, 정말 무슨 일이 있어도 아가씨는 늘 공주님이에요. 어떤 일이 생겨도 그건 변하지 않아요."

08
다락방에서

　다락방에서 보낸 첫날은 세라에게 잊을 수 없는 밤이었다. 세라는 밤새 극심한 슬픔에 잠겨 있었다. 보통 아이들은 겪기 힘든, 누구에게도 말 못 할 슬픔이었다. 말을 한다 해도 이런 슬픔을 이해할 수 있는 사람은 아무도 없었다. 어둠 속에 누워 말똥말똥 깨어 있자니 낯선 주변 환경이 신경 쓰여서 마음껏 괴로워할 수가 없었다. 세라에게는 차라리 다행이었다. 세라의 조그만 몸이 피곤함과 불편함을 느낄 줄 아는 육신이라는 것도 다행스러운 일이었다. 그렇지 않았으면 어린 마음에 휘몰아치는 괴로움이 너무 커서 감당할 수 없었을지도 모른다. 밤이 깊어가면서 불편함은 희미하게 사그라들었고 단 한 가지 사실만이 또렷하게 머릿속을 맴돌았다.

"아빠가 돌아가셨어!"

세라는 가만히 읊조렸다.

"아빠가 돌아가셨어!"

잠시 후 세라는 침대가 너무 딱딱하다고 생각했다. 계속 몸을 뒤척이며 편한 곳을 찾아야 했다. 밤의 어둠이 이렇게 캄캄한 줄은 미처 몰랐다. 지붕 위 굴뚝 사이로 몰아치는 바람 소리는 마치 누군가 크게 울부짖는 소리 같았다. 더 심한 것도 있었다. 사방 벽과 아래쪽 벽널 뒤에서 뭔가가 휙 지나가는 소리, 사각사각 긁거나 찍찍거리는 소리가 나는 것이었다. 세라는 소리의 정체를 알고 있었다. 베키가 말해 준 적이 있었다. 큰 쥐나 생쥐가 서로 싸우거나 함께 노는 소리였다. 날카로운 발톱으로 방바닥을 긁으며 쪼르르 지나가는 소리마저 들었다. 며칠이 지나도 이날 밤 생각이 났다. 처음 그 소리를 들은 세라는 침대에서 벌떡 일어나 덜덜 떨면서 앉았다가 다시 누워서 이불을 머리끝까지 뒤집어썼다.

세라의 생활은 서서히 달라진 것이 아니라 한꺼번에 확 바뀌었다.

민친 교장은 아멜리아 선생에게 말했다.

"일을 하기로 했으면 시작해야지. 당장 일을 가르쳐야 해."

세라의 하녀 마리에트는 다음날 아침 학교를 떠났다. 세라가 자기 방이었던 작은 거실 앞을 지나가면서 열린 문틈으로 살짝 들여다보니 모든 것이 달라져 있었다. 세라가 갖고 있던 장식품과 호화로운 물건들은 이미 다 치워지고 없었다. 그 방은 한쪽 모퉁이에 침대를 갖다 놓은 학생 침실이 되어 있었다.

아침을 먹으러 아래로 내려가니 세라의 자리였던 민친 교장 옆자리에는 라비니아가 앉아 있었다. 민친 교장은 차가운 목소리로 말했다.

"세라, 너는 새로 맡은 일을 시작해야지. 어린 학생들과 함께 작은 식탁에 앉아라. 애들을 조용히 시키고 음식을 흘리거나 남기지 않고 얌전하게 먹도록 보살펴줘야 해. 더 일찍 내려왔어야지. 로티가 벌써 차를 쏟았구나."

그것은 시작에 불과했다. 날이 갈수록 세라의 일은 늘어만 갔다. 세라는 어린 학생들에게 프랑스어를 가르쳐주고 아이들의 다른 수업도 참관했는데, 이 정도 일은 아무것도 아니었다. 세라는 여러모로 쓸모가 있었다. 날씨가 아무리 궂어도 언제든 심부름을 보낼 수 있었고, 다른 사람이 빠뜨린 일도 세라에게 시키면 되었다. 주방장과 하녀들은 민친 교장의 말투를 흉내 내며 일을 시켰다. 그토록 오랫동안 떠받들던 '아가씨'를 부려먹는 것이 고소한 듯했다. 이들은 유능한 하인이 아니었다. 예의 바르지도 않고 성격도 좋지 않았다. 가까이 있는 사람에게 걸핏하면 잘못을 뒤집어씌웠다.

처음 한두 달 동안 세라는 즐거운 마음으로 최선을 다해 일하고 꾸중을 들어도 얌전히 있는다면, 자신을 심하게 부려먹는 하인들의 마음도 좀 누그러질 것이라고 생각했다. 남의 도움에 기대지 않고 살아가려 애쓰는 자신의 모습을 하인들이 기특하게 여기길 바랐다. 하지만 아무리 시간이 지나도 하인들은 전혀 누그러지는 기색이 없었다. 시킨 일을 아무리 열심히 해도 하녀들은 신경 쓰지 않고 더욱 거만하고 모질게 굴었다. 꾸지람을 해도 가만히 있으니 주방장은 모든 잘못을 세라의 탓으로 돌렸다.

세라의 나이가 좀 더 많았더라면 민친 교장은 교사를 한 명 내보내고 세라에게 큰 학생들을 가르치게 해서 돈을 절약하려 했을지도 모른다. 하지만 세라는 외모도 실제 나이도 어린아이여서 똑똑한 심부름꾼이자 잡일을 도맡는 하녀인 편이 더 쓸모가 있었다. 평범한 심부름꾼 남자아이는 그리 영리하지도 않았고 미덥지도 못했지만, 세라라면 어렵고 복잡한 일을 맡겨도 안심할 수 있었다. 심지어 청구서 대금을 치르고 오기도 했다. 세라는 이런 영리함으로 방 청소와 정리정돈도 척척 해냈다.

세라에게 공부는 옛일이 되어 버렸다. 세라는 이제 새로운 것은 아무것도 배우지 않았다. 모두가 시킨 일을 하느라 이리저리 뛰어다니며 바쁘고 고된 하루를 보낸 후에야 겨우 시간이 났다. 세라는 간신히 허락을 받아 모든 일을

마치고 밤이 되면 오래된 책더미를 가지고 아무도 없는 교실에 들어가 혼자 공부했다.

세라는 혼잣말을 했다.

"이렇게라도 예전에 배운 것을 되새겨보지 않으면 다 잊어버릴지도 몰라. 나는 잔심부름꾼 하녀가 다 됐는데 아무것도 모르는 하녀라면 불쌍한 베키 언니처럼 될 거야. 모든 것을 완전히 잊어버릴 수도 있을까? 맞춤법도 틀리고 헨리 8세가 여섯 명의 왕비를 두었던 것도 까맣게 모르게 될까?"

새로운 생활에서 가장 특이한 점은 학생들 사이에서의 위치 변화였다. 학생들 사이에서 작은 공주님 대접을 받던 세라였지만, 이제는 더 이상 친구도 아닌 듯했다. 세라는 끊임없이 일하느라 학생들 중 어느 누구와도 말할 기회가 거의 없었다. 게다가 세라가 학생들과 떨어져 지내기를 바라는 민친 교장의 눈치도 보지 않을 수가 없었다.

민친 교장은 이런 말을 한 적이 있었다.

"난 그 아이가 다른 학생들과 친하게 지내거나 이야기를 하도록 놔두지 않겠어. 여자애들은 원래 하소연하는 것을 좋아한다고. 게다가 자기 이야기를 그럴싸하게 포장해서 자신을 괴롭힘당하는 비련의 여주인공으로 둔갑시키기라도 하면 학부모들이 오해할 것 아냐. 세라는 자기 상황에 맞게 학생들과 떨어져 지내는 편이 나아. 난 그 아이에게 집을 마련해 주고 있잖아. 그것만 해도 분에 넘치는 일이지."

세라는 많은 것을 바라지 않았다. 자존심이 강해서 아이들과 계속 친하게 지내려고 노력하지도 않았다. 아이들이 세라를 약간 어색해하고 머뭇거리는 것이 눈에 띄었기 때문이었다. 사실 민친 교장이 데리고 있는 학생들은 둔하고 어른들 말을 곧이곧대로 받아들이는 아이들이었다. 게다가 부유하고 편안한 생활에 익숙했다. 세라의 옷이 점점 짧아지고 낡으면서 행색이 초라해지자, 세라가 구멍 난 신발을 신는 것도 당연한 사실로 받아들이게 되었다. 세라가 심부름으로 밖에 식료품을 사러 나가는 것도, 주방장이 급하다고 하면 식료품 바구니를 직접 팔에 걸고 거리를 지나 돌아오는 것도 당연한 일이 되었다. 어느덧 세라에게 말을 거는 것은 잔심부름꾼 하녀를 상대하는 것과 같다고 여기게 되었다.

어느 날 라비니아는 이렇게 말했다.

"그 애가 한때는 다이아몬드 광산 상속녀였다니. 지금은 꼴사납게 됐지. 전보다 훨씬 이상해졌고 말이야. 뭐, 그전부터 그 애를 별로 좋아하지 않았지만, 요즘 그 애가 관찰이라도 하는 것처럼 말없이 사람을 빤히 쳐다보는 건 참을 수가 없어."

이 말을 들은 세라는 즉시 반응을 보였다.

"맞아. 어떤 사람은 관찰하려고 쳐다보기도 해. 그 사람에 대해 알고 싶으니까. 그리고 나중에 그 사람을 생각해."

사실 세라는 라비니아를 지켜본 덕분에 몇 번이나 짜증스러운 상황을 피할 수 있었다. 라비니아는 틈만 나면 남의 흉을 보았고 예전에 학교의 자랑이었던 세라를 헐뜯고 싶어 했다.

세라는 절대 남의 흉을 보지 않았고 흉보는 데 끼어들지도 않았다. 세라는 허드렛일을 했다. 꾸러미와 바구니를 몇 개씩 들고 비 오는 거리를 터벅터벅 걸어 다녔다. 어린 학생들의 프랑스어 공부를 돌봐주며 엉뚱한 데 한눈파는 아이들과 씨름했다. 입고 있는 옷이 더 낡고 남루해지자 세라는 아래층에서 밥을 먹으라는 지시를 받았다. 다들 세라에게 무관심했다. 세라는 자존심이 상하면서 마음이 더욱 아팠지만 누구에게도 속마음을 털어놓지 않았다.

세라는 조그만 이를 악물고 혼잣말을 했다.

"군인들은 투덜거리지 않잖아. 나도 그러지 않을 거야. 전쟁 중이라고 상상해야지."

세 명의 친구가 없었더라면 세라의 어린 마음은 외로움으로 찢어질 듯 아팠을 것이다.

첫 번째 친구는 바로 베키였다. 다락방에서 처음 자던 날 밤, 세라는 쥐들이 찍찍거리며 지나다니는 벽 너머로 다른 아이가 있다는 생각에 어렴풋한 위로를 느꼈다. 그날 이후로 밤마다 위로받는 느낌은 점점 더 커졌다. 낮에는 이야기를 나눌 기회가 별로 없었다. 각자 할일도 있었고, 이야기를 나누려 하기만 해도 빈둥거리거나 시간을 때우려 한다고 눈총을 받았다.

첫날 아침 베키는 세라에게 소곤소곤 말했다.

"제가 예의 바르게 말하지 않아도 신경 쓰지 마세요, 아가씨. 제가 그러면 우리를 싫어하는 사람이 생길 거예요. 그러니까 '부탁드려요'라든가 '고맙습니다'라든가 '죄송해요' 같은 말이요. 말을 할 시간은 별로 없을 거예요."

하지만 베키는 동트기 전에 세라의 다락방으로 살짝 들어와 세라의 옷 단추를 채워주기도 했고, 세라가 부엌에 불을 피우러 내려가기 전에 해야 할 일도 많이 도와주었다. 밤이 되면 세라의 방문을 조심스럽게 톡톡 두드리는 소리가 났다. 필요하면 세라를 도와줄 하녀가 대기하고 있다는 뜻이었다. 세라는 처음 몇 주 동안은 슬픔에 잠겨 멍한 나머지 아무 말도 할 수 없었다. 어느 정도 시간이 지난 후에야 베키와 얼굴도 마주하고 서로의 방을 오갔다. 베키는 주변 사람이 힘들어하면 혼자 있게 놔두는 편이었던 것이다.

위로가 되는 세 친구 중 두 번째는 어멘가드였다. 어멘가드는 뜻밖의 일을 겪고 나서 세라의 방을 찾아오게 되었다.

세라가 다시 정신을 차렸을 때, 세라는 자신이 어멘가드의 존재를 잊고 있었다는 것을 알아차렸다. 두 사람은 늘 친구였지만 세라는 자신이 언니 같은 기분이 들었다. 어멘가드는 다정했지만 둔한 것은 어쩔 수 없었다. 어멘가드는 단순한데다 세라에게 전적으로 의지하고 있었다. 세라에게 공부할 내용을 가져와 도와달라고 했고, 세라가 하

155

는 말은 모두 귀담아들으며 이야기를 해달라고 졸라댔다. 어멘가드 자신은 재미있는 이야기를 할 줄 몰랐고 책이라면 종류를 떠나 다 싫어했다. 큰 어려움에 처해 정신이 없을 때 의지할 사람은 아니어서 세라는 어멘가드를 까맣게 잊고 있었다.

게다가 어멘가드는 갑자기 몇 주 동안 집에 가 있었기 때문에 더 잊기 쉬운 상황이었다. 학교에 돌아와서도 어멘가드는 하루 이틀 정도 세라를 보지 못했다. 그러다 겨우 서로 마주쳤을 때, 세라는 수선할 옷을 잔뜩 안고 복도를 지나가고 있었다. 세라는 벌써 옷 수선하는 법도 익혔던 것이다. 평소의 세라답지 않게 안색이 창백했고, 몸에 맞지 않는 옷을 입고 있었다. 짤막한 옷 아래로 가늘고 거무스름한 다리가 드러나 보였다.

어멘가드는 둔한 나머지 이런 상황에 제대로 대처할 수가 없었다. 뭐라 할 말을 떠올릴 수가 없었던 것이다. 어멘가드도 그동안 무슨 일이 있었는지는 알게 되었다. 하지만 세라가 이렇게까지 초라하고 가난한 하녀 같은 모습이 되어 있으리라고는 상상도 하지 못했다. 그런 친구를 보니 아주 울적해져서 아무 뜻 없이 공허한 목소리로 "어머나, 세라 아니니?"라고 말할 수밖에 없었다.

"안녕."

이렇게 대답한 세라는 갑자기 이상한 생각이 들어 얼굴이 빨개졌다.

세라는 옷을 잔뜩 안고 있어서 옷 무더기 위에 턱을 얹어 받치고 있었다. 똑바로 쳐다보는 세라의 눈빛 때문에 어멘가드는 더욱 어쩔 줄 몰라 했다. 세라가 한 번도 본 적 없는 전혀 새로운 아이로 변한 것 같았다. 세라가 갑자기 가난해져서 옷을 수선하는 등, 베키처럼 일을 해야 하기 때문이었다.

어멘가드는 더듬더듬 말했다.

"안녕. 어…… 잘 지내?"

그러자 세라가 대답했다.

"잘 모르겠어. 너는 잘 지내?"

"나…… 나는 아주 잘 지내."

어멘가드는 어색해서 어쩔 줄 몰라 했다. 그러다가 갑자기 친밀한 사이에서 나눌 것 같은 말이 생각나서 허둥지둥 말을 이었다.

"너…… 너 요즘 속상하지?"

그 말을 듣자 세라는 심한 말을 하고 말았다. 어멘가드의 말을 들은 순간, 마음 속 상처가 부풀어 오르면서 이렇게 남의 감정을 헤아리지 못하는 아이라면 더이상 대화하고 싶지 않다는 생각이 들고 만 것이다.

세라는 물었다.

"어떨 것 같니? 즐거울 것 같아?"

그렇게 말하고 나서 세라는 인사도 없이 어멘가드 옆을 지나가 버렸다.

하지만 세라는 곧 깨달았다. 힘든 일을 겪느라 잊고 있었지만, 평소라면 세라도 불쌍하고 둔한 어멘가드가 눈치 없이 어색하게 구는 것을 이해해 주었을 것이다. 어멘가드는 항상 어색하게 굴었고, 자신이 어색하다는 것을 느낄수록 더 바보같이 행동했다.

세라는 갑자기 조심스러워졌다.

'어멘가드도 다른 아이들처럼 나와 이야기하고 싶지 않을 거야. 아무도 나와 이야기하지 않는다는 것을 어멘가드도 아니까.'

몇 주 동안 둘 사이에는 보이지 않는 벽이 있었다. 둘이 우연히 다시 마주쳤을 때 세라는 얼굴을 돌렸고, 어멘가드는 당황하고 뻣뻣하게 굳어서 말을 할 수가 없었다. 어떤 날은 지나가면서 서로 고개를 까딱 숙여 인사를 나누었지만, 눈인사조차 하지 않는 때도 있었다.

세라는 생각했다.

'어멘가드가 나와 이야기하고 싶어 하지 않는다면 내가 어멘가드를 피해주어야겠어. 민친 교장선생님 덕분에 학생들을 피하기는 쉬우니까.'

결국 두 사람은 거의 마주치지 않게 되었다. 세라가 그러는 동안 어멘가드는 더 둔해졌고 불쌍한 모습으로 축 처져 있었다. 어멘가드는 자주 창가 벤치에 잔뜩 웅크리고 앉아 말없이 창밖을 내다보았다. 한번은 제시가 지나가다가 멈춰 서서 어멘가드를 신기한 듯 쳐다보며 말했다.

"어멘가드, 너 우는 거니?"

158

어멘가드는 떨리는 목소리로 작게 대답했다.

"우는 거 아니야."

그러자 제시가 말했다.

"우는 거 맞네, 뭘. 커다란 눈물방울이 코를 타고 내려와서 똑 떨어졌는걸. 저 봐, 또 흐르잖아."

어멘가드가 말했다.

"그래, 우울하긴 한데 참견하지 마."

어멘가드는 토실토실한 몸을 돌리더니 손수건을 꺼내 얼굴을 푹 파묻었다.

그날 밤 세라는 평소보다 늦게 다락방으로 돌아왔다. 학생들이 잠자리에 들어간 후까지 계속 일을 했고, 일이 끝난 뒤에는 혼자 교실에서 공부했던 것이다. 계단을 다 올라온 세라는 다락방 문틈으로 희미한 빛이 새어나오는 것을 보고 깜짝 놀랐다.

곧바로 이런 생각이 들었다.

'나 말고는 아무도 여기 올라오지 않는데 누가 촛불을 켜 놓았지?'

실제로 누군가 촛불을 켜 놓기는 했다. 하지만 세라가 생각하는 부엌용 촛대가 아니라 학생 침실에 두는 촛대에 켜 놓은 촛불이었다. 누군가 잠옷 차림에 빨간색 숄을 두르고 닳아빠진 발받침대에 앉아 있었다.

어멘가드였다.

세라가 외쳤다.

"어멘가드! 여기 오면 너 혼나."

세라는 너무 놀라서 겁이 날 정도였다.

어멘가드는 발받침대에 발이 걸려 비틀거렸다. 어멘가드가 다락방에 신고 온 침실용 슬리퍼가 많이 컸던 것이다. 어멘가드의 눈과 코는 우느라 빨갛게 되어 있었다.

어멘가드가 말했다.

"맞아, 들키면 혼나겠지. 상관없어. 난 괜찮아. 세라야, 제발 말 좀 해줘. 왜 그러는 거야? 왜 내가 싫어진 거야?"

어멘가드의 목소리에 세라는 예전처럼 가슴이 뭉클해졌다. 예전에 어멘가드가 자신에게 친한 친구가 되어 달라고 했을 때처럼 다정하고 꾸밈없는 목소리였다. 어멘가드는 지난 몇 주 동안 세라가 오해했던 그런 마음은 아닌 것 같았다.

세라가 말했다.

"나는 네가 좋아. 그냥, 이젠 모든 것이 달라졌다고 생각했어. 너도…… 달라졌을 거라고 생각했고."

어멘가드의 눈이 휘둥그레졌다.

"아니야, 달라진 건 너였어! 나랑 이야기하고 싶어 하지 않았잖아. 어떻게 해야 할지 모르겠더라고. 내가 다시 학교로 돌아온 후 네가 달

160

라진 거라서."

세라는 잠시 생각해 보았다. 자신의 잘못 같았다.

세라가 설명했다.

"내가 달라진 것은 맞아. 네가 생각하는 것처럼 달라진 건 아니지만. 민친 교장선생님은 내가 다른 학생들과 이야기하지 않기를 바라서. 아이들도 대부분 나와 이야기하고 싶어 하지 않고. 아마 너도 그럴 거라고 생각했어. 그래서 널 피하려고 했던 거야."

"세라야……."

어멘가드는 안타까운 마음에 목놓아 울고 싶어졌다. 두 아이는 서로를 한 번 더 쳐다본 후 서로 꼭 끌어안았다. 세라는 빨간 숄로 감싼 어멘가드의 어깨에 자신의 조그맣고 까만 머리를 올려놓고 잠시 가만히 있었다. 어멘가드가 변했다고 생각했던 지난 몇 주 동안 세라는 너무나도 외로웠다.

두 아이는 바닥에 앉았다. 세라는 팔로 무릎을 감싼 채로 앉아 있었고, 어멘가드는 숄로 몸을 둘둘 말고 있었다. 어멘가드는 애정 어린 눈길로 세라의 독특한 큰 눈과 조그만 얼굴을 바라보면서 이렇게 말했다.

"더는 견딜 수가 없었어. 세라 너는 아마 내가 없어도 살 수 있겠지. 하지만 나는 네가 없으면 못 살 것 같아. 나는 '죽은' 거나 마찬가지였어. 그래서 오늘 밤 이불 속에서 울다가 갑자기 몰래 찾아가서 너에게 다시 친구가 되어 달라고 부탁해야겠다는 생각을 한 거야."

세라가 말했다.

"네가 나보다 훨씬 어른스러워. 나는 자존심이 너무 강해서 친구가 되려는 노력을 하지 못했잖아. 이제 고생을 해보니 나는 좋은 아이가 아니라는 것이 드러나 버렸지 뭐야. 좀 속상하지만 그런 것 같아."

세라는 생각을 하느라 이마에 주름을 잡으며 이렇게 말했다.

"어쩌면 고생을 하게 된 덕분에 그걸 알게 된 것인지도 모르지."

이 말에 어멘가드는 단호하게 말했다.

"고생이 뭐가 좋아."

세라도 솔직하게 말했다.

"나도 사실은 그렇게 생각해. 하지만 우리가 깨닫지 못한다 해도 모든 일에는 좋은 점이 있을 거야."

세라는 자신 없는 목소리로 덧붙였다.

"그리고 민친 교장선생님에게도 좋은 점이 있겠지."

어멘가드는 약간 두려우면서도 호기심 어린 눈빛으로 다락방을 둘러보았다.

"세라야, 여기는 지낼 만해?"

세라도 다락방을 둘러보며 대답했다.

"전혀 다른 곳이라고 상상하면 지낼 만해. 이야기 속에 나오는 곳이라고 상상할 때도 있어."

세라는 느릿느릿 말했다. 상상력을 발휘하는 중이었던 것이다. 시련이 찾아온 후로는 상상이 잘 되지 않았다. 상상력이 충격을 받아 기절이라도 한 것인가 싶었다.

"더 열악한 곳에서 사는 사람들도 있잖아. 몬테 크리스토 백작을 생각해봐. 샤토 디프 지하 감옥에서 지냈잖아. 바스티유 감옥에 사는 사람도 있고 말이야!"

"바스티유 감옥이라……."

어멘가드가 반쯤 소곤거리는 목소리로 말했다. 세라를 바라보는 눈빛을 보니 이 이야기에 재미를 느끼기 시작한 것이 분명했다. 어멘가드는 세라가 해준 프랑스 혁명 이야기를 기억하고 있었다. 세라는 이런 역사적 사건에 생동감 있는 이야기를 연결시켜 말해주기 때문에 기억에 오래 남았다. 세라 말고는 어느 누구도 그렇게 가르쳐주지 않았다.

세라의 눈이 예전처럼 환하게 빛났다. 세라는 무릎을 꼭 안고 말했다.

"그래, 그곳이라면 상상하기 좋겠다. 난 바스티유 감옥에 갇혀 있는 거야. 여기에 오래오래 갇혀 있어서 모두가 나를 잊어버리는 거지. 민친 교장선생님은 교도소장이야. 베키 언니는 옆 감방에 갇힌 죄수고."

갑자기 세라의 눈이 더욱 반짝거렸다. 어멘가드를 향한 세라의 모습은 예전의 세라와 같았다.

세라가 말했다.

"그렇게 상상하며 지내야겠어. 마음이 아주 편해질 거야."

어멘가드는 황홀해하면서도 세라에게 경외심을 느꼈다.

"그 이야기 나한테 다 해줄 거지? 들킬 염려 없을 때면 밤에 몰래 이 다락방에 와서 낮에 네가 만들어낸 이야기를 들어도 될까? 점점 더 친한 친구가 될 수 있을 거야."

세라는 고개를 끄덕였다.

"그럼. 사람은 불행한 일로 시험을 당하잖아. 나에게 찾아온 불행한 일이 너까지 시험하고 말았어. 하지만 넌 네가 얼마나 멋진 사람인지 보여주었고."

09

멜키세덱

세 친구 중 마지막 한 명은 로티였다. 로티는 어린아이여서 불행한 일이 무엇인지도 몰랐다. 어린 새엄마인 세라에게 생긴 변화에 크게 당황했다. 세라에게 이상한 일이 벌어졌다는 이야기는 로티도 들어서 알고 있었다. 하지만 세라의 모습이 왜 달라졌는지, 왜 우등생 자리에 앉아 공부하지 않으며 낡은 까만 옷을 입고 아이들을 가르칠 때만 교실에 들어오는지 이해할 수 없었다. 에밀리가 품위 있게 앉아 있던 방에 이제는 세라가 없다는 사실을 알게 되자, 어린 학생들 사이에는 소곤소곤 많은 이야기가 오갔다. 물어봐도 세라가 별 이야기를 해주지 않았기 때문에 로티는 잘 이해하지 못했다. 일곱 살 나이에 그런 상황을 이해하려면 아주 분명하게 말해주어야 했던 것이다.

"세라 언니, 아주 가난해진 거야? 거지만큼 가난해진 거야?"

세라가 소규모 프랑스어 수업을 맡게 된 첫날, 로티는 남몰래 세라에게 물어보았다.

로티는 세라의 가냘픈 손에 자신의 통통한 손을 끼워 넣으며 눈물이 그렁그렁한 눈을 동그랗게 떴다.

"언니가 거지만큼 가난해지는 건 싫은데."

로티는 금방이라도 울 것 같은 표정이었다. 세라는 급히 로티를 달래느라 씩씩하게 말했다.

"거지는 살 곳이 없잖아. 나는 살 곳이 있어."

로티는 끈질기게 물었다.

"어디 사는데? 언니 방은 새로 온 아이가 쓰잖아. 방이 예전만큼 예쁘지도 않고."

세라가 말했다.

"나는 다른 방을 써."

그러자 로티가 다시 물었다.

"근사한 방이야? 놀러 가서 구경할래."

세라가 말했다.

"쉿, 이야기 그만해. 민친 교장선생님이 우리를 보고 계셔. 네가 계속 소곤거리면 나에게 화내실 거야."

세라는 민친 교장의 눈에 거슬리는 행동은 모두 자신이 책임지게 된다는 것을 이미 알고 있었다. 학생들이 수업에 집중하지 않거나 떠들거나 가만히 있지 못하면 세라가 꾸중을 들었다.

하지만 로티는 물러서지 않았다. 세라가 자신의 방이 어디인지 말해주지 않아도 다른 방법으로 찾아낼 아이였다. 로티는 또래 친구들에게 물어보기도 하고 언니들 근처를 서성거리며 세라 이야기가 나오면 귀 기울여 들었다. 그러다 언니들이 무심코 흘린 이야기를 들은 어느 날 저녁, 세라 방 찾기에 나섰다. 있는 줄도 몰랐던 계단을 몇 개씩 올라간 로티는 드디어 다락방이 있는 꼭대기 층에 이르렀다. 꼭대기 층에는 방문이 두 개 있었다. 로티는 그 중 하나를 열어보았다. 그리운 세라 언니가 낡은 탁자 위에 서서 창밖을 내다보고 있었다.

"세라 언니! 세라 엄마!"

로티는 숨이 막힐 정도로 깜짝 놀라 소리쳐 불렀다.

로티가 깜짝 놀란 것은 다락방이 너무 휑하고 초라했기 때문이었다. 게다가 이 방은 세상에서 멀리 멀리 떨어져 있는 듯한 곳이었다. 로티는 짤막한 다리로 계단을 끝없이 올라온 것 같은 기분이었다.

세라는 로티가 부르는 소리에 돌아보았다. 이번에는 세라가 놀랄 차례였다. 이제 어쩌나? 로티가 울어버리고 누군가 그 울음소리를 듣기라도 하면 둘 다 난처해질 것이다. 세라는 얼른 탁자에서 뛰어내려 로티에게 달려갔다.

세라는 달래는 말투로 로티를 타일렀다.

"울고 소리 지르면 안 돼. 네가 울면 내가 혼나. 하루 종일. 그리고…… 이 방은 그렇게 형편없는 곳이 아니야, 로티야."

"정말?"

로티는 숨도 제대로 못 쉴 지경이었다. 세라의 말에 로티는 방을 둘러보며 입술을 꼭 깨물었다. 로티는 여전히 제멋대로였지만 세라 엄마를 좋아했기 때문에 참아보려 애썼다. 어쨌든 세라가 지내는 방이니 근사한 곳일지도 몰랐다.

로티는 기어들어가는 목소리로 물었다.

"어째서 그런데, 세라 언니?"

세라는 로티를 꼭 안아주며 애써 웃음 지었다. 어린 로티의 토실토실하고 따뜻한 몸을 안으니 마음이 조금 풀리는 것 같았다. 세라는 힘든 하루를 보낸 터라 눈시울을 붉히며 창밖을 내다보는 중이었던 것이다.

세라가 말했다.

"아래층에서는 볼 수 없는 것까지 다 보여."

"그게 뭔데?"

로티는 호기심이 생겼다. 세라에게는 큰 아이들의 마음까지도 움직이는 힘이 있었다.

세라가 말했다.

"굴뚝 말이야. 여기서 아주 가깝거든. 연기가 화환이나 구름처럼 동그렇게 모이다가 하늘로 흩어지는 모습이 보여. 참새들은 폴짝폴짝 다니면서 마치 사람처럼 서로 이야기를 나눠. 다른 집들 다락방 창문도 보여. 금방이라도 창문에서 누군가 얼굴을 쑥 내밀지 않을지, 저집에는 누가 살고 있을지 궁금해져. 그리고 아주 높은 곳에 있는 기분이 들지. 완전히 다른 세상에 있는 것 같아."

그러자 로티가 외쳤다.

"나도 볼래! 나도 올려 줘!"

세라는 로티를 안아 탁자 위에 올려 주었다. 두 아이는 낡은 탁자에 올라서서 천장으로 난 창문 가장자리에 기대어 밖을 내다보았다.

다락방 창문을 내다본 적 없는 사람은 그곳에 얼마나 색다른 세상이 펼쳐져 있는지 모를 것이다. 비스듬히 기울어진 슬레이트 지붕은 빗물 홈통까지 이어졌다. 참새들은 짹짹거리며 아무 거리낌 없이 지붕 위를 폴짝폴짝 누비고 다녔다. 그중 두 마리가 가장 가까운 굴뚝 꼭대기에 자리를 잡더니 사납게 싸우다가 한 마리가 다른 하나를 쪼아서 멀리 쫓아버렸다. 옆집은 빈집이어서 다락방 창문도 굳게 닫혀 있었다.

세라가 말했다.

"저기 누가 살았으면 좋겠어. 이렇게 가까우니까 저기 여자아이가 살면 창문으로 머리를 내밀고 서로 이야기도 나눌 수 있잖아. 떨어질 염려만 없다면 지붕을 타고 서로의 방에 가 볼 수도 있고."

거리에서 볼 때보다 하늘이 훨씬 더 가깝게 느껴져서 로티는 넋을 잃고 바라보았다. 굴뚝 사이에 있는 다락방 창문으로 내려다보면 저 아래에서 벌어지는 일들은 현실이 아닌 것처럼 느껴졌다. 민친 교장도 아멜리아 선생도, 교실조차도 존재하지 않는 것만 같았고, 광장을 오가는 마차 바퀴 소리도 다른 세상에서 들려오는 소리 같았다.

"아휴, 세라 언니!"

로티는 세라의 팔에 매달리면서 소리 높이 외쳤다.

"나 이 다락방 마음에 들어. 너무 좋아! 아래층보다 훨씬 근사해!"

그러자 세라가 소곤소곤 말했다.

"저기 참새가 있네. 빵 부스러기가 있으면 던져줄 텐데."

로티가 약간 카랑카랑한 목소리로 말했다.

"나한테 있어! 주머니에 빵이 조금 있어. 어제 내 용돈으로 샀는데 조금 남겨둔 거야."

두 아이가 빵 부스러기를 조금 던져주자, 참새는 폴짝 날아올라 옆 굴뚝 꼭대기로 몸을 피했다. 다락방 친구를 사귀어 본 적이 없어서 뜻밖에 빵 부스러기가 날아오자 놀란 것이 분명했다. 하지만 로티가 계속 꼼짝도 하지 않은 채 가만히 있고 세라가 아주 부드럽게 참새처럼 짹짹 지저귀는 소리를 흉내 냈더니, 참새도 자신을 놀라게 했던 빵 부스러기가 자신에게 준 먹이라는 사실을 알게 되었다. 참새는 고개를 갸우뚱하고는 반짝반짝 빛나는 눈으로 굴뚝 위에서 빵 부스러기를 내

려다보았다. 로티는 가만히 있기가 힘들었다.

"참새가 이쪽으로 올까? 정말 올까?"

로티가 소곤소곤 물었다.

세라도 소곤소곤 대답했다.

"눈빛을 보니 올 것 같아. 가도 될지 고민하고 또 망설이는 중일 거야. 저 봐, 온다니까! 그래, 그래. 이쪽으로 오고 있어!"

굴뚝 위에서 아래로 날아 내려온 참새는 빵 부스러기 쪽으로 폴짝폴짝 다가왔다. 하지만 한 뼘쯤 앞에서 멈춰 서더니 다시 머리를 갸우뚱했다. 마치 세라와 로티가 커다란 고양이가 되어 자신에게 달려들지 않을까 고민하는 것처럼 보였다. 마침내 참새는 두 아이가 보기보다 훨씬 착하다고 믿기로 했는지 폴짝폴짝 다가오더니, 가장 큰 빵 부스러기를 번개같이 콕 쪼아 물고는 굴뚝 너머로 가 버렸다.

세라가 말했다.

"이제 저 참새도 알게 되었으니 또 빵 부스러기를 먹으러 올 거야."

참새는 정말 또 왔다. 심지어 친구도 데려왔다. 친구 참새는 동생 참새를 데려왔는데, 자기들끼리 짹짹 수다도 떨고 감탄도 하다가 이따금씩 고개를 갸우뚱하며 로티와 세라를 유심히 바라보기도 했다. 로티는 너무 신나서 다락방을 처음 보고 놀랐던 사실도 까맣게 잊어버렸다. 탁자에서 내려와 세라가 이곳 다락방의 여러 가지 좋은 점을 말해주자, 로티도 이제는 의심 없이 믿었다.

세라가 말했다.

"여기는 굉장히 작고 아주 높은 곳에 있
잖아. 마치 나무 위의 집 같아. 천장이 비스
듬하게 기울어진 것도 재미있고. 봐, 이쪽 천
장은 똑바로 서 있지 못할 정도로 낮아. 아침이
되면 침대에 누운 채로 천장에 난 창문을 통해 하늘
을 볼 수 있어. 마치 빛나는 하늘을 사각형으로 잘라 붙여 놓은 것 같
아. 햇빛이 빛나기 시작하면 조그만 분홍색 구름이 떠다니는데, 손을
뻗으면 닿을 것 같아. 비가 오면 빗방울이 뭔가 근사한 이야기를 해주
는 것처럼 후두둑후두둑 떨어지는 소리가 들려. 별이 뜨면 사각형 하
늘에 별이 몇 개나 떠 있는지 세어볼 수도 있지. 얼마나 많은지 몰라.
저쪽 구석의 작고 녹슨 벽난로 철망을 봐. 반짝반짝하게 닦아서 불을
피우면 얼마나 근사하겠어. 이곳은 정말 작고 아름다운 방이야."

세라는 로티의 손을 잡고 조그만 방을 여기저기 걸어 다니며 자신
의 눈앞에 떠오르는 아름다운 광경을 몸짓을 섞어가며 이야기해 주
었다. 로티의 눈앞에도 그 광경이 생생하게 보이는 듯했다. 로티는
항상 세라가 그림을 그리듯 자세히 들려주는 상상 속 이야기를 잘 믿
었다.

세라가 이야기했다.

"바닥에는 두텁고 부드러운 파란색 인도산 양탄자가 깔려 있는 거

야. 저쪽 모퉁이에는 푹신하고 조그만 소파가 있고. 쿠션도 여러 개 있어서 웅크리고 앉을 때 편해. 저기에는 책이 가득 꽂힌 책꽂이가 있어서 읽고 싶은 걸 편하게 꺼내 볼 수 있어. 난롯가에는 모피 깔개가 깔려 있고 흰 칠을 한 벽이 안 보일 정도로 장식이 걸려 있어. 그림도 있어. 크기는 작지만 아름다운 그림이야. 등불에는 짙은 장밋빛 전등 갓을 씌워 놓았지. 방 한가운데에는 탁자가 있고 차를 마실 수 있도록 음식을 차려 놓았어. 벽난로 안에 걸린 둥그런 구리 주전자에서는 보글보글 찻물 끓는 소리가 들려. 침대도 지금과는 다른 모습이야. 푹신한 침대에 예쁜 비단 침대보를 덮어 놓으면 아주 아름다울걸. 우리는 참새들을 구슬려서 친한 친구가 되는 거야. 그러면 참새들이 와서 안으로 들여보내 달라고 창문을 쪼아대겠지."

"멋져, 세라 언니! 나 여기서 살고 싶어!"

로티가 외쳤다.

세라는 로티를 겨우 달래 아래층으로 돌려보냈다. 로티를 바래다 주고 다락방으로 돌아온 세라는 방 한가운데에 서서 주위를 둘러보았다. 로티에게 이야기해 주었던 황홀한 상상은 모두 사라지고 없었다. 침대는 딱딱했고 이불은 지저분했다. 하얗게 칠한 벽은 군데군데 칠이 벗겨져 있었고, 차가운 바닥에는 아무것도 깔려 있지 않았다. 벽난로에는 녹슬고 망가진 철망이 달려 있었다. 이 방의 유일한 의자라고 할 수 있는 닳아빠진 발받침대는 그마저도 다리가 하나 망가져서 자꾸 기울어졌다. 세라는 양손에 얼굴을 파묻고 발받침대에 잠시 앉아 있었다. 로티가 가고 나니 더 공허하고 울적해졌다. 마치 방문객이 왔다 가고 나면 죄수가 전보다 더 외로워하는 것과 비슷했다.

세라는 혼잣말을 중얼거렸다.

"여기는 참 쓸쓸해. 세상에서 가장 쓸쓸한 곳이 이곳인 것 같아."

세라가 그렇게 앉아 있는데 옆에서 조그만 소리가 들렸다. 세라는 고개를 들고 어디서 나는 소리인지 살펴보았다. 겁 많은 아이였다면 낡은 발받침대에서 일어나 허둥지둥 도망쳤을 것이다. 커다란 쥐가 뒷 발에 의지한 채 몸을 반쯤 일으켜 세우고는 흥미롭다는 듯 허공에 코를 대고 킁킁 냄새를 맡고 있었다. 로티가 갖고 있던 빵 부스러기가 바닥에 떨어져서 그 냄새를 맡고 쥐구멍에서 나온 모양이었다.

쥐의 모습은 묘했다. 마치 회색 수염이 달린 난쟁이나 요정 같아서 세라는 조금 호감이 생겼다. 쥐는 눈을 반짝이며 세라를 쳐다보았다. 너는 대체 누구냐고 묻는 듯했다. 의심스러워하는 것이 분명했다. 세라는 묘한 생각이 들어 혼잣말을 했다.

"쥐가 되어 살면 좀 힘들겠지. 아무도 쥐를 좋아하지는 않으니까. 사람들은 깜짝 놀라 달아나면서 소리를 지를 거야. '꺅, 쥐다! 끔찍해라!' 사람들이 나를 보자마자 놀라 펄쩍 뛰면서 '꺅, 세라잖아! 끔찍해라!'라고 말하는 것은 싫은데. 나를 잡으려고 그럴듯한 먹이로 위장한 덫을 놓을 거 아냐. 참새가 되는 것과는 아주 달라. 하지만 이 쥐에게 애초에 쥐가 되고 싶으냐고 물어본 적도 없잖아. 혹시 참새가 되고 싶으냐고 물어보지도 않았을 테고."

세라가 그런 생각을 하며 가만히 앉아 있었더니 쥐는 과감해지기 시작했다. 사람을 겁내기는 했지만 지붕 위 참새도 그랬듯 세라가 자신에게 덤벼들 것 같지는 않다고 판단한 모양이었다. 쥐는 무척 배가 고팠다. 벽 속 쥐구멍에는 아내도 있고 아이들도 많은데, 요 며칠 동안 지독하게 먹이 운이 없었던 것이다. 아이들이 배고프다며 울어대는 소리를 뒤로하고 나왔기 때문에 빵 부스러기를 얻을 수만 있다면 큰 위험이라도 무릅쓸 각오가 되어 있었다. 쥐는 앞발을 조심스럽게 바닥에 내려놓았다.

세라는 나지막이 말을 걸었다.

"이리 오렴. 덫은 없어. 어서 가져다 먹어. 가엾기도 하지! 바스티유 감옥의 죄수들도 쥐를 친구 삼아 지냈지. 나도 너와 친구가 될 수 있을 거야."

신기하게도 동물들은 분명히 사람의 말을 알아듣는다. 낱말로 이루어져 있지는 않지만 이 세상 모든 생명체가 이해하는 언어가 있는 것일지도 모른다. 어쩌면 모든 생명체에 꼭꼭 숨어 있는 영혼이 소리를 내지 않고도 다른 영혼을 향해 언제든 말을 할 수 있는 것인지도 모른다. 하지만 이유가 무엇이든, 그 순간 쥐는 자신이 비록 쥐이기는 해도 안전하다는 사실을 깨달았다. 빨간 발받침대에 앉은 이 어린 사람이 깜짝 놀라 고래고래 소리를 질러서 되레 쥐 자신이 겁을 먹는 일은 없으리라는 사실을 알아챈 것이다. 묵직한 물건을 집어 던지는 바람에 밑에 깔려 묵사발이 되지는 않더라도 최소한 다리를 절룩거리며 허둥지둥 쥐구멍으로 돌아갈 일도 없을 것이다.

쥐는 아주 착했고 조금도 해를 끼칠 생각은 없었다. 쥐는 뒷발로 서서 허공에 코를 대고 킁킁 냄새를 맡으면서 반짝이는 눈으로는 계속 세라를 쳐다보았다. 세라가 자신의 마음을 이해해 주기를, 자신을 적으로 여기고 미워하지 않기를 간절히 바랐다. 신비롭게도 세라가 그러지 않으리라는 마음이 전해졌는지, 쥐는 살금살금 다가와 빵 부스러기를 먹기 시작했다. 이전에 참새가 그랬듯이 쥐도 먹으면서 가끔씩 세라를 힐끗 쳐다보았는데, 하도 미안해하는 표정이라 세라는 감동하고 말았다.

세라는 꼼짝도 하지 않고 앉아서 쥐를 관찰했다. 유독 큰 빵 부스러기 하나가 있었는데, 부스러기라고 할 수 없을 정도로 컸다. 쥐는 그 빵 조각을 몹시 탐내는 것이 분명했다. 하지만 빵 조각이 세라가 앉은 발받침대에 워낙 가까이 있어서 계속 망설이고 있었다.

세라는 생각했다.

'가족들에게 갖다주고 싶은가 봐. 내가 꼼짝도 하지 않으면 이쪽으로

와서 가져갈지도 몰라.'

세라는 숨죽이며 기다렸다. 아주 흥미진진했다. 쥐는 조금 더 가까이 와서 다른 빵 부스러기를 더 먹었다. 그러다 멈춰 서서 세심하게 킁킁 냄새를 맡더니 발받침대에 앉은 세라를 곁눈질했다. 다음 순간 쥐는 참새처럼 대담하고 재빠르게 빵 조각을 휙 채더니 벽 쪽으로 달아나 아래쪽 벽널 틈새로 쏙 들어가 버렸다.

세라는 혼잣말을 중얼거렸다.

"아이들에게 갖다주고 싶었던 것이 분명해. 우린 친구가 될 수 있을 거야."

일주일쯤 지난 어느 날, 어멘가드는 간신히 다락방으로 몰래 올라올 수 있게 되었다. 어멘가드가 손가락으로 방문을 톡톡 두드렸지만 세라는 이삼 분쯤 지나도 나오지 않았다. 방 안이 너무 조용해서 어멘가드는 처음에 세라가 잠들었나 했다. 그런데 그 순간 놀랍게도 세라가 조그맣게 웃는 소리와 함께 누군가를 달래는 소리가 들렸다.

"자, 자!"

세라의 목소리가 들려왔다.

"이제 집으로 가지고 가, 멜키세덱! 아내에게 갖다주는 거야!"

이윽고 세라가 바로 문을 열자, 어멘가드는 놀란 눈으로 문가에 서 있었다.

어멘가드가 겨우 물었다.

"누구, 대체 누구랑 이야기하는 거야, 세라야?"

세라는 조용히 어멘가드를 방 안으로 들였다. 세라의 표정은 어쩐지 즐겁고 재미있는 듯 보였다.

"겁내지 않겠다고 약속해. 절대 소리지르면 안 돼. 약속하지 않으면 말해줄 수 없어."

세라가 말했다.

어멘가드는 당장이라도 소리 지르고 싶은 기분이었지만 간신히 참았다. 다락방을 이리저리 둘러보았지만 아무도 없었다. 하지만 세라는 분명히 '누군가를 향해' 이야기하고 있었다. '유령이구나!' 하는 생각이 들었다.

어멘가드는 조심스럽게 물어보았다.

"내가 무서워할 만한 거야?"

세라가 대답했다.

"무서워하는 사람도 있어. 나도 처음에는 무서웠으니까. 하지만 지금은 안 그래."

"혹시…… 유령이야?"

어멘가드가 덜덜 떨면서 물었다.

그러자 세라는 웃음을 터뜨렸다.

"아냐. 내 쥐야."

어멘가드는 한달음에 조그맣고 지저분한 침대 위로 뛰쳐올라갔다.

그리고 잠옷과 빨간 숄로 발까지 꽁꽁 감쌌다. 소리를 지르지는 않았지만 겁에 질려 숨이 막힐 지경이었다.

어멘가드는 숨죽여 소리쳤다.

"으악! 세상에, 쥐라니! 정말이야?"

그러자 세라가 말했다.

"무서워할 것 같았어. 하지만 무서워하지 마. 내가 길들이는 중이거든. 나를 알아보게 되어서 내가 부르면 나와. 무서워서 보고 싶지는 않지?"

세라는 요 며칠 동안 부엌에서 먹다 남은 음식을 가져와 쥐와 특이한 우정을 키워나갔다. 그 소심한 동물과 친밀해지면서 점점 그것이 쥐라는 생각도 하지 않게 되었다.

반면, 어멘가드에게 쥐는 너무 두려운 나머지 발을 꽁꽁 감추고 침대에 웅크리고 앉아 있게 만드는 끔찍한 존재였다. 하지만 세라가 태연한 얼굴로 멜키세덱과 처음 만난 이야기를 해주자 슬슬 호기심이 생겼다. 어멘가드는 침대 가장자리에서 고개를 빼꼼 내밀고 세라가 벽널의 쥐구멍 옆에 무릎을 꿇고 앉는 것을 바라보았다.

어멘가드가 물었다.

"저기…… 쥐가 후다닥 침대 위로 뛰어오르지는 않을까?"

세라가 대답했다.

"아냐. 우리만큼 예의 바른 쥐야. 사람 같다니까. 이제 잘 봐!"

세라는 낮게 휘파람을 불기 시작했다. 부드럽게 달래는 듯이 나지막하게 부는 휘파람이라서 아주 조용해야만 들릴 소리였다. 세라는 여러 번 휘파람을 불었다. 어멘가드는 세라가 마법을 거는 것 같다고 생각했다. 드디어 회색 수염에 반짝반짝 빛나는 눈이 쥐구멍에서 쏙 나왔다. 휘파람 소리를 듣고 나온 것이 분명했다. 세라가 쥐고 있던 빵 부스러기를 바닥에 놓자, 멜키세덱이 살며시 나와서 그것을 먹었다. 큼직한 빵 조각이 보이면 아주 요령 있게 옮겨 집으로 가져갔다.

세라가 말했다.

"봤지. 아내와 아이들을 먹이려는 거야. 정말 착하지 않니? 자기는 작은 부스러기만 먹어. 멜키세덱이 집으로 돌아가면 항상 가족들이 기뻐서 찍찍거리는 소리가 들려. 찍찍 소리는 세 종류인데, 하나는 아기 쥐들 소리고 또 하나는 멜키세덱의 아내, 마지막 하나는 멜키세덱 소리야."

어멘가드는 킥킥 웃더니 말했다.

"아휴, 세라야! 너 정말 엉뚱하구나. 착하기도 하고."

세라는 명랑한 표정으로 인정했다.

"내가 엉뚱하다는 건 나도 알아. 착해지는 건 노력하는 중이고."

가무잡잡한 손으로 이마를 문지른 세라는 당황스러운 듯하면서도 부드러운 표정을 지었다.

"아빠는 항상 나를 놀리셨는데 나는 그게 좋았어. 아빠는 내가 엉뚱하다고 하셨지만 내가 지어낸 이야기를 해드리면 좋아하셨지. 나는…… 나는 이야기를 지어낼 수밖에 없어. 그렇지 않으면 살 수 없을 것 같아."

세라는 말을 멈추고 다락방을 둘러보다가 나직한 목소리로 덧붙였다.

"분명 이런 곳에서 지낼 수도 없었을 거야."

어멘가드는 평소와 마찬가지로 재미있어하면서 이렇게 말했다.

"네가 이야기를 해주면 진짜처럼 느껴져. 멜키세덱에게도 사람을 대하듯 이야기하잖아."

세라가 말했다.

"멜키세덱은 사람이나 마찬가지야. 우리처럼 배고파하기도 하고 두려워하기도 해. 결혼해서 아이들도 있고. 쥐는 사람처럼 생각할 줄 모른다고 하는데, 그걸 어떻게 알겠어? 멜키세덱의 눈을 보면 꼭 사람 같아. 그래서 이름도 지어준 거야."

세라는 무릎을 끌어안은 채 바닥에 앉아 있었다. 세라가 가장 좋아하는 자세였다.

세라가 말했다.

"멜키세덱은 바스티유 감옥의 쥐인데 내 친구가 되어 주려고 왔잖아. 주방장이 버린 빵 조각이야 늘 가져올 수 있으니까 내가 충분히 먹여 살릴 수 있어."

어멘가드가 진지하게 물었다.

"여기는 지금도 바스티유 감옥이야? 늘 바스티유 감옥이라고 상상하는 거야?"

세라가 대답했다.

"거의 늘 그래. 가끔 다른 곳이라고 상상해 보려 애쓰기도 해. 보통 바스티유 감옥으로 상상하는 게 제일 쉬워. 특히 추울 때는 더 그렇지."

바로 그때 무슨 소리가 들렸다. 어멘가드는 깜짝 놀라 침대에서 뛰어내릴 뻔했다. 독특하게 벽을 두 번 똑똑 두드리는 소리였다.

"저건 무슨 소리야?"

세라는 바닥에서 일어나 연극을 하는 듯한 말투로 대답했다.

"옆 감방의 죄수야."

"베키로구나!"

어멘가드가 기뻐하며 외쳤다.

세라가 대답했다.

"맞아. 두 번 똑똑 하면 '죄수 친구야, 거기 있니?'라는 뜻이야."

세라는 벽을 세 번 똑똑똑 두드렸다. 대답인 듯했다.

"이건 '그래, 나 여기 있어. 무사히 잘 있고.'라는 뜻이야."

베키 쪽에서 네 번 두드리는 소리가 났다.

세라가 설명했다.

"이건 '함께 고통받는 친구야, 평화롭게 잠자리에 들자. 잘 자라.'라는 뜻이고."

어멘가드는 재미있어하며 환하게 웃었다. 그리고 즐거운 듯이 소곤소곤 말했다.

"세라야, 이건 꼭 이야기 같아!"

세라가 말했다.

"이야기 맞아. 모든 것이 이야기를 품고 있어. 너도 그렇고 나도 그렇고, 민친 교장선생님도 한 편의 이야기지."

세라는 다시 앉아서 이야기를 들려주었다. 어멘가드는 자신이 도망 나온 죄수나 다름없는 상황이라는 것도 잊어버릴 만큼 이야기에 심취해서, 세라가 밤새 이렇게 바스티유 감옥에 있으면 안 된다고 일러주어야 했다. 그제야 어멘가드는 텅 빈 자신의 침대에 몸을 누이기 위해 살금살금 아래층으로 내려갔다.

10
인도 신사

어멘가드나 로티가 다락방을 찾아오기란 쉽지 않았다. 우선 세라가 언제 방에 있는지 확실히 알 수 없었다. 학생들이 잠자리에 든 후에는 아멜리아 선생이 침실을 하나하나 둘러보았기 때문에 감시의 눈길을 피하기도 힘들었다. 그래서 두 아이가 찾아오는 일은 드물었고, 세라는 낯설고 쓸쓸한 밤을 보낼 때가 많았다.

하지만 다락방에 있을 때보다 아래층에서 일할 때가 더 쓸쓸했다. 세라가 이야기를 나눌 사람이 하나도 없었다. 거리로 심부름을 나가면 바구니나 짐 꾸러미를 들고 오면서 모자가 바람에 날아가지 않도록 붙드느라 애써야 했다. 비가 오면 신발이 새서 젖는 것이 느껴졌다. 바쁘게 지나가는 사람들 속에서 세라는 더욱 외로움을 느꼈다.

공주님 대접을 받던 시절에는 사륜마차를 타고 거리를 지나가거나 마리에트의 시중을 받으며 산책을 다녔다. 세라의 조그만 얼굴은 환했고 눈빛은 초롱초롱하게 빛났다. 그림에서 튀어나온 듯 근사한 코트와 모자를 차려입고 있어서 세라를 돌아보는 사람들이 많았다. 따뜻한 보살핌을 받고 자란 행복한 여자아이는 자연히 눈길을 끌기 마련이다.

하지만 허름하고 초라한 옷을 입은 아이는 거리에 드물지도 않고 예뻐 보이지도 않았다. 사람들이 다시 한번 돌아보며 미소 짓게 되는 모습은 아닌 것이다. 요즘은 아무도 세라를 쳐다보지 않았다. 세라가 붐비는 거리를 바삐 지나가도 누구 하나 눈여겨보지 않았다.

세라는 부쩍 자랐다. 하지만 예전에 갖고 있던 옷 중에 남아 있는 수수한 옷만 입었기 때문에 세라도 자신의 모습이 우스꽝스럽다는 것을 알고 있었다. 값비싼 옷은 민친 교장이 모두 팔아버렸다. 남아 있는 옷은 작아져서 도저히 못 입을 때까지 입어야 했다. 세라는 상점 앞을 지나갈 때면 거울에 비친 자신의 모습을 보고 웃음을 터뜨릴 뻔하기도 했고, 새빨개진 얼굴로 입술을 꼭 깨물고 돌아서기도 했다.

저녁 무렵 창문으로 환한 불빛이 새어나오는 집 앞을 지나갈 때면 따뜻한 집 안을 들여다보고 난롯가나 식탁에 둘러앉은 사람들에 대해 이것저것 상상하며 즐거워하기도 했다. 아직 덧문을 닫지 않은 집 안을 살짝 들여다보면 항상 즐거웠다. 민친 여학교가 있는 광장에는 집이 여러 채 있었는데, 세라는 자신만의 방식으로 그 집들과 친숙해졌다.

그중에서도 세라는 자신이 '큰집'이라고 이름 붙인 집을 가장 좋아했다. 가족의 몸집이 커서가 아니라 가족이 여럿이라 그렇게 불렀다. 사실 다들 몸집은 작았다. 큰집은 아이가 여덟 명이었다. 통통하고 볼이 발그레한 어머니와 통통하고 볼이 발그레한 아버지, 통통하고 볼이 발그레한 할머니에다 하인도 여러 명 함께 살았다.

여덟 명의 아이들은 항상 마음씨 좋아 보이는 유모와 함께 걷거나 유모차를 타고 밖으로 나왔다. 어머니와 마차를 타고 가기도 했다. 저녁이면 현관으로 달려 나와 귀가한 아버지에게 뽀뽀를 하고 춤을 추며 주위를 맴돌았고, 아버지의 코트 주머니 속에 선물 꾸러미가 들어 있지는 않나 살피기도 했다. 어떤 날은 아이들 방 창가로 모여들어 서로 밀치고 킥킥 웃으면서 밖을 내다보기도 했다. 이 가족은 항상 왁자지껄 즐겁고 화목해 보였다.

세라는 그 가족을 아주 좋아해서 책에 나오는 낭만적인 이름을 붙여 주었다. 우선 큰집이라는 별명 대신 몽모랑시 가족이라고 불렀다. 레이스 모자를 쓴 통통하고 예쁜 아기는 에셀베르타 보샹 몽모랑시, 그보다 조금 큰 아기는 바이올렛 촐몽들리 몽모랑시, 통통한 다리로 막 아장아장 걷기 시작한 꼬마 남자아이는 시드니 세실 비비안 몽모랑시, 그 위의 아이들은 각각 릴리안 에반젤린 모드 마리온, 로잘린드 글래디스, 가이 클라렌스, 베로니카 유스타시아, 클로드 해럴드 헥터라는 이름을 붙여 주었다.

어느 날 저녁 아주 재미있는 일이 생겼다. 어떤 의미에서는 전혀 재미있다고 할 수 없을지도 모른다.

몽모랑시네 아이들이 어린이 파티에 가는 모양이었다. 세라가 그 집 대문 앞을 지나가려는데 아이들이 마차를 타려고 길을 건너고 있었다. 베로니카 유스타시아와 로잘린드 글래디스는 하얀 레이스가 달린 드레스에 허리에는 곱게 리본을 매고 마차에 막 올라탔고, 다섯 살 난 가이 클라렌스가 누나들 뒤를 따라가고 있었다.

가이 클라렌스는 아주 예쁜 남자아이였다. 발그레한 볼에 파란 눈을 하고, 동그랗고 귀여운 조그만 머리는 곱슬곱슬한 머리카락으로 덮여 있었다. 세라는 자신의 초라한 옷과 바구니는 물론 다른 것은 다 까맣게 잊은 채, 그 아이를 잠깐이라도 보고 싶은 마음에 걸음을 멈추었다.

때는 크리스마스 즈음이었다. 큰집 식구들은 가난한 아이들 이야기를 많이 들었다. 크리스마스 선물을 양말에 넣어주고 크리스마스 연극 공연에 데려가줄 부모님이 없는 아이들, 따뜻한 옷을 입지 못하는 춥고 배고픈 아이들 이야기였다. 그런 이야기에는 어김없이 친절한 어른이나 마음씨 착한 꼬마들이 등장해 가난한 아이에게 돈이나 멋진 선물을 주기도 하고, 집으로 데려가 근사한 저녁을 먹이기도 했다.

가이 클라렌스는 그날 오후 그런 이야기가 담긴 책을 읽고 감동의 눈물을 흘렸다. 자신도 가난한 아이를 발견하면 자신이 가진 6펜스짜리 동전(1971년까지 영국에서 사용되던 동전 종류: 옮긴이)을 줘서 그 아이가 평생 먹고 살게 해주고 싶다는 생각을 하게 되었다. 가이는 6펜스 동전 하나면 영원히 풍족하게 살 수 있으리라 믿고 있었던 것이다. 현관에서 마차까지 바닥에 길게 깔아 놓은 빨간 양탄자를 밟고 길을 건너갈 때도 가이의 짧고 볼록한 반바지 주머니에는 그 동전이 있었다. 그러다가 누나 로잘린드 글래디스가 마차에 타면서 푹신한 의자 위로 폴짝 뛰어올라 앉을 때, 가이는 세라를 발견했다. 비에 젖은 길바닥 위에 서 있는 세라는 초라한 옷차림으로 낡은 바구니를 팔에 건 채 가이 쪽을 뚫어져라 바라보고 있었다.

가이는 세라의 눈빛을 보고 오랫동안 아무것도 먹지 못해 배가 고파서 그런 것이라고 생각했다. 하지만 세라의 눈빛이 그렇게 보이는 것은 세라가 가이네 집과 가이의 발그레한 얼굴에서 엿보이는 따뜻하고 즐거운 생활에 목말라 있기 때문이었다. 게다가 귀여운 가이를 와락 끌어안고 뽀뽀해 주고 싶어 못 견딜 지경이었다. 가이가 알고 있는 것은 세라가 눈이 크고 얼굴이 핼쑥하며 다리도 비쩍 말라 있다는 것, 초라한 바구니에 허름한 옷차림이라는 것뿐이었다. 가이는 주머니에 손을 넣어 동전을 찾은 다음 상냥한 표정으로 세라에게 다가가서 말했다.

"가엾은 누나, 이거 가져. 6펜스야. 누나 줄게."

세라는 깜짝 놀랐지만 자신의 모습이 예전에 보았던 가난한 아이들과 똑같다는 것을 곧 깨달았다. 과거 부유하던 시절, 세라도 사륜마차에서 내리는 자신을 길가에 서서 바라보던 가난한 아이들에게 돈을 주었다. 당황한 세라의 얼굴이 빨개졌다가 다시 창백해졌다. 세라는 이 귀여운 아이의 돈을 도저히 받을 수 없을 것 같은 기분이 들어서 이렇게 말했다.

"아, 아니야! 괜찮아. 고맙지만 이 돈은 받을 수 없어!"

세라의 목소리는 평범한 거리의 아이들과 달랐다. 태도 역시 교육을 잘 받고 자란 아이 같았다. 그 때문에 진짜 이름은 재닛인 베로니카 유스타시아와 진짜 이름은 노라인 로잘린드 글래디스가 몸을 앞으로 내밀고서 쫑긋 귀를 기울였다.

가이 클라렌스는 착한 일을 포기하고 싶지 않았다. 가이는 세라의 손에 동전을 꼭 쥐어 주며 고집스럽게 말했다.

"안 돼, 받아야 해! 가엾은 누나, 이걸로 먹을 것을 사. 6펜스나 되는걸!"

가이의 표정은 너무나 순수하고 상냥했으며, 돈을 받지 않으면 마음 아파할 정도로 실망할 것 같았다. 세라는 거절하면 안 되겠다고 생각했다. 자존심을 지키는 게 도리어 잔인한 행동이 될 것 같았다. 결국 자존심을 누르고 돈을 받았지만 얼굴이 새빨개지는 것은 어쩔 수 없었다.

"고마워. 정말 착하고 귀여운 아이로구나."

감사에다 칭찬까지 받은 가이는 신이 나서 마차에 올라탔다. 세라는 애써 미소 지으며 돌아섰지만 숨이 턱 막혔고 눈가에는 눈물이 반짝거렸다. 자신의 모습이 이상하고 초라해 보인다는 것은 알고 있었지만, 거지로 보일 줄은 여태까지 몰랐다.

큰집 식구들이 탄 마차 안에서는 아이들이 호기심에 들떠서 재잘거리고 있었다.

재닛은 깜짝 놀랐다는 듯이 소리쳤다.

"도널드야(이것이 가이 클라렌스의 진짜 이름인 모양이다), 그 여자아이한테 6펜스는 왜 준 거야? 분명 거지는 아니었는데!"

노라도 소리 높여 말했다.

"말하는 게 거지 같지는 않았어! 얼굴도 거지 같지 않았고!"

재닛이 말을 받았다.

"게다가 구걸을 한 것도 아니잖아. 그 애는 너한테 화났을지도 몰라. 거지도 아닌데 거지 취급을 하면 화가 나잖아."

도널드는 약간 당황했지만 단호하게 말했다.

"그 누나 화 안 났어. 살짝 웃으면서 나한테 정말 착하고 귀여운 아이라고 했거든. 맞는 말이잖아! 내가 6펜스를 전부 줬단 말이야."

재닛과 노라는 서로 눈을 마주보았다.

재닛이 결론을 내려주었다.

"거지는 그런 말 안 해. 네 말대로 그 애가 거지였다면 '고맙습니다요, 친절하신 꼬마 신사 나리. 고맙습니다.' 하면서 무릎을 굽히고 인사했을 거야."

세라는 전혀 몰랐지만 그때부터 큰집 가족들도 세라에게 남다른 관심을 기울이게 되었다. 세라가 지나갈 때면 아이들 방 창문으로 옹기종기 얼굴을 내밀며 바라보았고, 난롯가에 둘러앉아 세라에 대해 여러 가지 이야기를 나누었다.

재닛이 말했다.

"그 애는 학교에서 일하는 하녀인가 봐. 주인을 모시는 하녀라니 믿어지지 않아. 내 생각에는 고아인 것 같아. 모습이 초라하기는 해도 거지는 아니야."

그 후로 아이들은 세라를 '거지가 아닌 여자아이'라고 불렀다. 이름이 길다 보니 어린 동생들이 급하게 말할 때는 굉장히 우습게 들리기도 했다.

세라는 가이에게 받은 6펜스짜리 동전에 간신히 구멍을 뚫고 가느다란 헌 리본을 끼워서 목에 걸고 다녔다. 세라는 큰집 식구들이 더욱 좋아졌다. 그리고 사랑할 수 있는 것이라면 모두, 더욱 더 많이 좋아하게 되었다. 베키도 더욱 더 좋아하게 되었고, 일주일에 두 번 교실에서 어린 학생들을 가르치는 프랑스어 수업도 기다려졌다. 어린 학생들은 세라를 따랐고, 서로 앞다투어 세라 가까이에 앉아 조그마한 손으로 세라의 손을 살며시 잡으려고 했다. 아이들이 자신에게 파고드는 것이 느껴지면 세라의 텅 빈 마음이 채워지는 듯했다.

참새들하고도 아주 많이 친해졌다. 세라가 탁자 위에 서서 다락방 창문으로 머리와 어깨를 내민 채 짹짹 소리를 흉내 내면 곧바로 날갯짓하는 소리와 대답하듯 짹짹거리는 소리가 들려왔다. 곧 꾀죄죄한 도시 참새 몇 마리가 나타나 슬레이트 지붕 위로 날아와 앉아 세라에게 인사를 하고 세라가 뿌려놓은 빵 부스러기를 배불리 먹었다. 멜키세덱과도 아주 친해져서 멜키세덱이 아내를 데리고 나올 정도였고 가끔씩 아이들을 한두 마리 데리고 올 때도 있었다. 세라는 멜키세덱에게 이런저런 이야기를 했는데, 어쩐지 말을 알아듣는 것 같았다.

언제나 그 자리에 앉아 모든 것을 바라보고 있는 에밀리에 대해서는 묘한 감정이 싹텄다. 외로움이 극에 달한 어느 순간부터 생긴 감정이었다. 세라는 에밀리가 자신을 이해하고 공감한다고 믿고 싶었다. 그렇게 믿는 척이라도 하고 싶었다. 유일한 가족이 듣지도 못하고 감정도 없다는 것을 받아들이고 싶지 않았다.

세라는 가끔 에밀리를 의자에 앉히고 자신은 맞은편의 낡은 빨간색 발받침대에 앉아 에밀리가 사람이라 생각하며 그 눈을 지그시 들여다보았다. 그러고 있으면 더럭 겁이 나서 세라의 눈이 커지곤 했다. 특히 온통 고요한 밤, 다락방에서 들리는 소리라고는 가끔씩 벽 속의 멜키세덱 가족이 갑자기 쪼르르 지나가며 찍찍거리는 소리뿐인 밤이면 더욱 그랬다.

세라의 상상 중에는 에밀리가 세라를 지켜주는 착한 마녀라는 것도 있었다. 가끔씩 에밀리를 빤히 바라보다가 비현실적인 상상에 빠져들었을 때, 에밀리에게 뭔가 물어보면 바로 대답해줄 것 같은 느낌이 들곤 했다. 하지만 에밀리는 잠잠했다.

세라는 실망스러운 마음을 다독이려 애쓰며 혼잣말을 했다.

"대답이라면 뭐, 나도 아무 대답 안 할 때가 많으니까. 나도 어쩔 수 없는 경우가 아니면 대답하지 않아. 사람들이 무례한 말을 하면 아무 대꾸도 하지 않는 것이 제일 나아. 그냥 상대방을 쳐다보면서 '생각'을 하는 거지. 내가 그러면 민친 교장선생님은 화가 나서 얼굴이 하얗게 질리고 아멜리아 선생님은 겁먹은 것처럼 보여. 다른 학생들도 그렇고. 내가 화내지 않으면 사람들은 내가 자기보다 강하다는 것을 알게돼. 나는 분노를 참을 만큼 강하고 그 사람들은 그렇지 않으니까. 사람들은 화가 나서 바보 같은 말을 내뱉고 '나중에 그러지 말걸!' 하고 후회하거든. 분노만큼 강한 것도 없지만 분노를 참을 수 있다면 그러는 편이 훨씬 강한 거야. 악의를 품은 사람에게는 대답하지 않는 것이 좋아. 난 좀처럼 대답하지 않아. 에밀리는 나를 꼭 닮았는지도 몰라. 그래서 자기랑 친한 사람한테도 대답하지 않을 수도 있어. 모든 것을 마음속에 담아두는 거지."

하지만 그런 말로 애써 이해하려 해봐도 쉽게 마음이 가라앉지 않았다. 어떤 날은 길고 고된 하루를 보내야 했다. 이리저리 불려 다녔고, 바람이 불어서 춥고 비까지 오는 날씨에 멀리 심부름을 다녀와야 했다. 흠뻑 젖고 허기진 상태로 돌아왔는데 다시 밖으로 나가야 하기도 했다. 세라가 아직 어린아이여서 막 심부름을 다녀오느라 가느다란 다리가 아프고 조그만 몸이 추위에 떨고 있을 거라는 생각은 아무도 하지 못했다. 고맙다는 인사는커녕 모진 말과 차갑고 깔보는 듯한 눈빛만 돌아올 뿐이었다. 주방장이 유독 천박하고 무례하게 구는 날, 민친 교장의 기분이 아주 언짢은 날, 학생들이 세라의 초라한 모습을 비웃는 날도 견뎌내야 했다. 그런 날 에밀리가 앞만 바라보며 낡은 의자에 꼿꼿하게 앉아 있으면, 상처받은 세라의 쓸쓸한 마음은 상상으로도 위로가 되지 않았다.

이날도 힘든 날이었다. 춥고 배고픈데다 화가 나서 어쩔 줄 몰라 하며 다락방으로 올라왔는데, 톱밥을 채워 넣은 팔다리를 축 늘어뜨린 채 멍하니 앞만 쳐다보고 있는 에밀리를 보자 세라는 더이상 참을 수 없었다. 세라에게는 이 세상에 에밀리뿐이었다. 그런 에밀리가 그냥 가만히 앉아만 있었던 것이다.

세라가 입을 열었다.

"나는 곧 죽을 거야."

에밀리는 앞만 쳐다볼 뿐이었다.

가엾은 세라는 온몸을 떨면서 이렇게 말했다.

"이젠 못 참겠어. 나는 틀림없이 죽고 말 거야. 날은 춥고 옷은 흠뻑 젖은 데다 너무나 배고파. 오늘 얼마나 많이 걸었는지 몰라. 그런데도 사람들은 하루 종일 꾸짖기만 해. 주방장은 아까 심부름 시켰던 물건을 못 찾았다고 저녁도 안 줘. 신발이 낡아 질퍽질퍽한 길에서 미끄러졌는데 사람들이 그런 나를 보고 웃더라. 나는 온몸이 진흙투성이가 됐는데 사람들은 킥킥 웃었다고. 내 말 들려?"

앞만 쳐다보는 에밀리의 유리 눈과 온화한 표정을 보자 세라는 갑자기 가슴이 찢어질 듯 아파오면서 분노가 치밀어 올랐다. 세라는 그만 손을 사납게 쳐들어 에밀리를 의자에서 내던지더니 훌쩍훌쩍 울음을 터뜨렸다. 절대 울지 않는 아이였던 세라가 말이다.

세라는 울면서 소리쳤다.

"넌 '인형'일 뿐이야! 인형이야! 인형, 아무것도 아니라고! 너는 아무것도 신경 쓰지 않아. 속에는 톱밥만 가득하고 마음이란 게 없잖아. 아무것도 느낄 수가 없어. '인형'이니까!"

바닥에 떨어진 에밀리는 다리가 머리 위로 꺾이고 코끝이 납작하게 눌린 창피한 모습이었다. 하지만 표정은 여전히 차분했고 품위 있어 보이기까지 했다. 세라는 웅크린 팔에 얼굴을 파묻었다. 벽 속의 쥐들은 서로 물고 뜯고 싸우며 찍찍거리다가 후다닥 달음박질쳤다. 멜키세덱이 아이들 중 누군가를 혼내는 모양이었다.

세라의 흐느낌은 조금씩 가라앉았다. 평소의 세라답지 않게 울음을 터뜨리는 바람에 세라 자신도 놀랐다. 잠시 후 세라는 얼굴을 들고 에밀리를 쳐다보았다. 에밀리는 한쪽 눈으로 세라를 지그시 바라보고 있었는데, 어쩐지 그 유리 눈에 연민이 담겨 있는 듯했다. 세라는 에밀리를 집어 들었다. 후회가 밀려왔다. 세라는 보일 듯 말 듯 살짝 미소를 지었다. 그러고는 체념한 듯 한숨을 쉬며 말했다.

"네가 인형인 게 잘못은 아니지. 라비니아 언니나 제시 언니가 안하

무인인 게 어쩔 수 없는 것처럼 말이야. 다 똑같을 수는 없는 거니까. 너는 너대로 최선을 다하고 있는 것인지도 몰라."

세라는 에밀리에게 입 맞춰주고 옷을 바로잡아 준 다음 다시 의자에 앉았다.

세라는 비어 있는 옆집에 누군가 들어와 살게 되기를 간절히 바랐다. 옆집 다락방 창문이 세라의 방 창문과 워낙 가까워서 그런 생각을 한 것이다. 어느 날 옆집 다락방 창문이 활짝 열리고 그 네모난 구멍으로 누군가의 머리와 어깨가 불쑥 나타난다면 정말 기쁠 것 같았다.

세라는 생각했다.

'좋은 사람 같아 보이면 안녕하세요? 하고 말을 걸지도 몰라. 그러면 여러 가지 일들이 생기겠지. 물론 저기 살게 되는 건 잔심부름꾼 하인이겠지만.'

어느 날 아침 세라가 식료품 가게와 정육점, 빵 가게를 들른 후 광장 모퉁이를 돌아서는데, 아주 기쁜 광경이 눈에 띄었다. 심부름으로 조금 오래 자리를 비운 사이 가구를 잔뜩 실은 짐마차 한 대가 옆집 앞에 서 있었던 것이다. 옆집 현관은 활짝 열려 있었고, 셔츠만 입은 인부들이 들락거리며 무거운 짐 꾸러미와 가구를 나르고 있었다.

세라가 말했다.

"누가 이사 왔나 봐! 진짜로 왔어! 아아, 다락방 창문으로 좋은 사람이 얼굴을 내밀었으면 좋겠다!"

동네 사람들이 지나가다 멈춰 서서 이삿짐 들이는 것을 구경했다. 세라도 사람들 틈에 끼어 구경하고 싶었다. 가구를 보면 이사 오는 사람이 어떤 사람인지 알 수 있을 것 같았다.

세라는 생각했다.

'민친 교장선생님의 탁자와 의자는 교장선생님을 꼭 닮았지. 교장선생님을 처음 만났을 때 그런 생각이 들었어. 그때 나는 아주 어렸지만 아직도 기억나. 나중에 아빠에게 그 이야기를 했더니 아빠는 웃으면서 그렇다고 하셨지. 큰집 식구들의 방에는 틀림없이 푹신하고 편안한 안락의자와 소파가 있을 거야. 빨간색 꽃무늬 벽지도 그 집 식구들을 꼭 닮아서 따스하고 활기차고 상냥하고 행복해 보일 거야.'

세라는 오후에 파슬리를 사러 채소 가게로 심부름을 가게 되었다. 밖으로 나가려고 부엌 계단을 올라가던 세라는 눈에 익은 광경에 가슴이 마구 두근거렸다. 짐마차에서 내린 가구들이 보도에 놓여 있었는데, 아름답고 정교한 티크 나무 탁자와 의자 몇 개, 호화로운 동양 자수로 수놓은 가림막이 보였다. 세라는 묘한 그리움을 느꼈다. 그 물건들이 인도에서 보던 것과 아주 비슷했던 것이다. 민친 교장이 가져가버린 물건 중에는 무늬를 조각해 넣은 티크 나무 책상도 있었다. 아버지가 보내준 책상이었다.

세라가 중얼거렸다.

"예쁜 가구들이네. 저런 가구를 가지고 있다면 분명 좋은 사람일 거야. 물건들이 다 고급스러워 보여. 부잣집인가 봐."

가구를 실은 짐마차는 하루 종일 계속 와서 짐을 내려놓고 갔다. 워낙 짐을 여러 번 풀어놓아서 세라도 가구를 들여놓는 모습을 볼 기회가 있었다. 세라의 추측이 맞았다. 새로 이사 오는 사람은 엄청난 부자가 분명했다. 가구는 모두 호화롭고 아름다웠으며 동양풍 가구가 많았다. 짐마차에서는 근사한 양탄자와 커튼, 장식품이 쏟아져 나왔고, 그림과 책도 많아서 도서관을 만들어도 될 정도였다. 그중 으뜸은 화려한 함에 담긴 웅장한 부처상이었다.

세라는 생각했다.

'가족 중에 누군가가 인도에 살았던 것이 분명해. 그래서 인도 물건이 익숙해지고 좋아진 거지. 정말 잘됐다. 다락방 창문으로 아무도 안 보인다 해도 친구 같은 느낌이 들 거야.'

세라에게는 무슨 일이 맡겨져도 이상하지 않을 정도로 온갖 허드렛

일이 주어졌다. 그날 저녁 세라는 주방장이 먹을 우유를 가지러 나왔는데, 이때 아주 흥미진진한 광경을 보게 되었다. 잘생기고 볼이 발그레한 큰집 식구네 아버지가 태연하게 광장을 가로질러 와서 옆집 계단을 뛰어 올라가는 것이었다. 자기 집처럼 편안하게 계단을 오르는 모습이 마치 앞으로도 그 집 계단을 수도 없이 오르내릴 것처럼 보였다. 큰집 식구네 아버지는 집 안에 한참 머물렀는데, 여러 차례 밖으로 나와 당연한 듯이 일꾼들에게 이것저것 지시를 내렸다. 새로 이사 온 집과 친밀한 관계여서 대신 일을 처리해주는 것이 분명했다.

세라는 이런저런 추측을 해보았다.

'새로 이사 온 집에 아이들이 있다면 분명히 큰집 아이들이 놀러 오겠지. 그 아이들이 놀다가 다락방까지 올라올지도 몰라.'

그날 밤 일이 끝나자 베키가 세라를 찾아와서 새로운 소식을 전해주었다.

"옆집에 새로 이사 온 사람은 인도 신사분이래요, 아가씨. 피부색이 까만지 아닌지는 모르겠지만 인도 사람인 것은 분명해요. 굉장한 부자인데 병이 있대요. 큰집 신사분은 그분 변호사고요. 인도 신사분은 고생을 많이 해서 병이 들었고 마음도 우울하대요. 그래서 우상을 믿나 봐요, 아가씨. 이교도라 나무와 돌에 절을 한다지 뭐예요(당시 영국 사람들은 대부분 종교가 기독교였음: 옮긴이). 그분이 믿는다는 우상을 집 안으로 옮기는 걸 봤어요. 누가 그분에게 교리책을 보내줘야 해요. 몇 푼 안 할 텐데."

세라는 조금 웃더니 이렇게 말했다.

"우상을 믿는 것은 아닐 거야. 조각상에 흥미가 있어서 집에 두고 감상하는 것을 좋아하는 사람도 있거든. 우리 아빠도 근사한 조각상을 갖고 있었지만 믿는 것은 아니었어."

하지만 베키는 계속 새 이웃이 '이교도'라고 믿고 싶은 듯했다. 새로운 이웃이 성경책을 들고 교회에 다니는 평범한 신사인 것보다 이교도인 쪽이 훨씬 낭만적으로 느껴졌기 때문이었다. 그날 밤 베키는 한참 동안 돌아가지 않고 그 인도 신사분이 어떤 사람일지, 결혼했다면 부인은 어떤 사람일지, 아이가 있다면 그 아이들은 어떨지 이야기했다. 세라가 보기에 베키는 이웃집 사람들이 모두 피부색이 까맣고 터번을 쓰고 다녔으면 하고 은근히 바라는 것 같았다. 무엇보다도 이웃집 아이들이 부모처럼 이교도였으면 좋겠다고 생각하는 듯했다.

베키가 말했다.

"이웃집에 이교도가 살았던 적은 없거든요, 아가씨. 이교도는 어떻게 사는지 알고 싶어요."

베키의 궁금증은 몇 주가 지나서야 모두 풀렸다. 새로운 이웃에게는 부인도 없고 아이들도 없었다. 가족 하나 없이 혼자 사는 데다 몸도 마음도 쇠약하고 불행한 것이 틀림없었다.

어느 날 마차가 그 집 앞에 와서 섰다. 하인이 마부석에서 내려 마차 문을 열자, 맨 먼저 큰집 식구네 아버지가 마차에서 내렸다. 뒤이어 간호사복을 입은 간호사가 내리더니 집에서 하인 두 명이 나와 계단을 내려왔다. 주인인 인도 신사를 부축하러 나온 것이었다. 마차에서 내린 인도 신사는 야윈 얼굴에 괴로운 표정을 짓고 있었으며 깡마른 몸을 모피 코트로 감싸고 있었다. 하인들이 인도 신사를 부축해 계단을 올라갔다. 함께 올라가는 큰집 식구네 아버지는 굉장히 걱정스러운 표정이었다. 얼마 지나지 않아 다른 마차가 도착했고 의사가 집 안으로 들어갔다. 인도 신사를 진찰하러 온 것이 분명했다.

나중에 프랑스어 수업을 받던 로티는 세라에게 소곤소곤 말했다.

"세라 언니, 옆집 아저씨는 얼굴이 참 노래. 중국 사람일까? 지리 시간에 배웠는데 중국 사람은 얼굴이 노랗대."

세라도 소곤소곤 대답해주었다.

"아니, 그분은 중국 사람이 아니야. 많이 아프서서 그래. 공부 계속해야지, 로티야. '농, 무슈. 쥬 네 파 르 카니프 드 몽클(프랑스어로 '아뇨, 저는 제 삼촌의 칼을 갖고 있지 않아요'라는 뜻: 옮긴이).'"

이렇게 인도 신사의 이야기가 시작되었다.

11
람다스

    가끔씩 광장에도 아름다운 노을이 질 때가 있었다. 하지만 노을은 굴뚝 사이나 지붕 위로 조금밖에 보이지 않았다. 부엌 창문으로는 하나도 보이지 않았다. 벽돌이 따뜻한 빛으로 물들고 주변이 잠시 장밋빛이나 노르스름한 빛을 띠면 '노을이 지고 있구나' 하고 짐작할 뿐이었다. 타는 듯한 태양빛이 유리창에 비칠 때도 있었다.

    이렇게 찬란하게 노을 지는 하늘이 모두 보이는 곳은 딱 한 군데뿐이었다. 노을이 지면 서쪽 하늘로 빨강이나 금빛 구름이 산더미같이 모여들었다. 가장자리가 눈부시게 빛나는 보라색 구름일 때도 있었다. 양털처럼 푹신해 보이는 구름이 장밋빛으로 물들어 하늘에 둥실둥실 떠다니기도 했는데, 바람이라도 불면 마치 파란 하늘을 서둘러

날아가는 분홍색 비둘기떼처럼 보였다. 이 모든 것을 바라보면서 조금은 깨끗한 공기를 들이마실 수 있는 곳은 다락방 창문이었다.

광장이 황홀하게 빛나기 시작하고 그을음 때문에 시커메진 나무와 난간이 근사해 보이면, 하늘 모습이 바뀌고 있다는 것을 알 수 있었다. 그럴 때 부엌이 한가해 세라를 찾을 일이 없으면, 세라는 어김없이 살짝 빠져나와 계단을 두세 개씩 한꺼번에 딛고 올라가 다락방 탁자 위에 올라섰다. 창밖으로 있는 힘껏 머리와 몸을 내민 다음, 숨을 깊게 들이쉬고 주위를 찬찬히 둘러보면 온 하늘과 온 세상이 모두 내 것 같은 기분이 들었다. 다른 다락방에서는 아무도 이렇게 내다보는 사람이 없었다. 보통 다른 집의 다락방 창문은 닫혀 있었다. 환기를 시키려고 열어둔다 하더라도 창문까지 올라와 보는 사람은 아무도 없는 것 같았다.

창문으로 몸을 내밀고 고개를 들어 위를 쳐다보면, 파란 하늘이 마치 아름다운 둥근 천장처럼 다정하고 가깝게 느껴졌다. 세라는 이따금씩 서쪽으로 눈을 돌려 근사하게 펼쳐진 풍경을 감상하기도 했다. 구름은 어떤 때는 분홍색, 혹은 진홍색으로 빛났고, 눈처럼 하얀색이었다가 보라색, 연한 비둘기색으로 바뀌며 눈 녹듯 사라지기도 했으며 둥둥 떠다니거나 가만히 머물러 있기도 했다. 또 이따금씩 섬이 되기도 하고 터키석처럼 짙은 푸른색이나 금빛이 도는 호박색, 녹옥처럼 연한 초록색 호수를 둘러싼 거대한 산맥이 되기도 했다. 어떤 때는 아무도 모르는 낯선 바다에서 툭 튀어나온 시커먼 육지처럼 보였다. 길고 가느다란 근사한 땅이 다른 근사한 땅과 하나가 되는 것처럼 보일 때도 있었다. 마치 구름 위를 뛰어다니거나 기어오르거나 가만히 서서 다음엔 어떤 구름이 오는지 구경할 수 있고, 그러다가 구름이 모두 사라져도 둥둥 떠다닐 수 있을 것만 같았다. 적어도 세라의 눈에는 그렇게 보였다.

참새들이 짹짹 지저귀는 가운데 슬레이트 지붕 위로 부드럽게 노을이 지면, 창문 너머로 바라보는 하늘 풍경만큼 아름다운 것은 없었다. 이렇게 놀랍도록 아름다운 광경이 펼쳐질 때만큼은 참새들도 항상 소리를 낮춰 부드럽게 지저귀는 것처럼 느껴졌다.

인도 신사가 새로 이사 오고 며칠 후에도 바로 그런 노을이 졌다. 다행히 세라도 그날 오후 부업일이 다 끝나고 심부름을 시키는 사람도 없어서 평소보다 수월하게 다락방으로 올라올 수 있었다.

세라는 탁자 위에 올라서서 창밖을 내다보았다. 감탄을 자아내는 순간이었다. 눈부시게 아름다운 파도가 세상을 뒤덮듯 황금빛이 서쪽 하늘 가득히 퍼지고 있었다. 주변은 찬란한 진노랑 빛으로 가득해서 지붕 위로 날아가는 새들이 새까맣게 보였다.

세라는 조그맣게 중얼거렸다.

"정말 아름다워. 너무 아름다워서 두려울 정도야. 이상한 일이 생길 것 같은 기분이야. 아름다운 것을 보면 항상 그런 기분이 든다니까."

그때 갑자기 몇 미터쯤 떨어진 곳에서 무슨 소리가 들렸다. 세라는 그쪽으로 고개를 돌렸다. 조그맣게 깩깩거리는 것 같은 이상한 소리였다. 옆집 다락방 창문 쪽에서 나는 소리였다. 누군가 세라처럼 노을 지는 하늘을 구경하러 나온 것이었다. 다락방 창문으로 머리와 어깨를 내민 사람이 보였는데, 여자아이나 하녀가 아니었다. 그림에서 튀어나온 것처럼 하얀 천을 몸에 두르고 하얀 터번을 쓴 까무잡잡한 얼굴에 눈은 반짝반짝 빛나는, 인도어로 '라스카'라고 하는 인도 하인이었다. 세라는 보자마자 혼잣말이 튀어나왔다.

"라스카네."

조금 전 세라가 들은 소리는 인도 하인이 사랑스러운 듯 안고 있는 조그만 원숭이가 낸 소리였다. 원숭이는 하인의 가슴팍에 꼭 달라붙어 깩깩 소리를 내고 있었다.

세라가 인도 하인을 쳐다보자 그쪽에서도 세라를 마주보았다. 인도 하인의 얼굴은 슬퍼 보였고 고향을 그리워하는 것 같았다. 영국에서는 해를 보기 힘들기 때문에 그리운 햇빛을 맞이하러 나온 것이 분명했다. 세라는 관심 어린 표정으로 인도 하인을 바라보다가 지붕 너머로 미소를 건넸다. 낯선 이가 건넨 미소라 하더라도 큰 위로가 되기 때문이었다.

세라의 미소에 인도 하인은 눈에 띄게 기뻐했다. 표정이 완전히 바뀌면서 하얗게 반짝이는 이가 드러나도록 활짝 마주 웃어주었다. 어두운 얼굴이 빛으로 환해지는 것 같았다. 피곤하거나 우울한 사람도 세라의 다정한 눈빛을 보면 항상 기분이 좋아졌다.

인도 하인은 세라에게 꾸벅 인사를 했다. 그때 원숭이를 안고 있던 팔에 힘이 조금 풀린 것 같았다. 장난꾸러기 원숭이는 호시탐탐 장난칠 기회를 노리다가 세라를 보고 신이 났는지, 갑자기 인도 하인의 품에서 빠져나와 지붕으로 폴짝 뛰어내렸다. 그러고는 깩깩 소리를 지르며 달려오더니 세라의 어깨를 깡충 딛고 세라의 다락방 안으로 쏙 들어왔다. 세라는 환하게 웃으며 즐거워했다. 하지만 원숭이를 인도 하인에게 어떻게 돌려주어야 할지 고민이 되었다.

'내가 원숭이를 잡을 수 있을까? 짓궂은 녀석이라 내 손을 피해 빠져나가려나? 지붕 위로 도망쳐서 돌아오지 않으면 어쩌지?'

절대 그러면 안 되었다. 어쩌면 원숭이는 인도 신사가 기르는 동물로, 그 가엾은 신사분이 애정을 쏟고 있을지도 몰랐다.

세라는 인도 하인 쪽으로 얼굴을 돌렸다. 아버지와 함께 인도에 살 때 배웠던 인도어가 아직도 조금 기억나는 것이 다행스러웠다. 인도 하인이 알아들을 정도는 될 것이다. 세라는 인도 하인에게 인도어로

물어보았다.

"제가 저 원숭이를 잡을 수 있을까요?"

세라가 인도어로 말을 걸자, 인도 하인의 얼굴에는 기쁘고 놀랍다는 표정이 떠올랐다. 인도 하인은 신이 나타난 게 아닐까 싶었다. 세라의 상냥하고 조그만 목소리가 하늘에서 들려오는 목소리처럼 느껴진 것이다. 세라는 곧 그 인도 하인이 유럽 아이들을 많이 겪어보았다는 것을 알 수 있었다. 공손한 감사의 말을 끝없이 쏟아냈기 때문이다.

인도 하인이 말했다.

"저는 이 집 주인님을 모시는 하인 람다스입니다. 그 원숭이는 착한 녀석이라 물지는 않지만 안타깝게도 잡기는 힘들 겁니다. 번개처럼 동에 번쩍 서에 번쩍 하거든요. 말은 잘 안 들어도 나쁜 녀석은 아닙니다. 제 자식같은 녀석이지만 말을 잘 들을 때도 있고 아닐 때도 있죠. 아가씨가 허락하신다면 제가 직접 지붕을 건너서 다락방 창문 안으로 들어가 그 못난 녀석을 데려오겠습니다."

람다스는 세라가 자신의 말을 건방지게 여기고 허락하지 않을까 봐 걱정하는 표정이었다. 하지만 세라는 흔쾌히 허락했다.

"이쪽으로 건너올 수 있으세요?"

람다스가 대답했다.

"잠깐이면 됩니다."

그러자 세라가 말했다.

"그럼 어서 오세요. 원숭이가 겁이 나는지 방 안을 이리저리 뛰어다니고 있어요."

람다스는 그 집 다락방 창문을 빠져나와 세라 쪽으로 건너왔다. 평생 지붕 위를 걸어 다니기라도 한 것처럼 발걸음이 가벼웠다. 그러더니 천장으로 난 창문을 통해 세라의 다락방으로 쑥 들어와 소리 없이 바닥에 발을 디뎠다. 그는 세라를 향해 또 한 번 허리 굽혀 인사했다. 원숭이는 람다스를 보자 작게 비명을 질렀다. 람다스는 원숭이가 밖으로 도망치지 못하도록 얼른 다락방 창문을 닫고 원숭이를 쫓아갔다. 원숭이는 재미로 몇 분 더 시간을 끌며 도망다니다가 곧 꺅꺅 소리를 지르며 람다스의 어깨에 올라탔다. 그리고 묘하게 생긴 앙상한 팔로 람다스의 목을 꼭 끌어안고 매달렸다.

람다스는 세라에게 진심으로 고마워했다. 세라는 람다스가 타고난 눈썰미로 휑하고 초라한 다락방을 재빠르게 훑어보는 것을 알아차렸다. 하지만 람다스는 아무것도 보지 못한 척 어린 공주님을 대하는 듯한 태도로 세라와 이야기를 나누었다. 람다스는 원숭이를 붙잡은 후 오래 머무르지는 않았지만 세라의 호의에 크게 고마워하며 거듭 인사했다. 그러고는 원숭이를 쓰다듬으며 말했다.

"요 짓궂은 꼬맹이가 보기보다 못된 녀석은 아니에요. 병들어 누운 주인님을 즐겁게 해주거든요. 주인님이 워낙 귀여워하는 원숭이라 달아나버렸다면 슬퍼하셨을 거예요."

람다스가 다시 한번 허리 굽혀 인사하고는 천장에 난 창문을 빠져나갔다. 아까 원숭이가 그랬던 것처럼 아주 민첩하게 지붕을 건너갔다.

람다스가 돌아가고 나서 세라는 다락방 한가운데 서서 생각에 잠겼다. 람다스의 모습과 태도 때문이었다. 람다스의 인도 의상과 깊은 존경 어린 모습을 보니 옛날 생각이 떠올랐다. 한 시간 전만 해도 주방장에게 모욕적인 말을 들은 잔심부름꾼 하녀에 불과한 자신이 몇 년 전에는 람다스처럼 정중한 하인들에게 둘러싸여 살았다니, 기분이 묘했다. 그때는 수많은 하인들이 세라가 지나가면 허리 굽혀 인사했고, 세라가 이야기할 때는 이마가 땅에 닿도록 머리를 조아렸다. 지금은 그것이 모두 꿈속의 일처럼 느껴졌다. 다 지나간 일이고 그런 날이 되돌아오지는 않을 것이다. 어떤 식으로든 지금의 처지가 바뀌는 일은 없을 것이다.

세라는 민친 교장이 앞으로 자신을 어떻게 할 작정인지 잘 알고 있었다. 지금은 세라가 너무 어려서 제대로 교사 노릇을 할 수 없으니 심부름꾼 하녀로 부려먹고 있지만, 민친 교장은 세라한테 배운 것을 잊지 않아야 한다고 닦달했다. 따로 시간을 주지 않으면서도 세라가 어떻게든 더 많은 것을 배우는 것이 당연하다고 여겼다. 세라는 저녁 시간에 점점 더 오래 공부해야 했고 시도 때도 없이 공부한 내용을 점검받았다. 민친 교장이 생각한 만큼 공부가 진전되지 않으면 호된 꾸지람을 받게 될 것을 세라도 알고 있었다. 사실 세라는 배우려는 마음이 워낙 강해서 따로 관리할 필요가 없다는 걸 민친 교장도 알고 있었다. 책을 주면 세라는 그 책을 완전히 소화해 결국 외워버렸다. 몇 년이 지나면 많은 것을 가르칠 수 있을 것으로 보였다.

이것이 세라의 미래였다. 지금 학교 여기저기서 잔심부름을 하듯 나이가 차면 교실에서 이런저런 허드렛일을 하게 될 터였다. 지금보다는 좀 더 나은 옷을 입겠지만 밋밋하고 촌스러운 옷이라서 여전히 하녀 티가 날 게 뻔했다. 앞으로 기대할 수 있는 일은 그게 전부였다. 세라는 몇 분 동안 꼼짝 않고 서서 깊이 생각에 잠겼다.

그러다가 또 무슨 생각이 떠올랐는지 뺨이 발그레해지고 눈이 반짝반짝 빛났다. 세라는 여윈 몸을 꼿꼿이 세우고 고개를 치켜들며 중얼거렸다.

"무슨 일이 있어도 한 가지는 변하지 않아. 누더기를 입고 있어도 마음속의 나는 공주님이라는 거야. 금빛 찬란한 옷을 입고 있으면 공주님 상상이 쉽겠지만, 아무도 알아주지 않는데도 항상 공주님인 편이 훨씬 더 대단한 거야. 마리 앙투아네트(프랑스 왕 루이 16세의 왕비로 프랑스 혁명 때 처형당함: 옮긴이)는 왕비 지위를 빼앗기고 감옥에 갇혀 있을 때 까만 옷만 입었고 머리는 하얗게 세어버렸어. 사람들은 '몰락한 왕조의 과부'라 부르며 모욕했어. 하지만 화려하게 치장하고 사치스러운 물건에 둘러싸여 지낼 때보다 그때가 훨씬 더 왕비다웠지. 나는 그때의 마리 앙투아네트가 제일 마음에 들어. 성난 군중의 고함 소리에도 겁내지 않았거든. 단두대에서 목이 잘릴 때에도 그 누구보다 강했어."

세라는 이런 생각을 한 지 꽤 오래되었다. 이런 생각을 하면 마음에 위로가 되었고 힘든 나날을 견딜 수 있었다. 민친 교장은 세라가 학교 안팎을 돌아다니며 궂은 일을 하면서도 당당한 것을 이해할 수 없었다. 세라가 내심 다른 사람들을 발 아래 두고 고상하게 살아가는 것 같아 짜증스럽기까지 했다. 무례하고 뼈아픈 말을 쏘아붙여도 듣지 않는 것 같았고, 들었다 해도 전혀 신경 쓰지 않는 것 같았다. 어떤 때는 민친 교장이 모진 잔소리를 퍼부어대는 동안 세라가 아이답지 않고 침착하고 당당하게 미소를 머금은 듯한 눈빛으로 민친 교장을 가만히 쳐다보는 것이 눈에 띄기도 했다. 민친 교장은 몰랐지만, 그럴 때 세라는 속으로 이렇게 말하고 있었다.

'공주에게 이런 말씀을 하시다니요. 내가 손짓만 하면 교장선생님을 사형에 처할 수도 있는데 말이에요. 다만 나는 공주고 어리석은 교장선생님은 매몰차고 천박한 노인인데다 예의라고는 모르는 사람이기 때문에 인정을 베푸는 거예요.'

세라는 이런 생각이 다른 무엇보다도 재미있었다. 엉뚱한 상상이었지만 마음이 편안해져서 좋았다. 그런 생각에 빠져 있으면 다른 사람이 무례하고 심술궂게 굴더라도 똑같이 대하지 않을 수 있었다.

세라는 혼잣말로 중얼거렸다.

"공주님이라면 예의 바르게 행동해야지."

하인들은 민친 교장의 말투를 흉내 내어 세라에게 이것저것 시키며 업신여겼는데, 세라가 고개를 똑바로 들고 옛날식으로 독특하게 예의를 차려 대답하면 휘둥그레진 눈으로 바라보았다.

주방장은 가끔 킥킥 웃으며 말했다.

"세라는 어린애가 버킹엄 궁전 사람들보다도 도도하게 군다니까. 내가 시도 때도 없이 화를 내는데도 그 애는 예의를 잊는 법이 없어. '주방장님, 괜찮으시면……'이라거나 '부탁드려도 될까요, 주방장님?' 이러기도 하고 '주방장님, 죄송하지만……', '주방장님, 폐가 되지 않는다면……' 이런 말들을 부엌에서 아무렇지도 않게 하고 다닌다니까."

람다스와 원숭이를 만난 다음날 아침, 세라는 교실에서 어린 학생들을 가르쳤다. 수업을 마치고 프랑스어 연습장을 걷을 때는 서민으로 위장한 왕족이 처하게 되는 여러 가지 상황을 상상하고 있었다. 예를 들어 알프레드 대왕(9세기 후반 영국의 왕: 옮긴이)은 케이크를 태우는 바람에 소 치는 사람의 아내에게 뺨을 맞았다. 그 여인은 나중에 왕을 때렸다는 사실을 깨닫고 틀림없이 무서워서 벌벌 떨었을 것이다. 세라가 공주라는 사실을 알면 민친 교장은 어떻게 될까? 발가락이 고개를 내밀 정도로 낡은 신발을 신은 세라가 진짜 공주라니!

그런 생각을 하고 있을 때 세라는 민친 교장이 아주 싫어하는 눈빛을 하고 있었다. 민친 교장은 참을 수가 없었다. 마침 세라가 바로 눈앞에 있고 화를 주체할 수 없게 되자, 달려가서 세라의 뺨을 후려치고 말았다. 소 치는 여인이 알프레드 대왕의 뺨을 때렸던 것처럼 말이다.
세라는 깜짝 놀랐다. 순간 충격으로 숨이 턱 막히면서 상상에서 깨어
나 잠시 꼼짝 않고 서 있었다. 그러다 보니 자신도 모르게 피식 웃음
이 나왔다.

민친 교장은 소리를 빽 질렀다.

"웃어? 뻔뻔하고 버릇없는 아이 같으니라고!"

잠시 후 세라는 정신을 차리고 자신이 공주라는 사실을 떠올렸다.
얼굴이 빨갛게 달아올랐고 맞은 곳이 쓰라리고 아팠다.

세라가 대답했다.

"생각 중이었어요."

민친 교장이 명령했다.

"당장 잘못했다고 해라."

세라는 잠깐 망설이다가 대답했다.

"웃어서 무례하다고 느끼셨다면 죄송해요. 하지만 제가 생각한 것
에 대해서는 용서를 빌지 않을 거예요."

그러자 민친 교장이 따져 물었다.

"무슨 생각을 하고 있었던 거냐? 감히 생각을 하다니, 도대체 뭘 생
각했길래?"

제시와 라비니아가 킥킥거리며 서로 쿡쿡 찔러댔다. 학생들 모두
가 책에서 눈을 들고 귀를 쫑긋 세우고 있었다. 민친 교장이 세라를

몰아세우는 것은 재미있는 구경거리였다. 세라는 항상 엉뚱한 말을 했고 조금도 무서워하는 것 같지 않았다. 지금도 전혀 겁내는 모습이 아니었다. 민친 교장에게 맞은 뺨은 빨갛게 부어올랐지만 눈은 별처럼 반짝반짝 빛났다.

세라는 당당한 태도로 예의바르게 대답했다.

"저는 교장선생님께서 지금 무슨 일을 저지르고 계시는지 모른다고 생각했어요."

"내가 무슨 일을 저지르는지 모른다고?"

민친 교장이 기가 막히다는 듯이 되받았다.

세라가 대답했다.

"네! 제가 공주인데 교장선생님께서 뺨을 때리는 거라면 어떻게 될까, 저는 교장선생님을 어떻게 해야 할까 생각했어요. 제가 공주라면 제가 무슨 말을 하든, 무슨 짓을 하든 교장선생님께서 감히 뺨을 때리지는 못하셨겠죠. 교장선생님께서 이런 사실을 알게 되면 얼마나 놀라고 겁나실까 생각했고요."

세라는 그런 상상이 눈앞에 보이는 듯 또렷했기 때문에 당당했고, 그런 세라의 태도에 민친 교장조차 기가 꺾였다. 상상력이 부족하고 속 좁은 민친 교장도 세라가 이렇게 솔직하고 대담한 태도를 보이는 건 진짜 힘을 숨기고 있기 때문이 아닐까 착각할 정도였다.

민친 교장은 버럭 소리를 질렀다.

"뭘 말이냐? 내가 뭘 알게 된다는 거야?"

세라가 대답했다.

"제가 진짜 공주라는 사실이요. 제가 하고 싶은 것은 뭐든지 다 할 수 있다는 것도요."

교실 안 모든 학생들의 눈이 휘둥그레졌다. 라비니아는 자세히 보려고 자리에서 몸을 앞으로 내밀었다.

민친 교장은 숨을 몰아쉬며 고함을 질렀다.

"당장 방으로 돌아가! 교실에서 나가! 여러분, 공부에 집중하세요!"

세라는 살짝 고개를 숙여 인사했다.

"웃어서 무례하게 느끼셨다면 죄송해요."

세라는 이렇게 말하고 교실에서 나갔다. 뒤에 남은 민친 교장은 분을 이기지 못해 씩씩거렸고, 학생들은 교과서로 얼굴을 가리고 소곤거렸다.

"너 봤어? 세라가 이상한 표정 짓는 거 말이야. 봤어?"

제시가 불쑥 말했다.

"난 세라가 사실은 공주님이라고 해도 전혀 놀라지 않을 것 같아. 혹시 진짜 그런 것 아냐?"

12
벽 건너편

집들이 나란히 붙어 있는 동네라면 벽 하나 건너 이웃집 방 안에서 무슨 말이 오가고 어떤 일이 벌어지는지 상상해보는 재미가 있다. 세라는 민친 여학교와 인도 신사의 집을 갈라놓은 벽에 가려 보이지 않는 여러 가지 일들을 상상해보는 것이 즐거웠다. 세라는 교실이 인도 신사의 서재 옆에 붙어 있다는 것도 알고 있었다. 가끔씩 수업이 끝난 후 학생들이 시끄럽게 떠들었기 때문에 세라는 벽이 두꺼워서 이웃집 신사에게 방해가 되지 않길 바랐다.

세라가 어멘가드에게 말했다.

"나는 그분이 점점 더 좋아져. 그분에게 방해가 되는 것은 싫어. 나는 그분을 친구 삼기로 했거든. 말 한마디 나눠본 적 없는 사람과도 친구가 될 수 있어. 그냥 지켜보면서 그 사람에 대해 생각하고 안됐구나 여기기도 하다 보면 친척처럼 느껴질 정도라니까. 어떨 때는 하루에 두 번이나 의사가 찾아오는 것을 보면 걱정되기도 하고."

어멘가드가 생각에 잠긴 표정으로 말했다.

"나는 친척이 별로 없어서 참 다행이야. 난 친척들이 싫거든. 고모 두 분은 나만 보면 이러신다고. '아이고, 어멘가드야! 어쩌면 그렇게 뚱뚱하니. 단것 좀 먹지 마라.' 삼촌은 어떻고. 틈만 나면 이것저것 물으셔. '에드워드 3세가 왕위에 오른 건 언제였지?'라거나 '칠성장어를 너무 많이 먹고 죽은 건 누구였지?' 이런 거 말이야."

세라는 웃음을 터뜨리더니 이렇게 말했다.

"말 한마디 나눠본 적 없는 사람이라면 그런 질문도 안 하지. 인도 신사분은 틀림없이 너하고 많이 친해져도 질문은 안 하실 거야. 나는 그분이 좋아."

세라가 큰집 식구들을 좋아하게 된 것은 행복해 보였기 때문이었다. 하지만 인도 신사는 안쓰러워 보여서 좋아하게 되었다. 인도 신사는 아주 심한 병에 걸렸다가 아직 다 낫지 않은 것이 분명했다. 하인들은 부엌에서 인도 신사 이야기를 많이 했다. 신기하게도 하인들은 모르는 것이 없었다. 사실 이웃집 신사는 인도 사람이 아니라 인도에서 살다 온 영국 사람이었다. 큰 불행이 닥쳐서 한때 전 재산을 몽땅 잃을 처지에 놓이는 바람에 영원히 얼굴을 들고 살지 못할 줄 알았다는 것이다. 그 충격이 너무 커서 뇌염에 걸렸을 때는 거의 죽을 뻔했다고 했다. 그 후로 상황이 바뀌어 재산은 모두 되찾았지만 건강을 완전히 잃고 말았다. 그런 고생과 위험을 겪었던 것은 광산 때문이라고 했다.

주방장이 말했다.

"그것도 다이아몬드 광산이었다지 뭐야! 난 기껏 모은 돈을 광산에 투자하지는 않을 거야. 특히 다이아몬드 광산에는 절대 안 되지."

주방장은 세라를 힐끗 곁눈질했다.

"그러면 어떻게 되는지 뻔히 알잖아."

세라는 생각했다.

'그분도 우리 아빠와 같은 경험을 하셨네. 우리 아빠처럼 크게 아프셨고. 다행히도 돌아가시지는 않았지만.'

세라는 전보다 더욱 인도 신사에게 마음이 갔다. 밤에 심부름을 나가면 잘됐다는 생각이 들었다. 아직 커튼을 내리지 않은 옆집의 인도 신사 모습을 볼 수 있었기 때문이었다. 주위에 아무도 없으면 가끔씩 멈춰 서서 철제 난간을 붙잡고 인도 신사가 듣고 있기라도 한 것처럼 잘 자라는 인사를 건넸다.

세라는 상상의 나래를 펼쳤다.

'아마 들리지는 않아도 느낄 수는 있을 거야. 창문과 문이 있고 벽으로 가로막혀 있어도 상냥한 마음은 전달될지도 모르지. 내가 추운 이곳에서 아저씨가 건강을 되찾고 행복해지기를 빌어주면 아저씨의 마음이 따스해지고 편안해지지 않을까? 아저씨가 참 안됐어.'

세라는 조그만 목소리로 진지하게 소곤소곤 중얼거렸다.

"아저씨에게도 '꼬마 마님'이 있어서 아저씨 머리를 쓰다듬어 주면 좋을 텐데. 우리 아빠가 머리 아플 때 내가 쓰다듬어 주었던 것처럼 말이야. 가엾은 아저씨에게 제가 '꼬마 마님'이 되어드리면 좋을 텐데. 안녕히 주무세요. 하나님의 축복이 있기를 바랄게요!"

세라는 그렇게 인사하고 난 뒤에 한결 마음이 편해지고 조금 따뜻해진 기분으로 자리를 떴다. 인도 신사를 위하는 세라의 마음이 얼마나 각별한지, 어떻게든 그 마음이 전해질 것만 같았다. 그때 인도 신사는 늘 입는 고급 실내복 차림으로 난롯가 안락의자에 앉아 손으로 이마를 짚은 채 희망 잃은 표정으로 난롯불을 멍하니 바라보고 있었다. 세라에게는 인도 신사가 단순히 예전에 어려움을 겪었던 게 아니라 지금도 여전히 마음이 괴로운 사람 같아 보였다.

세라는 혼잣말로 중얼거렸다.

"그분은 지금도 뭔가 가슴 아픈 일을 생각하고 계신가 봐. 재산도 되찾았고 뇌염도 조만간 다 나을 텐데, 왜 그러실까? 뭔가 다른 일이 있는 걸까?"

하인들조차 모르는 일이 있다면 왠지 큰집 식구들의 아버지, 몽모랑시 씨라고 이름 붙인 신사분은 알고 있을 것 같았다. 몽모랑시 씨는 인도 신사를 자주 만나러 왔다. 가끔 몽모랑시 부인과 아이들이 올 때도 있었다. 인도 신사는 특히 위의 두 딸 재닛과 노라를 귀여워하는 것 같았다. 어린 남동생 도널드가 세라에게 동전을 주었을 때 깜짝 놀랐던 두 아이 말이다. 인도 신사는 모든 아이에게 다정했고 특히 여자아이들을 부드럽게 대해주었다. 재닛과 노라도 인도 신사를 좋아해서 오후에 광장을 건너 인도 신사의 집에 가는 날을 손꼽아 기다렸다. 하지만 인도 신사의 건강이 좋지 않아 아이들은 그곳에 오래 머무를 수 없었다.

재닛이 말했다.

"아저씨가 참 안됐어. 우리를 보면 기운이 나신다니 조용하게 아저씨 기분을 좋게 해드려야 해."

재닛은 맏딸이어서 항상 동생들이 얌전히 굴게끔 챙겼다. 인도 신사에게 인도 이야기를 해달라고 해도 될지 판단하는 것도 재닛이었다. 재닛은 인도 신사가 피곤해하면 살며시 나가서 람다스에게 이야기해 시중을 들게 했다. 아이들은 람다스를 아주 좋아했다. 람다스가 인도어밖에 할 줄 몰라서 그렇지, 영어를 했다면 수없이 많은 이야기를 해주었을 거였다.

인도 신사의 진짜 이름은 캐리스포드 씨였다. 재닛은 캐리스포드 씨에게 '거지가 아닌 여자아이'를 만난 이야기도 해주었다. 캐리스포드 씨는 아주 재미있어했다. 람다스가 원숭이와 함께 한 지붕 위 모험

이야기를 했을 때는 더욱 흥미진진하게 들었다. 람다스는 쓸쓸한 다락방 이야기도 했다. 아무것도 없이 휑한 바닥, 여기저기 칠이 떨어져 나간 벽, 불씨 하나 없는 녹슨 벽난로, 딱딱하고 좁은 침대에 대해 눈앞에 보이는 듯 생생하게 들려주었다.

캐리스포드 씨는 람다스의 이야기를 다 듣고 나서 큰집 식구들의 아버지에게 말했다.

"카마이클, 그런 다락방이 이 광장에 몇이나 되는지 알고 싶네. 그런 침대에서 잠드는 가엾은 하녀들이 얼마나 되는지도 궁금하고. 그 시간에 나는 푹신한 베개를 베고 뒤척이는 것 아니겠나. 대부분 내 것이 아닌 재산에 짓눌려 괴로워하면서 말일세."

카마이클 씨는 가볍게 대답했다.

"이보게, 그렇게 자신을 괴롭히는 생각은 빨리 멈출수록 좋아. 인도의 돈이란 돈은 다 가지고 있다 해도 세상 사람 모두를 안락하게 해줄 수는 없다네. 이 근처 다락방을 전부 새로 꾸며준다 해도 다른 광장, 다른 골목에도 손봐야 할 다락방이 많지 않겠나. 그건 또 어떻게 할 텐가?"

캐리스포드 씨는 벽난로 속의 석탄이 벌겋게 타오르는 것을 바라보며 손톱을 물어뜯었다. 그러고는 한참 동안 말이 없다가 천천히 말을 이었다.

"자네 생각은 어때? 내가 잠시도 잊어본 적이 없는 그 아이가 옆집

아이처럼 불쌍한 신세가 되었을 수도 있지 않을까?"

카마이클 씨가 불안한 표정으로 캐리스포드 씨를 바라보았다. 캐리스포드 씨가 이 문제를 그런 식으로 생각하기 시작하면 제대로 판단할 수도 없고 건강에도 좋지 않을 터였다.

카마이클 씨가 달래는 듯한 목소리로 말했다.

"만약 자네가 찾는 아이가 파리의 파스칼 학교에 있던 그 아이라면, 풍족하게 키워줄 수 있는 사람들 손에서 크고 있을 거야. 죽은 딸의 가장 친한 친구라서 입양했다고 하니 말이야. 다른 자식도 없다고 하고. 파스칼 부인 말로는 엄청나게 부유한 러시아 부부라고 했어."

"그 한심한 여자는 부부가 아이를 어디로 데려갔는지도 모르잖나!"

캐리스포드 씨의 목소리가 커졌다.

카마이클 씨는 어쩔 수 없다는 듯 어깨를 으쓱하며 말했다.

"파스칼 부인은 눈치 빠른 속물이야. 아버지가 죽고 남긴 재산도 없는 그 아이를 손쉽게 떼어놓을 수 있게 되자 기다렸다는 듯이 홀가분해했던 것이 분명해. 그런 여자가 자신에게 짐이 될지도 모르는 아이의 미래를 고민하겠나? 양부모는 흔적도 없이 사라져버린 것 같아."

"하지만 자네는 '내가 찾는 아이가 만약 그 아이라면……'이라고 했잖아. '만약'이라고 말이야. 확실치 않다는 얘기야. 이름도 달랐잖아."

"파스칼 부인은 '크루'가 아니라 '카루'처럼 발음했지. 어쩌면 단순히 발음 문제일지도 몰라. 상황이 신기할 만큼 비슷하잖아. 인도에 있던 영국인 장교가 엄마 없는 어린 딸을 학교에 맡겼는데 갑자기 그 장교가 재산을 다 잃고 죽었다지 않아."

카마이클 씨는 새로운 생각이 떠올랐는지 잠시 말을 멈췄다.

"그 애를 파리의 학교에 맡긴 게 확실한가? 진짜 파리라고 했어?"

캐리스포드 씨는 안절부절못한 채 괴로워하며 말을 쏟아냈다.

"이보게, 확실한 것은 아무것도 없어. 나는 그 아이도, 그 아이 엄마도 본 적이 없다고. 랠프 크루와 난 학창 시절 아주 친했지만 학교를 떠난 후로 만난 적이 없어. 인도에 가서야 만나게 되었지. 난 광산 사업이 가져다줄 장밋빛 미래에 푹 빠져 있었어. 곧 그 녀석도 광산에 빠져들었지. 사업을 생각하면 모든 게 엄청나고 눈부셔서 둘 다 반쯤 정신이 나갔었나 봐. 둘이 만나면 다른 이야기는 거의 하지 않았지. 내가 아는 것이라고는 그 아이를 어딘가의 학교에 맡겼다는 것뿐이야. 지금은 내가 어떻게 그 사실을 알게 되었는지조차 기억이 안 나."

캐리스포드 씨는 흥분하기 시작했다. 몸도 쇠약해진데다 큰 불행을 겪었던 옛 기억이 떠오르면 어김없이 흥분했다.

카마이클 씨가 캐리스포드 씨를 걱정스러운 눈빛으로 쳐다보았다. 질문을 꼭 해야 한다면 조심조심 차분하게 해야 했다.

"하지만 파리에 있는 학교라고 생각한 이유가 있었을 것 아닌가?"

그러자 캐리스포드 씨가 대답했다.

"그렇지. 그 아이 엄마가 프랑스 사람이었거든. 엄마가 아이를 파리에서 교육시키고 싶어 했다고 들었지. 그래서 파리에 있는 것이 틀림없다고 생각한 거야."

카마이클 씨가 말했다.

"그래, 그럴 가능성이 아주 높겠군."

인도 신사 캐리스포드 씨는 몸을 앞으로 내밀며 길쭉하고 야윈 손으로 탁자를 꽉 붙잡은 채 말했다.

"카마이클, 나는 그 아이를 꼭 찾아야만 해. 아이가 살아 있다면 어딘가에 있겠지. 돈 한 푼 없고 의지할 사람도 없다면 모두 내 탓이야. 그런 생각이 머릿속을 떠나지 않는데, 내가 어떻게 기운을 되찾겠나? 갑자기 광산 사업에 운이 찾아와 크루 대위와 둘이 꿈꿨던 어마어마한 꿈이 모두 현실이 되었는데, 불쌍한 크루의 아이는 거리에서 구걸을 하고 있을지도 모르는 일 아닌가!"

카마이클 씨가 말했다.

"자, 자, 진정하게. 마음을 편히 가져. 아이를 찾으면 큰 재산을 넘겨줄 수 있지 않나."

캐리스포드 씨는 괴로움을 주체하지 못하고 한숨 쉬며 말했다.

"나는 왜 힘든 시기를 잘 이겨내지 못했을까? 내 돈만이 아니라 남의 돈까지 투자했는데 말이야. 그렇지 않았다 해도 나는 그때 견뎌냈어야 했어. 불쌍한 크루는 가진 돈을 전부 그 사업에 쏟아부었지. 날 믿었고, 날 얼마나 좋아했는데. 그런데 나 때문에 파산했다고 생각하면서 눈을 감았지. 이튼 학교에 다닐 때 함께 크리켓을 하던 나, 톰 캐리스포드 때문에 파산했다고 말이야. 얼마나 나를 원망했을까?"

"그렇게 자책하지 말게."

"사업 실패를 자책하는 게 아니야. 용기를 내지 못했기 때문에 괴로운 거야. 가장 소중한 친구의 얼굴을 쳐다보며 내 잘못으로 친구와 친구의 아이가 무일푼이 되었다고 말할 수가 없어서 도망쳤다고. 사기꾼이나 도둑과 다를 게 뭔가."

마음씨 좋은 큰집 식구들의 아버지는 캐리스포드 씨의 어깨에 손을 얹으며 위로를 건넸다.

"자네는 극심한 정신적 고통에 어쩔 수 없이 도망친 거잖아. 그때 이미 고열로 반쯤 정신이 나가 있었으니까. 그러지만 않았어도 그 자리에서 고군분투했을 거야. 자넨 그곳을 떠난 지 이틀 만에 병원으로 실려갔고 침대에 묶인 채 뇌염 때문에 열에 들떠 헛소리를 하고 있었잖

아. 기억나지?"

캐리스포드 씨는 두 손으로 머리를 감싸고 고개를 떨구며 말했다.

"아아, 그래. 두려움과 공포로 거의 미쳐 있었어. 몇 주 동안 잠을 자지 못했거든. 내가 밤에 비틀거리며 집을 나오는데 사방에서 흉측한 괴물들이 나를 조롱하며 쑥덕거리는 것 같았지."

카마이클 씨가 말했다.

"그랬으니 당연한 일 아닌가. 뇌염에 걸려 생사의 고비를 넘나드는 사람이 어떻게 정상적인 판단을 해?"

캐리스포드 씨는 다시 고개를 떨궜다.

"내가 정신을 차리고 돌아와 보니 크루는 벌써 죽어서 땅에 묻혔더군. 그때는 머릿속이 하얘져서 몇 달이 지나도록 그 아이 생각은 하지도 못했어. 아이가 있었다는 것을 떠올리고 나서도 모든 기억이 안개가 낀 것처럼 희미했지."

캐리스포드 씨는 말을 멈추고 이마를 문질렀다.

"아직도 기억이 흐릿해. 틀림없이 크루가 딸이 다니는 학교 이야기를 나에게 했을 텐데 말이야. 안 그런가?"

"분명하게 이야기하지 않았을지도 모르지. 자넨 아이 이름도 들어본 적이 없는 모양인데 뭘."

"그 녀석은 딸 이야기를 할 때 자기가 붙여준 이상한 별명으로 불렀거든. '꼬마 마님'이라고 했어. 그 지긋지긋한 광산 때문에 우리 둘 다

다른 생각을 할 틈이 없었어. 다른 이야기는 전혀 안 했다고. 아마 학교 이야기를 했더라도 내가 잊어버렸을 거야. 내가 잊은 거지. 이젠 기억해내지 못할 거라고."

카마이클 씨가 말했다.

"자, 자, 우리는 그 아이를 꼭 찾을 거야. 파스칼 부인이 이야기한 마음씨 좋은 러시아 부부를 계속 찾아보자고. 부인이 그러는데 어렴풋이 모스크바에 산다고 했던 것 같다는군. 그걸 실마리로 삼는 거야. 내가 모스크바에 가보지."

캐리스포드 씨는 안타까워했다.

"내가 여행을 할 수만 있다면 함께 가겠는데, 나는 그저 털옷을 칭칭 두르고 여기 앉아서 난롯불이나 쳐다보고 있을 수밖에 없군. 난롯불을 쳐다보고 있으면 크루의 명랑한 얼굴이 나를 마주보는 것 같아. 뭔가 궁금한 것 같은 표정으로 말이야. 밤에 그 녀석 꿈을 꾸기도 하는데 항상 내 앞에 서서 똑같은 것을 묻지. 카마이클, 그 녀석이 뭐라고 물어보는지 알아?"

카마이클 씨는 나직한 목소리로 대답했다.

"잘 모르겠는데."

"그 녀석은 항상 '어이, 내 친구 톰, 우리 '꼬마 마님'은 어디 있나?'라고 물어봐."

캐리스포드 씨가 카마이클 씨의 손을 꽉 쥐며 애걸했다.

"나는 꼭 대답해줘야 해. 그 아이 찾는 걸 도와주게. 제발 도와줘."

같은 시각, 벽 너머에서는 세라가 다락방에서 저녁을 먹으러 나온 멜키세덱과 이야기를 나누고 있었다.

"멜키세덱, 오늘은 공주님으로 살기가 좀 힘드네. 다른 날보다 더 힘들어. 날이 춥고 길이 질척거릴수록 힘들어. 라비니아는 복도를 지나갈 때 내 옷이 진흙투성이가 된 것을 보면 비웃어. 난 곧바로 쏘아붙여줄 말이 떠오르지만 그냥 참아. 공주님이라면 비웃음을 당했다고 똑같이 비웃지는 않을 테니까. 화가 나도 꾹 참아야 해. 그래서 난 참았어. 오늘 오후는 정말 추웠어, 멜키세덱. 밤이 되어도 춥고."

갑자기 세라는 혼자 있을 때 자주 그러듯이 웅크리고 앉아 양팔에 까만 머리를 파묻었다. 그러고는 가만히 중얼거렸다.

"아빠, 내가 아빠의 '꼬마 마님'이었던 게 머나먼 옛일 같아요!"

그날 벽 하나를 사이에 두고 양쪽 집에서는 이런 일이 있었다.

13
가난한 백성

그해 겨울은 혹독했다. 세라가 눈길을 터벅터벅 걸어 심부름을 다녀와야 하는 날도 있었다. 눈이 녹아 진흙과 섞여 질척거리는 날은 더욱 힘들었다. 안개가 너무 자욱해서 거리의 가로등이 하루 종일 켜 있는 날도 있었다. 마치 몇 해 전 세라가 따뜻한 옷을 껴입고 아버지의 어깨에 기대어 앉아 마차를 타고 널찍한 도로를 지나가던 그날 같았다. 그런 날에는 창문 너머 큰집 식구네가 어서 들어오라는 듯 유쾌하고 아늑하게 보였다. 인도 신사가 앉아 있는 서재에서도 난롯불이 따뜻하고 아름답게 타올랐다. 하지만 다락방은 말로 표현할 수 없을 만큼 음산했다. 해가 뜨고 지는 모습도 보이지 않았고 별도 거의 눈에 들어오지 않았다. 잿빛이나 진흙처럼 시커먼 구름이 다락방 창문 위로 낮게 깔려 있거나 빗방울이 세차게 떨어져 내렸다. 특별히 안개가 심한 날이 아니어도 오후 네 시가 되면 햇빛이 자취를 감춰 컴컴해졌다. 다락방에 올라갈 일이 생기면 촛불을 켜야만 했다. 부엌 하녀들도 침울해져서 평소보다 더 심술궂게 굴었고 베키를 어린 노예처럼 부려 먹었다.

어느 날 밤, 세라의 다락방으로 몰래 찾아온 베키가 쉰 목소리로 말했다.

"아가씨도 없고 바스티유 감옥과 옆 감옥 죄수 이야기도 없었다면 전 죽었을 거예요. 이젠 정말 감옥에 있는 것 같지 않아요? 주인마님은 날이 갈수록 더 교도소장 같고요. 아가씨가 이야기해준 것처럼 커다란 감옥 열쇠를 갖고 다니는 것만 같아요. 주방장은 주인마님 부하로 보이고요. 이야기 더 해주세요, 아가씨. 벽 밑으로 파 놓은 지하 통로 이야기 말이에요."

세라가 오들오들 떨며 말했다.

"따뜻한 이야기를 해줄게. 이불을 가져와서 덮어. 난 내 것을 덮을게. 침대에 딱 붙어 앉아서 열대의 숲 이야기를 하는 거야. 인도 신사의 원숭이가 살던 곳이지. 내가 보니까 원숭이가 창가 탁자에 올라 앉아 슬픈 표정으로 거리를 내다보더라고. 틀림없이 자기가 살던 열대의 숲을 생각하고 있었을 거야. 거기서는 코코넛 나무에 꼬리로 매달려 그네를 타고 놀았겠지. 누가 그 원숭이를 붙잡아왔을까? 혹시 코코넛 열매 구해오기만을 기다리는 원숭이 식구들을 남겨두고 온 걸지도 몰라."

베키가 고마운 표정으로 말했다.

"조금 따뜻해진 것 같아요, 아가씨. 아가씨가 이야기를 해주면 바스티유 감옥도 왠지 따뜻해지는 것 같아요."

세라는 이불을 몸에 둘둘 말고 그 위로 조그맣고 가무잡잡한 얼굴만 쏙 내민 채 이렇게 말했다.

"이야기를 들으면 춥다는 것 말고 다른 생각을 하게 돼서 그래. 나도 해봐서 알아. 몸이 괴로울 때는 다른 생각을 하는 수밖에 없어."

베키는 놀랍다는 듯 감탄하며 목멘 소리로 물었다.

"그럴 수 있어요, 아가씨?"

세라는 잠시 눈썹을 찡그리며 생각하더니 단호하게 대답했다.

"잘 될 때도 있고 안 될 때도 있지. 다른 생각을 할 수 있으면 괜찮아. 아무것도 문제 되지 않아. 충분히 연습하면 언제든 생각할 수 있다고 믿어. 난 요새 연습을 많이 했더니 예전보다 쉬워. 아주 많이 힘들 때는 열심히 공주님이 되는 상상을 해. 이렇게 혼잣말을 하지. '나는 공주님이야. 요정 공주님. 요정이니까 그 무엇도 나를 괴롭히거나 화나게 할 수 없어.' 그러면 힘든 걸 다 잊어버리게 돼."

세라가 활짝 웃었다.

세라는 힘든 일을 잊기 위해 다른 생각을 해야 할 때가 많았다. 따라서 자신이 공주님인지 아닌지 증명할 기회도 많았다. 하지만 가장 큰 시험은 지독하게 힘들었던 어느 날 찾아왔다. 나중에 세라는 이날 만큼은 몇 해가 지나도 기억에서 지워질 것 같지 않다는 생각을 자주 했다.

며칠째 줄기차게 비가 내리던 어느 날이었다. 싸늘한 날씨에 길은 질척거렸고 사방이 차디차고 음산한 안개로 뒤덮여 있었다. 어디에 발을 디뎌도 진흙이 질척거리며 달라붙었고, 보슬비와 안개가 눈앞을 가렸다. 그날도 세라는 힘들게 먼 곳까지 여러 차례 심부름을 다녀와야 했다. 날씨가 안 좋은 날이면 항상 그랬다. 계속되는 심부름으로 허름한 옷은 결국 다 젖어버렸다. 초라한 모자에 달린 낡은 깃털 장식도 다 젖어서 더욱 우스꽝스러워 보였다. 해질 대로 해진 신발은 흠뻑 젖어서 물이 더 들어오려야 들어올 수도 없었다.

그것으로도 모자라 민친 교장은 세라에게 점심을 굶게 했다. 너무 춥고 배고프고 피곤해서 얼굴이 초췌해 보였다. 가끔씩 인정 많은 사람들이 거리를 지나가며 가엾다는 표정으로 세라를 쳐다보기도 했다. 세라는 그것조차 알아차리지 못한 채 다른 생각을 해보려고 애쓰면서 바쁘게 걸음을 옮겼다.

지금은 다른 생각이 절실하게 필요했다. 세라는 안간힘을 모두 짜내어 '상상'을 했다. 하지만 이번에는 상상하기가 정말 힘들었다. 추위와 배고픔을 잊기는커녕 더 춥고 더 배고파졌다. 그래도 세라는 꿋꿋하게 참았다. 구멍 뚫린 신발에 진흙탕 물이 들어와 걸을 때마다 찰박 찰박 소리가 났고, 바람은 얇은 겉옷을 벗겨가려는 듯 세차게 불었다.

목소리 하나 내지 않고 입술조차 움직이지 않았지만 세라는 걸으면서 속으로 혼잣말을 했다.

'하나도 젖지 않은 보송보송한 옷을 입고 있다고 상상하는 거야. 좋은 신발도 신었고 두툼하고 긴 코트도 입었어. 메리노 양모(가볍고 감촉이 좋은 고급 양모의 일종: 옮긴이)로 만든 양말은 따스하고 우산도 멀쩡해. 또 상상해보자. 따끈따끈한 빵을 파는 빵 가게 근처까지 왔는데 6펜스짜리 동전을 발견하는 거야. 주인 없는 동전을 말이야. 만약 그런 일이 생긴다면 가게 안으로 들어가서 동전을 주고 따끈따끈한 빵을 사야지. 그리고 그 자리에서 남김없이 다 먹는 거야.'

세상에는 가끔씩 아주 이상한 일도 일어난다.

세라에게도 그런 이상한 일이 일어났다. 세라가 이런 상상을 하면서 길을 건널 때였다. 심한 진흙탕길이라 한 발짝 한 발짝 힘겹게 걸음을 떼어놓고 있었다. 최대한 조심조심 발을 디뎠지만 진흙을 묻히지 않을 수는 없었다. 그렇게 걸음을 옮겨 놓자니 발치의 진흙탕을 내려다보며 걸어야 했는데, 길을 다 건넜을 무렵 길가 도랑에서 뭔가 반짝이는 것이 눈에 띄었다. 은화였다. 그 조그만 동전은 여러 사람이 밟고 지나갔지만 여전히 힘 있게 반짝반짝 빛나고 있었다. 상상했던 6펜스짜리 동전은 아니었지만 금액 차이가 얼마 나지 않는 4펜스짜리 동전이었다.

세라는 추워서 울긋불긋해진 조그만 손으로 그 동전을 집어 올렸다. 숨이 막히는 기분이었다.

"세상에, 진짜잖아! 진짜 이루어지다니!"

다음 순간 믿어지지 않는 일이 또 벌어졌다. 세라가 고개를 들었더니 눈앞에 가게가 보인 것이다. 빵 가게였다. 양 볼이 발그레하고 통통한 몸집에 쾌활하고 마음씨 좋아 보이는 여자가 빵 쟁반을 진열창에 내려놓고 있었다. 갓 구워 오븐에서 막 꺼낸 따끈따끈하고 먹음직스러운 빵이었다. 볼록하게 부풀어 올라 큼직하고 윤기가 반질반질한 빵에는 건포도도 들어 있었다.

세라는 순간 어지러워 쓰러질 것 같은 기분이 들었다. 갑자기 일어난 일에 놀라기도 했고, 먹음직스럽게 보이는 빵이 눈앞에 보였기 때문이다. 게다가 빵을 만드는 지하실 창문으로 따뜻하고 구수한 빵 냄새도 솔솔 풍겼다.

세라는 망설일 필요 없이 동전을 써도 된다는 것을 알고 있었다. 동전은 한동안 진흙탕에 처박혀 있었던 것이 분명했다. 동전의 주인은 종일 붐비는 길에서 서로 떠밀고 떠밀리는 사람들 속으로 이미 사라져 버린 것이 틀림없었다.

세라는 조그맣게 중얼거렸다.

"그래도 빵 가게 아주머니에게 돈을 잃어버리지 않았는지 물어봐야겠어."

세라는 인도로 올라가 젖은 발로 계단에 올라섰다. 그러더니 뭔가를 발견하고 걸음을 멈췄다.

세라보다도 더 불쌍한 모습을 한 어린아이였다. 잔뜩 기운 누더기 옷 밑으로 새빨갛게 언 조그만 진흙투성이 맨발이 고개를 내밀고 있었다. 아이는 누더기로 어떻게든 발을 덮어보려고 했지만 옷이 짧아서 헛수고였다. 누더기 위로는 헝클어진 머리가 보였다. 커다란 눈은 굶주림에 움푹 꺼졌고 얼굴은 지저분했다.

세라는 아이를 보자마자 굶주린 눈빛을 알아채고 불쌍하다는 생각이 들었다.

세라는 작게 한숨을 쉬고 혼잣말을 했다.

"이 아이는 가난한 백성이지. 나보다 더 배고플 거야."

'가난한 백성'인 그 아이는 세라를 빤히 쳐다보았다. 아이는 몸을 조금 옮겨 앉아 세라가 지나갈 수 있도록 비켜주었다. 아이는 누구에게나 길을 비켜주는 데 익숙했다. 경찰관도 이런 아이를 보면 비키라고 한다는 것을 세라도 알고 있었다.

세라는 4펜스 동전을 움켜쥔 채 잠깐 망설였다. 그리고 아이에게 말을 걸었다.

"너 배고프니?"

아이는 누더기로 감싼 몸을 움직여 조금 더 비켰다. 그리고 쉰 목소리로 대답했다.

"당연히 배고프지."

세라가 물었다.

"점심 못 먹었어?"

아이는 더욱 쉰 목소리로 대답하며 길을 좀 더 내주었다.

"못 먹었어. 아침도 못 먹었고 저녁도 아직 못 먹었지. 아무것도 못 먹었어."

세라는 또 물었다.

"언제부터?"

"나도 몰라. 오늘은 아무것도 못 먹었어. 아무 데서도 안 줬어, 계속 달라고 했는데."

아이의 모습에 세라는 더 배가 고파졌고 금방이라도 쓰러질 듯 어지러워졌다. 세라의 머릿속에서는 엉뚱한 생각이 꿈틀거렸다. 마음이 아프기는 했지만 세라는 이렇게 중얼거렸다.

"내가 공주님이라면, 그렇다면 왕궁에서 쫓겨나 가난해졌더라도 항상 백성들과 함께하겠지. 나보다 더 가난하고 굶주린 백성을 만나면 먹을 것을 나누어 줬을 거야. 언제나 어김없이. 빵은 하나에 1페니니까(페니는 영국의 가장 작은 화폐 단위로, 2페니부터는 2펜스라고 함: 옮긴이) 6펜스가 있었다면 빵 여섯 개를 먹을 수 있었겠지. 둘이 나눠 먹기에 충분하지는 않겠지만 없는 것보다는 낫지."

세라는 거지 아이에게 말했다.

"조금만 기다려."

세라는 빵 가게 안으로 들어갔다. 가게 안은 따뜻했고 맛있는 빵 냄새로 가득했다. 아주머니는 진열창에 따끈따끈한 빵을 더 놓으러 가는 중이었다.

세라가 말했다.

"실례지만 혹시 4펜스짜리 동전 잃어버리셨나요? 은화 4펜스요."

세라는 주인 없는 동전을 내밀었다.

아주머니는 동전을 힐끔 보더니 세라를 쳐다보았다. 세라의 조그만 얼굴은 진지했고, 한때는 좋은 옷이었지만 지금은 우스꽝스럽기만 한 옷을 입고 있었다.

아주머니가 말했다.

"아이고, 아닌데. 네가 주웠니?"

세라가 대답했다.

"네! 길가에서요."

그러자 아주머니가 말했다.

"너 가지렴. 일주일쯤 거기 떨어져 있었을지도 모르는데 누가 잃어버린 것인지 어떻게 아니. 동전 주인은 못 찾아."

그러자 세라가 말했다.

"저도 그렇게 생각해요. 하지만 여쭤봐야 할 것 같았어요."

"그래도 다들 그렇게까지는 안 해."

마음씨 좋아 보이는 아주머니의 얼굴에는 당황스러운 표정과 재미있다는 표정이 한꺼번에 떠올랐다.

세라가 빵을 힐끔 바라보자 아주머니가 말했다.

"빵 사려고?"

세라가 대답했다.

"빵 네 개 주시겠어요? 하나에 1페니짜리로요."

아주머니는 종이봉투를 가져와 빵을 여섯 개 넣었다.

이를 본 세라가 말했다.

"네 개만 주시겠어요? 4펜스밖에 없어서요."

아주머니는 너그러운 모습으로 말했다.

"두 개는 덤이야. 나중에 먹으면 되잖니. 배고프지 않아?"

세라는 눈물이 핑 돌고 코 끝이 찡한 상태로 대답했다.

"네, 정말 배고파요. 덤까지 주셔서 정말 감사해요. 밖에 저보다 더 배고픈 아이가 있거든요."

바로 그때 손님 두세 명이 들어왔다. 다들 급해 보였다. 세라는 아주머니에게 다시 한번 고맙다고 인사하고 빵 가게를 나왔다.

거지 아이는 아직도 계단 한쪽 구석에 웅크리고 앉아 있었다. 비에 흠뻑 젖은 더러운 누더기를 걸친 모습이 지독히도 초라해 보였다. 아이는 괴롭다 못해 멍한 표정으로 앞만 쳐다보고 있었다. 눈꺼풀 밑으

246

로 눈물이 새어 나오자 깜짝 놀란 듯 거칠고 시커먼 손등으로 눈을 비볐다. 그리고 혼자서 뭐라고 중얼거렸다.

세라는 종이봉투를 열어 따끈따끈한 빵을 하나 꺼냈다. 세라의 차가운 손이 빵 봉투 덕분에 조금 따뜻해졌다.

세라는 누더기에 싸인 아이의 무릎에 빵을 올려놓으며 말했다.

"봐, 따끈따끈하고 맛있는 빵이야. 먹어봐. 배고픈 게 덜할 거야."

아이는 깜짝 놀라 세라를 빤히 올려다보았다. 갑작스레 찾아온 엄청난 행운에 겁을 먹은 것 같기도 했다. 그러더니 아이는 빵을 와락 붙들고 걸신들린 것처럼 잔뜩 입에 쑤셔 넣었다.

세라는 아이가 신나고 흥분해서 쉰 목소리로 외치는 것을 들었다.

"우와! 우와! 세상에!"

세라는 빵을 세 개 더 꺼내 아이의 무릎에 놓아주었다. 아이는 쉰 목소리로 이상한 소리를 내면서 게걸스럽게 빵을 먹었다.

세라는 혼잣말을 중얼거렸다.

"이 아이는 나보다 배가 더 고프구나. 너무 굶주렸어."

하지만 빵을 네 개째 꺼내줄 때는 손이 떨렸다.

"난 굶주리지는 않았잖아."

세라는 중얼거리고 나서 다섯 개째 빵을 꺼내주었다.

굶주린 야생동물처럼 게걸스러운 거지 아이는 세라가 자리를 떴을 때도 빵을 움켜쥐고서 맹렬한 기세로 집어삼키고 있었다. 너무 걸신

들린 듯이 먹느라 고맙다는 말도 하지 않았다. 예절 교육을 받아본 적 없는 아이였지만 받았다 하더라도 감사 인사는 못 했을 것이다. 아이는 작고 불쌍한 한 마리 야생동물 같았다.

세라가 말했다.

"잘 있어."

세라는 길을 다 건너자 뒤를 돌아보았다. 양손에 빵을 하나씩 쥔 아이는 빵을 한 입 먹다 말고 세라를 쳐다보았다. 세라는 고개를 까딱 숙여 인사를 건넸다. 아이는 호기심에 찬 눈빛으로 한참 쳐다보더니 텁수룩한 머리를 꾸벅 떨어뜨리며 답례했다. 그리고 먹던 빵을 더 씹지도 삼키지도 않고 세라가 보이지 않을 때까지 바라보았다.

그때 빵 가게 아주머니가 창밖을 내다보았다. 아주머니는 놀랍다는 듯이 말했다.

"세상에, 그 아이가 자기 빵을 저 거지 아이에게 나눠준 건 아니겠지? 먹기 싫어서 줬을 리도 없고. 그럼, 그럼. 그 아이도 무척 배고프다고 했잖아. 그렇다면 저 빵은 뭐지?"

아주머니는 창가에 서서 잠시 생각에 잠겼다. 결국 호기심을 이기지 못하고 가게 밖으로 나가 거지 아이에게 물어보았다.

"그 빵은 누가 준 거니?"

거지 아이는 고갯짓으로 멀어져가는 세라의 모습을 가리켰다. 아주머니는 또 물었다.

"저 애가 뭐라고 하면서 주던?"

아이는 쉰 목소리로 대답했다.

"나한테 배고프냐고 물어봤어."

"너는 뭐라고 했는데?"

"그렇다고 했지."

"그래서 저 애가 가게에 들어와서 빵을 샀구나. 저 애가 너한테 그 빵을 준 거니?"

아이는 고개를 끄덕였다.

"몇 개나?"

"다섯 개!"

아주머니는 생각해보더니 나직하게 중얼거렸다.

"자기 것은 하나밖에 안 남겼네. 배고파 보이는 눈빛으로 봐서는 혼자 여섯 개를 다 먹을 수도 있을 것 같던데."

아주머니는 작고 우스꽝스러운 세라의 모습이 점점 멀어져 가는 것을 바라보았다. 평소 워낙 마음씨 좋은 사람이라 그런지 안쓰럽고 미안한 마음이 더 크게 느껴졌다.

아주머니가 중얼거렸다.

"그렇게 빨리 가 버리지 않았으면 좋았을 텐데. 빵을 열두 개쯤 안겨주지 못할 건 또 뭐라고."

아주머니는 거지 아이를 돌아보고 물었다.

"너 아직도 배고프니?"

아이가 대답했다.

"배는 항상 고파. 근데 지금은 심하게 배고프지는 않아."

"이리 들어와 봐."

아주머니는 아이에게 가게 문을 열어주었다.

거지 아이는 일어나서 발을 질질 끌며 안으로 들어왔다. 빵이 잔뜩 있는 따뜻한 곳에 들어오라는 말을 듣다니, 믿을 수가 없었다. 거지 아이는 무슨 일이 벌어질지 알지 못했고, 사실 관심조차 없었다.

아주머니는 가게 안쪽 작은 방에 피워둔 난롯불을 가리키며 말했다.

"몸을 좀 녹이렴. 정 먹을 것이 없으면 나한테 와서 달라고 해. 아까 그 아이를 위해서라도 너한테 빵이야 못 주겠니."

한편, 세라는 남은 빵 하나로 만족해야 했다. 어찌 됐든 빵은 아주 따끈따끈했고 아예 없는 것보다는 나았다. 세라는 빵을 오래 먹을 수 있도록 조그맣게 잘라 천천히 먹으며 걸었다.

세라가 중얼거렸다.

"이게 마법의 빵이라고 상상하는 거야. 빵 한 입이 한 끼 식사만큼 배부른 거지. 이렇게 먹다가는 배가 터지겠는걸."

민친 여학교가 있는 광장에 도착하니 벌써 캄캄해져서 집집마다 불을 환하게 켜 놓고 있었다. 세라가 종종 살짝 들여다보곤 했던 큰집 식구네는 아직 덧문이 열려 있었다. 보통 이 시간쯤이면 세라가 몽모랑시 씨라고 부르는 신사가 커다란 의자에 앉아 있고 그 주위로 아이들이 모여 있었다. 아이들은 재잘거리고 웃음을 터뜨리기도 했다. 아버지가 앉은 의자 팔걸이나 아버지의 무릎에 걸터앉기도 하고 아버지에게 기대 있기도 했다.

그런데 오늘 저녁은 달랐다. 아이들이 아버지 주위에 모여 있었지만 아버지는 앉아 있지 않았다. 뭔가 신나는 일이 있는 모양이었다. 몽모랑시 씨가 여행을 떠나려는 것이 분명했다. 문 앞에는 사륜마차가 서 있었고, 마차 위에 올린 커다란 여행 가방은 끈으로 단단히 묶여 있었다. 아이들은 폴짝폴짝 춤을 추거나 재잘재잘 떠들며 아버지에게 매달렸다. 볼이 발그레해진 어머니가 아버지 곁에 서서 마지막 점검을 하는 듯 이것저것 묻고 있었다. 아버지는 작은 아이들을 안아 올려 뽀뽀해주었고 큰 아이들에게도 허리를 굽혀 입 맞춰주었다. 세라는 잠시 멈춰 서서 그 모습을 바라보았다.

세라는 생각했다.

'오랫동안 여행하는 걸까? 여행 가방이 큼직하네. 어휴, 아이들은 아빠가 얼마나 보고 싶을까! 나도 보고 싶을 거야. 그분은 내가 있다는 것도 모를 테지만.'

문이 열리자 세라는 6펜스짜리 동전을 받았던 생각이 나서 자리를 피했다. 하지만 아주 가지는 않고 여행을 떠나는 큰집 식구네 아버지가 문밖으로 나와 있는 모습을 멀찍이 지켜보았다. 큰 아이들은 따스한 불빛이 비치는 현관을 등지고 선 아버지의 주위를 맴돌았다.

딸 재닛이 물었다.

"모스크바는 눈이 쌓여 있을까요? 어딜 가나 얼음이 있다던데요?"

그러자 다른 아이도 외쳐 물었다.

"러시아식 마차도 타실 거예요? 러시아 황제도 만나고요?"

아버지가 웃으며 대답해 주었다.

"편지로 전부 알려줄게. 러시아 농부들이며 다른 여러 가지를 그린 그림도 보내줄 거야. 어서 집 안으로 들어가거라. 밤공기가 엄청나게 눅눅하구나. 나도 모스크바에 가기보다는 너희들과 함께 있고 싶단다. 잘 자! 잘 자렴, 우리 아가들! 그동안 잘 지내고!"

아버지는 계단을 내려가서 마차에 올라탔다.

가이 클라렌스가 현관 깔개 위에서 팔짝팔짝 뛰며 소리쳤다.

"그 여자애를 찾으면 우리 대신 인사해 주세요."

이윽고 아이들이 모두 들어가고 문이 닫혔다.

재닛은 침실로 돌아가는 길에 노라에게 물었다.

"너 아까 '거지가 아닌 여자아이'가 지나가는 거 봤어? 흠뻑 젖어서 오들오들 떠는 것 같았는데. 그 애가 고개를 돌려 어깨 너머로 우릴 쳐다봤어. 엄마가 그러는데 그 애 옷은 엄청난 부잣집에서 얻어 입은 것처럼 보인대. 부자가 입기에는 너무 허름해져서 그 애한테 준 거지. 학교 사람들은 낮이고 밤이고 지독한 날씨에 심부름을 내보낸다니까."

광장을 지나 민친 여학교의 부엌 계단을 내려서는 세라의 몸은 위태롭게 휘청이고 떨리는 듯했다.

　세라는 생각했다.

　'큰집 식구네 아버지가 찾으러 간다는 여자아이는 대체 누굴까?'

　세라는 힘겹게 바구니를 들고 부엌 계단을 내려갔다. 바구니는 굉장히 무거웠다. 그 무렵 큰집 식구네 아버지는 서둘러 기차역으로 향하고 있었다. 모스크바행 기차를 타고 행방을 알 수 없는 크루 대위의 어린 딸을 찾기 위해 최선을 다할 작정이었다.

14
멜키세덱이 보고 들은 사실

그날 오후 세라가 없는 사이 다락방에서는 이상한 일이 일어났다. 무슨 일이 있었는지 보고 들은 것은 멜키세덱뿐이었다. 멜키세덱은 너무 놀라고 얼떨떨해서 쥐구멍으로 허둥지둥 들어가 숨었다. 하지만 덜덜 떨면서도 무슨 일인가 싶어 조심조심 방 안을 엿보았다.

세라가 아침 일찍 다락방을 나가고 나면 방 안은 하루 종일 조용했다. 그렇게 늘 조용하다가 비가 오면 슬레이트 지붕과 천장으로 난 창문에 빗방울 떨어지는 소리만 들렸다. 멜키세덱은 좀 심심했다. 후둑후둑 떨어지는 빗소리가 그치고 사방이 고요해지자, 멜키세덱은 밖으로 나와 방 안을 살펴보기로 했다. 그간의 경험으로 세라가 한참 동안 방으로 돌아오지 않는다는 사실은 알고 있었다. 멜키세덱은 여기저기 돌아다니며 킁킁 냄새를 맡아보다가 뜻밖에도 언제 먹다 남았는지 모를 빵 부스러기를 발견했다.

그때 지붕에서 소리가 났다. 멜키세덱은 멈춰 서서 귀를 기울였다. 두려움에 가슴이 두방망이질 했다. 지붕에서 뭔가 움직이는 소리였다. 그 뭔가는 천장으로 난 창문 쪽을 향하더니 드디어 창문에 다다랐다. 이윽고 거짓말처럼 창문이 쓱 열리더니, 까만 얼굴 하나가 다락방을 들여다보았다. 그 뒤로 다른 얼굴 하나가 더 나타났다. 둘은 재미있다는 듯한 표정으로 방 안을 살펴보았다. 두 사람은 지붕 위에서 아주 조용하게 다락방 창문으로 들어올 준비를 하고 있었다. 한 명은 람 다스였고 다른 한 명은 인도 신사의 젊은 비서였다. 물론 멜키세덱은 이런 사실까지는 몰랐다.

멜키세덱이 아는 것이라고는 낯선 사람들이 한적한 다락방에 살금살금 침입하고 있다는 사실뿐이었다. 얼굴이 까만 사람은 소리도 없이 아주 가볍고 날랜 움직임으로 창문을 타고 내려왔다. 멜키세덱은 걸음아 날 살려라 하며 허둥지둥 쥐구멍으로 도망쳤다. 겁이 나서 죽을 것 같았다.

멜키세덱은 이제 세라를 무서워하지 않게 되었다. 세라는 빵 부스러기 말고는 아무것도 던지지 않았고, 부드럽게 달래는 듯한 나지막한 휘파람 소리 말고는 아무 소리도 내지 않았다. 하지만 낯선 사람들은 가까이 있기에는 위험했다. 멜키세덱은 쥐구멍 입구 가까이에 납작 엎드려서 놀란 눈을 반짝이며 방 안을 엿보았다. 멜키세덱이 두 사람의 대화를 얼마나 알아들었는지는 전혀 모른다. 다 알아들었다 하더라도 여전히 영문을 몰라 얼떨떨했을 것이다.

젊은 비서도 몸이 가벼워서 람다스처럼 소리 없이 창문으로 쑥 들어왔다. 그때 비서는 쥐구멍으로 사라지는 멜키세덱의 꼬리를 언뜻 보았다.

비서는 조그만 목소리로 람다스에게 물었다.

"쥐가 있나?"

람다스 역시 목소리를 낮추어 대답했다.

"네, 있습니다. 벽 속에 많이 살죠."

젊은 비서는 놀라며 말했다.

"어휴, 쥐가 있는데 어린아이가 무섭지도 않은가?"

람다스가 손짓을 하며 공손하게 미소를 지었다. 세라와 딱 한 번 이야기를 나누었을 뿐이지만 람다스는 친한 사이처럼 세라를 감싸주었다.

"그 아이에게는 모든 것이 친구랍니다. 다른 아이들하고는 다르지요. 그 아이는 눈치채지 못했지만 저는 그 아이를 보고 있답니다. 밤에 여러 번 지붕을 타고 건너와서 무사히 잘 있는지 확인했거든요. 우리 쪽 다락방 창문으로 지켜볼 때도 그 아이는 제가 있는 줄 모르지요. 그 아이는 탁자 위에 올라서서 하늘을 쳐다봅니다. 하늘에 말을 걸기라도 하는 것처럼 말이에요. 참새들도 그 아이가 부르는 소리에 모여들어요. 외롭다 보니 먹이를 주며 길들인 쥐도 있고요. 노예처럼 일하는 가엾은 아이도 그 아이를 찾아와 위로를 받고 가고, 아주 어린 학생도 몰래 찾아옵니다. 조금 큰 아이도 오는데 그 아이를 따르는 것 같아요. 시간이 있었다면 밤새라도 그 아이의 이야기에 귀를 기울였을 겁니다. 모두 제가 몰래 지붕을 타고 건너와서 본 것이지요. 이 학교 교장선생님은 지독한 분이에요. 그 아이를 천한 노예처럼 다루더군요. 하지만 그 아이는 왕족처럼 품위 있게 행동하지요."

그러자 비서가 말했다.

"그 아이에 대해 많은 것을 알고 있는 것 같군."

람다스가 대답했다.

"그 아이가 매일 어떻게 지내는지 다 압니다. 밖으로 나가고 들어오는 것은 물론이고 그 아이가 느끼는 슬픔과 자그마한 기쁨도 알죠. 춥고 배고픈 것도 알고요. 한밤중까지 혼자서 책을 끌어안고 공부하는 것도 압니다. 친구들이 몰래 찾아오면 어려운 가운데서도 뛸 듯이 기뻐하죠. 친구들이 오면 소리 내어 웃기도 하고 소곤소곤 이야기도 하면서요. 그 아이가 아프기라도 하면 와서 돌봐주고 싶습니다. 그래도 된다면 말이지요."

"그 아이 말고는 아무도 이 방 근처를 드나들지 않는 건 확실하지? 우리가 있는 동안 그 아이가 돌아와서 당황할 일도 없고? 우리가 여기 있는 것을 그 아이가 보면 겁먹을 텐데, 그럼 캐리스포드 주인님의 계획도 헛일이 되어 버려."

람다스는 소리 없이 문가로 가더니 문에 바짝 다가서서 말했다.

"그 아이 말고는 아무도 올라오지 않습니다. 그 아이도 바구니를 들고 나갔으니 몇 시간 후에야 돌아올 거고요. 여기 서 있으면 계단을 올라오는 발소리가 들릴 겁니다."

비서는 윗옷 주머니에서 연필과 수첩을 꺼내며 말했다.

"그럼 잘 듣고 있게."

비서는 조그맣고 초라한 방을 여기저기 천천히 조심스럽게 걸어 다니면서 눈앞에 보이는 장면을 수첩에 빠르게 적었다.

비서는 먼저 좁은 침대 쪽으로 갔다. 그러고는 매트리스를 손으로 눌러보더니 혀를 내둘렀다.

"돌처럼 딱딱하군. 아이가 없을 때 바꿔줘야겠네. 침대를 가져오는 것은 특별한 작업이 필요할 테니 오늘 밤에는 안 되겠는걸."

비서는 침대보를 들춰 보고 납작한 베개도 살펴보았다.

"지저분하고 낡은 침대보에 이불은 얇고, 시트는 하도 기워 너덜너덜하군. 이런 침대에서 아이를 재우다니! 그것도 훌륭하다고 자부하는 학교에서 말이야. 벽난로에도 불을 안 피운 지 오래된 것 같고."

비서는 이렇게 말하며 녹슨 벽난로를 흘깃 쳐다보았다.

그러자 람다스가 거들었다.

"불을 피우는 것을 본 적이 없습니다. 이 학교 교장선생님은 자기 말고 다른 사람이 추울 수도 있다는 생각을 못 하나 봅니다."

비서는 뭔가를 수첩에 재빨리 적었다. 그러고는 적은 것을 찢어 윗옷 주머니에 넣었다.

"이런 식으로 일하는 것이 이상하긴 하군. 누구 생각인가?"

람다스는 미안한 듯 정중하게 고개를 숙였다.

"사실 처음 생각한 것은 저였습니다. 상상에 불과한 생각이었지만 말입니다. 저는 그 아이가 아주 좋습니다. 그 아이도 저도 외로우니까 그런가 봅니다. 그 아이는 몰래 찾아오는 친구들에게 자신이 상상한 이야기를 들려주지요. 어느 날 밤 제가 슬픈 마음으로 누워 있었는데, 다락방 창문이 열려 있었는지 이야기 소리가 들려왔습니다. 그 아이의 이야기는 이 초라한 방에 이것저것 안락한 가구가 있는 것처럼 상상하는 것이었어요. 눈앞에 보이는 듯 말했는데, 이야기하면서 점점 기운도 나고 추위도 덜한 것 같았어요. 그래서 이런 생각을 하게 된 겁니다. 다음날 몸이 편찮으신 주인님이 축 처져 계셔서 즐겁게 해드리려고 그 이야기를 했죠. 그때는 꿈같은 이야기라고 생각했지만 주인님은 좋아하셨어요. 그 아이 이야기를 들으며 기분이 좋아지셨는지 관심을 보이며 이것저것 물어보셨죠. 그러다가 그 아이의 상상을 진짜로 만들어주면 재미있겠다고 하신 겁니다."

비서가 말했다.

"아이가 자는 동안 바꿔 놓는 게 가능할까? 아이가 깨면 어쩌지?"

어찌됐든 비서 역시 캐리스포드 씨만큼이나 그 계획이 마음에 드는

지 눈에 띄게 즐거워 보였다.

람다스가 대답했다.

"저는 발바닥이 벨벳인 것처럼 소리 나지 않게 걸을 수 있어요. 더구나 아이들은 보통 깊이 잠들거든요. 낮에 고된 일을 하는 불쌍한 아이들은 더 그렇죠. 마음만 먹었다면 전에도 얼마든지 이곳에 들어올 수 있었을 겁니다. 아이가 잠결에 소리를 듣고 뒤척이는 일조차 없도록 말입니다. 다른 사람이 창문을 통해 저에게 물건을 건네주면 제가다 해놓겠습니다. 아이는 알아채지 못할 겁니다. 아침에 깨면 간밤에 마법사가 다녀갔다고 생각하겠죠."

하얀 옷을 입은 람다스는 마음이 따뜻해지는 듯 미소를 지었다.

비서도 빙긋 미소 지으며 이렇게 말했다.

"『아라비안 나이트』 이야기 같을 거야. 동양인이 아니면 어떻게 이런 생각을 해내겠나. 안개 낀 런던에서는 나올 수 없는 생각이지."

두 남자는 그리 오래 머물러 있지 않았다. 멜키세덱에게는 다행스러운 일이었다. 멜키세덱이 사람의 말을 알아듣지 못해서 그렇겠지만, 낯선 사람들이 속닥속닥 이야기하며 돌아다니자 겁이 났다. 젊은 비서는 모든 것이 재미있는 듯했다. 바닥과 벽난로, 망가진 발받침대, 낡은 탁자와 사방의 벽에 대해 이것저것 적었다. 특히 벽은 나가기 전에 거듭 만져보았고, 벽 여기저기에 오래된 못이 많이 박혀 있는 것이 눈에 띄자 아주 기뻐하는 듯했다.

비서는 말했다.

"여기다 걸면 되겠네."

람다스는 알듯 말듯 한 미소를 지으며 말했다.

"어제 그 아이가 없을 때 제가 들어왔었죠. 망치질을 하지 않아도 벽에 들어가는 조그맣고 날카로운 못을 가져와서 필요할 것 같은 곳에 여러 개 꽂아 두었습니다. 준비는 다 끝났습니다."

인도 신사의 비서는 그대로 서서 수첩을 주머니에 넣으며 주위를 둘러보았다. 그러고는 말했다.

"이만하면 필요한 건 다 적은 것 같군. 그만 가자고. 캐리스포드 주인님은 마음이 따뜻한 분이야. 그런 분이 잃어버린 아이를 찾지 못하다니, 정말 안타까워."

람다스도 말했다.

"아이를 찾으면 주인님도 기운을 되찾으실 겁니다. 주인님이 믿으시는 신께서 아이를 데려다주시겠죠."

두 사람은 소리 없이 다락방 창문으로 나갔다. 낯선 이들이 방에서 나간 것이 확실해지자 멜키세덱은 비로소 안심했다. 몇 분 동안 더 기다려 안전하다는 생각이 들자, 쥐구멍에서 나와 이리저리 돌아다녔다. 그 사람들 때문에 깜짝 놀라기는 했지만, 혹시 주머니에 가지고 있던 빵 부스러기라도 한두 개 흘리고 가지 않았을까 싶어서였다.

15
마법

옆집을 지나가던 세라는 람다스가 덧문을 내리는 것을 보았다. 그 틈에 집 안을 살짝 엿볼 수 있었다.

세라는 이런 생각이 들었다.

'근사한 방을 보는 것도 참 오랜만이네.'

벽난로에서는 평소처럼 난롯불이 환하게 타오르고 있었고 인도 신사는 난롯가에 앉아 있었다. 손으로 머리를 받치고 있는 신사는 아주 쓸쓸하고 시름에 잠긴 모습이었다.

세라가 중얼거렸다.

"참 안타까워. 무슨 생각을 하고 계실까?"

바로 그때 인도 신사는 이런 생각을 하고 있었다.

'카마이클이 모스크바까지 가서 아이를 찾았는데, 파스칼 부인의 학교에 다녔던 그 여자아이가 우리가 찾는 아이가 아니면 어쩌지? 결국 전혀 다른 아이였다면? 그러면 이제 어떻게 해야 하나?'

세라가 학교로 돌아오자 민친 교장이 아래층에서 주방장을 야단치고 있었다.

민친 교장은 세라를 보고 날선 목소리로 물었다.

"어디서 노닥거리다 오는 거냐? 몇 시간이나 나가 있었잖아."

세라가 대답했다.

"비도 많이 오고 진흙탕이라서요. 신발이 낡아서 자꾸 미끄러지니까 걷기도 힘들었고요."

그러자 민친 교장이 말했다.

"변명하지 마라. 거짓말도 하지 말고."

세라는 주방장에게 갔다. 주방장은 민친 교장에게 호된 꾸중을 듣고 굉장히 화가 나 있던 터라 화풀이할 사람이 생겨 잘됐다고 생각했다. 늘 그렇듯 세라가 만만했다.

주방장은 톡 쏘아붙였다.

"아예 밤새 나가 있지 왜 왔어?"

세라는 사온 물건을 탁자 위에 올려놓으며 말했다.

"시키신 물건 여기 있어요."

주방장은 물건을 훑어보며 투덜거렸다. 화가 머리끝까지 난 모양이었다.

세라가 기어들어가는 목소리로 물었다.

"먹을 것이 좀 있을까요?"

주방장이 퉁명스럽게 대답했다.

"식사 시간 끝나서 다 치웠어. 너 하나 때문에 음식 데워 놓으며 기다릴 거라고 생각한 거냐?"

세라는 잠시 말없이 서 있다가 나지막한 목소리로 말했다. 목소리가 떨릴까 봐 나지막하게 말한 것이었다.

"저는 저녁을 못 먹었어요."

그러자 주방장이 말했다.

"식료품 저장실에 빵이 좀 있다. 오늘은 그것밖에 없어."

세라는 빵을 찾으러 갔다. 빵은 너무 오래되어 딱딱하게 굳어 있었다. 주방장은 심술이 잔뜩 나 있어서 세라에게 다른 먹을 것은 하나도 주지 않았다. 주방장은 늘 그런 식으로 세라에게 화풀이를 했다.

세라는 3층 다락방으로 이어지는 긴 계단을 오르는 것도 힘겨웠다. 피곤한 날이면 계단이 길고 가파르게 느껴질 때가 많았다. 오늘은 끝까지 올라갈 수 없겠다는 생각마저 들었다. 세라는 도중에 여러 번 쉬었다가 다시 올라가야 했다.

계단을 다 올라온 세라는 다락방 문틈으로 희미한 빛이 새어나오는 것을 보자 기뻤다. 어멘가드가 몰래 찾아왔다는 뜻이었기 때문이다. 마음이 한결 편안해졌다. 혼자 다락방에 들어가 쓸쓸하고 텅 빈 방을 마주하지 않아도 되니 좋았다. 통통하고 느긋한 어멘가드가 빨간 숄을 두르고 방 안에 있다는 것만으로도 조금 따뜻해지는 기분이었다.

세라의 예상이 맞았다. 문을 열자 어멘가드가 와 있었다. 어멘가드는 발이 침대 밖으로 튀어나오지 않도록 한가운데에 앉아 있었다. 어멘가드는 멜키세덱과 그 식구들이 궁금했지만 친해질 자신은 없었다. 다락방에 혼자 있을 때면 세라가 올 때까지 침대 위에 올라가 앉아 있어야 마음이 편했다. 그날도 약간 안절부절못했다. 멜키세덱이 나타나 여기저기 냄새를 맡으며 돌아다녔기 때문이다. 한번은 멜키세덱이 뒷발로 버티고 서서 어멘가드 쪽을 보며 코를 킁킁거리는 바람에 어멘가드는 조그맣게 비명을 지르기도 했다.

어멘가드가 소리쳤다.

"아휴, 세라야, 네가 와서 다행이야. 멜키세덱이 얼마나 킁킁거리며 돌아다녔는데. 달래서 쥐구멍으로 돌아가게 하려고 애썼지만 한참 동안 안 들어가더라고. 내가 멜키세덱 좋아하는 건 너도 알지? 하지만 내 쪽을 보면서 킁킁거리고 냄새를 맡으면 좀 무섭단 말이야. 나한테 펄쩍 뛰어오르지 않을까?"

세라가 대답했다.

"안 그래."

어멘가드는 침대에서 앞으로 기어나와 세라의 얼굴을 쳐다보며 말했다.

"세라야, 너 굉장히 피곤해 보여. 얼굴도 너무 창백하고."

세라는 한쪽으로 기운 발받침대에 털썩 앉으며 말했다.

"정말 너무너무 피곤해. 어머나, 멜키세덱이잖아? 불쌍하기도 하지. 저녁 달라고 나온 거야."

멜키세덱은 세라의 발소리가 들리기만을 기다렸던 것처럼 쥐구멍에서 나와 있었다. 세라는 멜키세덱이 발소리를 구분한다고 굳게 믿고 있었다. 멜키세덱이 다정하면서도 기대에 찬 표정으로 다가오자 세라는 주머니를 뒤집어 보이며 고개를 저었다.

세라가 말했다.

"정말 미안해. 빵 부스러기조차 없네. 집으로 돌아가, 멜키세덱. 가서 아내에게 세라 주머니에 아무것도 없더라고 말해. 주방장과 민친 교장선생님이 워낙 짜증을 내는 바람에 깜빡 잊어버렸어."

멜키세덱은 그 말을 알아듣는 듯했다. 만족스럽지는 않지만 체념했다는 듯 느릿느릿 돌아갔다.

세라가 말했다.

"오늘 밤에 네가 올 줄은 몰랐어, 어멘가드야."

어멘가드는 빨간 숄을 꼭 여미며 말했다.

"아멜리아 선생님이 이모님과 함께 나가서 오늘 밤 들어오지 않으신다고 했거든. 선생님 말고는 아무도 우리가 잠자리에 든 후에 와서 침실을 들여다보지 않잖아. 너만 좋다면 아침까지 여기 있어도 돼."

어멘가드는 말을 마치자 천장으로 난 창문 밑 탁자를 가리켰다. 세라는 방으로 들어오면서 그쪽을 미처 못 보았는데, 탁자 위에는 책이 잔뜩 쌓여 있었다. 어멘가드는 울적한 표정으로 말했다.

"아빠가 책을 또 보내주셨어. 저게 그거야."

세라는 주위를 둘러보더니 책을 보고 벌떡 일어났다. 그리고 탁자로 가서 맨 위에 있는 책을 집어 들어 빠르게 책장을 넘겨보았다. 그 순간 세라는 힘든 것도 잊어버렸다.

세라가 외쳤다.

"어머나, 너무 근사해! 칼라일이 쓴 『프랑스 혁명』이잖아. 내가 이 책을 얼마나 읽고 싶었는데!"

어멘가드가 말했다.

"난 읽기 싫어. 하지만 아빠는 내가 안 읽으면 엄청 화를 내실 거야. 방학 때 집에 돌아가면 내가 그 책 내용을 훤히 다 알 거라 생각하실 텐데. 어쩌면 좋지?"

책장을 넘기다가 볼이 빨갛게 될 정도로 들뜬 세라는 어멘가드를 바라보며 외쳤다.

"이 책들 말이야, 나한테 빌려주면 내가 읽고 나중에 너에게 내용을 이야기해 줄게. 네가 잊어버리지 않도록 재미있게 들려주면 되잖아.
어때?"

어멘가드가 외쳤다.

"세상에, 그래줄 수 있어?"

세라가 대답했다.

"그럼, 물론이지. 어린 학생들도 내가 이야기해 주는 내용은 절대
잊어버리지 않아."

어멘가드의 동그란 얼굴이 희망으로 빛났다.

"세라야, 네가 이야기를 해줘서 내가 책 내용을 기억할 수만 있다면 뭐든 다 줄게."

그러자 세라가 말했다.

"아무것도 줄 필요 없어. 나는 네 책을 읽고 싶어. 정말 읽고 싶어."

세라의 눈이 점점 커지더니 흥분으로 가슴이 뛰었다.

어멘가드가 말했다.

"그럼 가져가서 읽어. 나도 책을 좋아하면 좋을 텐데, 난 책이 싫어. 나는 멍청하지만 우리 아빠는 머리가 좋으시거든. 아빠는 나도 당연히 똑똑해야 한다고 생각하셔."

세라는 책을 한 권 한 권 펼쳐보았다. 그러다가 조금 불안한 생각이 들어 물었다.

"너희 아버지께는 뭐라고 말씀드릴 거야?"

어멘가드가 대답했다.

"아, 말씀 안 드려도 돼. 아빠는 내가 책을 읽었다고 생각하실 거야."

세라는 책을 내려놓고 천천히 고개를 저으며 말했다.

"그러면 거짓말한 거나 마찬가지잖아. 너도 알지? 거짓말은 나쁜 일이기도 하지만 아주 비겁한 행동이야. 가끔씩 나도 나쁜 짓을 저지를 수 있겠다는 생각이 들어. 민친 교장선생님이 나를 괴롭히면 버럭 화를 내며 교장선생님을 죽일 수도 있겠다고 말이야. 하지만 난 비겁

해질 수는 없어. 아버지께 책은 내가 읽었다고 말씀드리면 안 될까?"

어멘가드는 뜻밖의 이야기에 조금 실망하면서 말했다.

"아빠는 내가 책을 읽기를 바라서."

그러자 세라가 말했다.

"아버지는 네가 책 내용을 알고 있기를 바라시는 거잖아. 내가 쉽게 이야기해 줘서 네가 책 내용을 기억할 수 있게 되면 너희 아버지도 틀림없이 좋아하실 거야."

어멘가드는 슬픈 표정으로 말했다.

"그야 내가 어떻게 해서든 뭔가 배우기만 하면 아빠는 좋아하시겠지. 네가 우리 아빠라도 그랬을 거야."

"그건 네 잘못이 아니지. 네가……."

세라는 말을 하다가 급히 멈추었다. '네가 머리가 나쁜 건 네 잘못이 아니야'라는 말을 하다가 멈춘 것이었다.

"내가 뭐?"

어멘가드가 말을 재촉했다.

세라는 조금 고쳐 말했다.

"배우는 속도가 느린 건 네 잘못이 아니라고. 빠르지 않은데 단숨에 배울 수는 없지. 빨리 배울 수 있으면 빨리 배우는 거고. 그냥 그뿐인 거야."

세라는 항상 어멘가드에게 다정한 마음을 품고 있었다. 뭐든 금방

배울 수 있는 사람과 둔한 사람 간의 차이가 너무 심하게 느껴지지 않도록 해주려고 애썼다. 세라는 어멘가드의 통통한 얼굴을 바라보다가 현명하고 어른스러운 생각이 떠올라서 이렇게 말했다.

"어쩌면 빨리 배우는 것은 중요하지 않을지도 몰라. 사람에게는 다정한 마음이 훨씬 중요하지. 만약에 민친 교장선생님이 세상에 모르는 것이 없다고 해도 지금과 같은 성격이라면 여전히 불쾌한 사람일 거고 다들 교장선생님을 싫어할 거야. 똑똑한 사람들도 다른 사람을 해치고 나쁜 짓을 하는 경우가 많잖아. 로베스피에르(프랑스 혁명기의 정치가: 옮긴이)만 봐도 그래."

세라는 말을 멈추며 어멘가드의 표정을 살폈다. 당황스러운 얼굴이었다.

세라가 물었다.

"기억 안 나? 얼마 전에 이야기해 줬잖아. 잊어버렸나 보구나."

어멘가드가 고개를 끄덕였다.

"그러게. 전부 다 기억나지는 않아."

그러자 세라가 말했다.

"음, 잠시만 기다려 봐. 젖은 옷 좀 벗고 와서 이불을 푹 뒤집어쓰고 다시 이야기해 줄게."

세라는 모자와 코트를 벗어서 벽에 걸고 젖은 신발을 낡은 슬리퍼로 갈아 신었다. 그리고 침대 위로 폴짝 뛰어 올라와 이불을 어깨에 두르고 앉은 다음 양팔로 무릎을 감싸 안았다.

"자, 들어봐."

세라는 피투성이 프랑스 혁명 이야기를 시작했다. 그 잔인한 역사 이야기에 어맹가드는 놀라서 숨 쉬는 것도 잊은 채 눈이 동그래졌다. 이야기가 조금 섬뜩했지만 짜릿하고 재미있었다. 어맹가드는 다시는 로베스피에르 이야기를 잊지 못할 것 같았다. 랑발 부인(마리 앙투아네트의 친구였던 귀족 부인: 옮긴이) 이야기도 확실하게 알았다.

세라가 설명해주었다.

"사람들이 부인의 머리를 창에 꽂아 놓고 주위에서 춤을 추었어. 부인의 아름다운 금발이 물결치듯 출렁거렸대. 나는 랑발 부인 생각을 하면 처형당하기 전의 모습이 아니라 항상 창에 꽂힌 머리와 분노한 사람들이 고래고래 소리 지르며 춤추는 모습이 떠올라."

두 아이는 어맹가드의 아버지에게 자신들의 계획을 말씀드리고 선물 받은 책은 다락방에 두기로 했다.

세라가 말했다.

"이제 다른 이야기 하자. 프랑스어 공부는 잘 되고 있니?"

"지난번에 여기 와서 너한테 동사 변화 설명을 들었더니 훨씬 나아졌어. 다음날 아침 수업 시간에 내가 연습 문제를 잘 풀었더니 민친 교장선생님이 어떻게 된 거냐며 놀라시더라고."

세라는 쿡쿡 웃으며 무릎을 감싸 안았다. 그러고는 말했다.

"교장선생님은 로티가 계산 문제를 잘 푸는 것도 웬일인가 하실 거야. 로티도 몰래 여기 와서 내 도움을 받거든."

세라는 방 안을 둘러보며 말했다.

"이렇게 형편없지만 않다면 다락방도 좋은데."

이렇게 말하며 세라는 또 쿡쿡 웃었다.

"여긴 상상하기 좋은 곳이거든."

어멘가드는 다락방 생활이 때로 참을 수 없을 만큼 힘들다는 것을 전혀 몰랐다. 혼자서 그런 생각을 해볼 만큼 구체적이고 풍부한 상상력은 없었다. 세라의 방에는 자주 올 수 없었고, 어쩌다 한 번씩 오더라도 상상 놀이를 하고 이야기를 듣느라 재미있기만 했다. 어멘가드에게는 다락방에 오는 것이 신나는 모험이었다. 가끔씩 세라의 얼굴이 창백해 보이기도 했고 눈에 띄게 여위어가는 것은 분명했지만, 세라는 자존심이 강해서 힘든 일이 있어도 투덜거리거나 하소연하지 않았다. 가끔씩 오늘 밤처럼 너무 배가 고파서 뭐든 정신없이 먹을 수 있을 것 같은 날도 있지만, 그런 말은 절대 하지 않았다.

세라는 한창 자랄 나이였고 날마다 여기저기 심부름을 다니느라 하루 종일 걷고 달렸다. 영양가 높은 음식을 끼니마다 거르지 않고 충분히 먹는다 해도 식욕이 왕성할 때였다. 하지만 가끔씩 부엌에서 짬이 날 때 맛도 없고 영양가도 별로 없는 음식을 얼른 씹어 삼키는 것이 다였다. 그러면서 배가 고파 속이 쓰린 것에 점점 익숙해져 갔다.

세라는 이런 혼잣말을 자주 했다.

"군인들도 길고 힘든 행군을 할 때는 이런 느낌이겠지."

세라는 '길고 힘든 행군'이라고 말할 때의 소리가 듣기 좋았다. 자신도 군인 같은 느낌이 들었다. 또 세라는 자신이 다락방의 여왕이라는 독특한 생각을 품고 있었다.

세라는 이렇게 상상했다.

'내가 어느 성의 여왕님이고 어멘가드는 다른 성의 여왕님이라면 어떨까? 어멘가드가 내 성에 놀러 올 때는 여러 명의 기사와 시종들, 그리고 신하들과 함께 말을 타고 오겠지. 깃발이 나부끼고 성 밖에서 나팔 소리가 들려오면 내가 내려가서 어멘가드 일행을 맞이하는 거야. 연회장에 음식도 잔뜩 차려 놓고 악단을 불러 노래하고 연주하며 아름다운 사랑 이야기도 들려주고 말이야. 어멘가드가 다락방으로 놀러 오면 맛있는 음식을 잔뜩 차려주지는 못하지만 이야기를 들려줄 수는 있잖아. 괴로운 이야기는 들려주지 말아야지. 다른 성의 여왕들도 땅을 약탈당하고 굶주릴 때 아마 그렇게 했을 거야.'

세라는 자존심 강하고 용감한 작은 여왕님이어서 가진 것을 아낌없이 베풀어 대접했다. 그것이 세라의 꿈이자 상상이었다. 그런 상상을 하면 즐겁고 마음이 편안해졌다.

어멘가드는 함께 있으면서도 세라가 배고파서 쓰러질 지경이라는 사실을 몰랐다. 세라가 가끔씩 이야기하는 도중에도 어멘가드를 보낸 뒤에 배고파서 잠이 안 오면 어쩌나 걱정한다는 사실도 몰랐다. 세라는 지금까지 이렇게 배고팠던 적이 있었나 생각했다.

그때 어멘가드가 갑자기 이렇게 말했다.

"세라야, 나도 너처럼 말랐으면 좋겠어. 넌 예전보다 더 마른 것 같아. 눈이 굉장히 커 보여. 팔꿈치 뼈가 튀어나온 것도 보이잖아!"

세라는 말려 올라간 소맷자락을 내리면서 씩씩하게 말했다.

"난 원래 말랐잖아. 눈도 원래 커다란 초록색 눈이고."

어멘가드는 세라의 눈을 다정하게 바라보며 감탄했다.

"네 눈은 독특해서 좋아. 항상 먼 곳을 바라보는 듯한 느낌이야. 나는 그게 참 좋더라. 눈이 초록색인 것도 좋고. 보통 까맣게 보이기는 하지만."

세라가 웃으면서 말했다.

"고양이 눈 같잖아. 고양이처럼 캄캄한 곳에서도 잘 보이지는 않지만. 시험해봤거든. 어둠 속에서도 잘 보였으면 좋았을 텐데."

두 아이가 이처럼 대화를 나누는 동안, 천장으로 난 창문 쪽에서는 무슨 일이 벌어졌다. 둘 중 하나라도 위를 쳐다보았다면 까만 얼굴을 보고 깜짝 놀랐을 것이다. 까만 얼굴은 조심스럽게 방 안을 들여다보고는 순식간에 조용히 사라졌다. 소리가 전혀 나지 않은 것은 아니었다. 세라는 귀가 예민해서 갑자기 움찔하더니 지붕 쪽을 올려다보며 이렇게 말했다.

"멜키세덱 소리 같지는 않았는데. 뭔가 긁는 소리는 아니었어."

어멘가드가 조금 놀라며 물었다.

"뭐가?"

세라가 되물었다.

"무슨 소리 들린 것 같지 않아?"

어멘가드의 목소리가 떨렸다.

"아, 아니. 무슨 소리가 들렸어?"

그러자 세라가 말했다.

"착각한 것일지도 몰라. 하지만 무슨 소리가 난 것 같았는데. 살짝 끌리는 소리 말이야. 슬레이트 지붕 위에 뭔가 있는 듯했어."

어멘가드가 말했다.

"뭘까? 도둑일까?"

세라가 명랑하게 말했다.

"아냐. 훔쳐갈 것도 없는데……."

세라는 갑자기 말을 멈췄다. 이번에는 두 아이 모두 무슨 소리를 들었다. 지붕 위에서 나는 소리가 아니었다. 아래쪽 계단에서 나는 소리였다. 잔뜩 화가 난 민친 교장의 목소리가 들렸다. 세라는 침대에서 벌떡 일어나 촛불을 껐다.

세라는 캄캄한 방에 우뚝 서서 소곤거렸다.

"베키 언니를 혼내나 봐. 울고 있어."

어멘가드는 잔뜩 겁을 먹고 소곤소곤 말했다.

"여기까지 오실까?"

"아냐. 나는 자고 있는 줄 아실 거야. 움직이지 마."

민친 교장이 꼭대기 층까지 올라오는 일은 거의 없었다. 세라의 기억으로는 딱 한 번뿐이었다. 하지만 지금 민친 교장은 너무 화가 나서 올라오려는 중이었다. 들리는 소리로 추측해보자면 베키더러 앞장서라고 하는 모양이었다.

민친 교장의 목소리가 들렸다.

"버르장머리 없는 거짓말쟁이 같으니라고! 주방장한테 다 들었다, 음식이 계속 없어진다고."

그러자 베키가 훌쩍거리며 변명했다.

"제가 안 그랬어요, 마님. 배가 고프기는 했지만 음식에는 절대 손 안 댔어요!"

민친 교장은 앙칼진 목소리로 몰아붙였다.

"너는 감옥에 가도 할 말이 없어. 몰래 훔쳐가다니! 고기 파이를 절반씩이나 말이야!"

베키가 엉엉 울었다.

"제가 안 그랬어요. 마음대로 하자면 통째로 다 먹을 수도 있지만, 정말 고기 파이에는 손가락 하나 대지 않았어요."

민친 교장은 화도 나고 계단을 올라오느라 숨이 찼다. 고기 파이는 민친 교장이 저녁 식사 메뉴로 특별히 점찍어 둔 것이었다. 베키의 뺨을 때리는 소리가 들렸다.

민친 교장이 말했다.

"거짓말하지 마라. 당장 네 방으로 꺼져."

세라와 어멘가드 둘 다 뺨 때리는 소리를 들었다. 다음 순간 베키가 발뒤꿈치 부분이 다 해진 신발로 계단을 올라와 다락방으로 들어가는 소리가 들렸다. 방문이 닫히는 소리에 이어서 침대에 털썩 몸을 던지는 것 같은 소리도 났다.

베키가 베개에 얼굴을 묻고 우는 소리가 들렸다.

"나도 두 개 다 먹을 수 있었어. 하지만 한 입도 안 먹었단 말이야. 주방장이 친한 경찰관한테 준 거란 말이야."

세라는 캄캄한 방 한가운데 서 있었다. 조그만 이를 악물고 양손을 내밀어 사납게 주먹을 쥐었다 폈다 하고 있었다. 가만히 서 있을 수 없는 기분이었지만, 민친 교장이 계단을 내려가고 사방이 완전히 조용해질 때까지 움직일 수가 없었다.

세라는 분통을 터뜨렸다.

"정말 잔인하고 나쁜 사람이야. 주방장은 늘 자기가 가져가 놓고 베키 언니가 훔쳐갔다고 말하지. 베키 언니는 그런 짓 안 해! 안 그런다고! 가끔씩 너무 배가 고파서 부엌 바닥에 떨어진 부스러기를 주워 먹는 한이 있어도 훔치지는 않아!"

세라는 두 손으로 얼굴을 꽉 누르고 조그맣게 흐느껴 울었다. 절대 우는 일이 없던 세라의 울음소리가 들리자 어멘가드는 가슴이 철렁했다. 세라가 울다니! 어떤 일에도 씩씩하던 세라인데! 뭔가 새로운 것, 지금껏 어멘가드가 눈치채지 못했던 것을 알게 된 기분이었다. 어쩌면…… 어쩌면…… 상냥하지만 둔하고 철없는 어멘가드의 마음속에 불현듯 두려움이 밀려들었다. 어멘가드는 캄캄한 가운데 침대에서 살살 내려와 더듬더듬 촛불이 놓인 탁자를 찾았다. 그리고 성냥으로 촛불을 켰다. 어멘가드는 몸을 굽혀 세라를 바라보았다. 어멘가드의 두 눈은 새로 떠오른 생각에 잔뜩 겁을 먹은 기색이 역력했다.

어멘가드는 주저하는 목소리로 물었다.

"세라야, 너…… 너 말이야…… 나한테 이런 말은 안 했지만…… 무례한 말인 것 같기는 한데…… 너 혹시 배고프니?"

세라에게는 감당하기 힘든 순간이었다. 자존심의 벽이 와르르 무너지고 말았다. 양손에 얼굴을 파묻고 있던 세라는 고개를 들었다. 그리고 다시금 울컥해서 대답했다.

"그래, 맞아! 나 배고파. 너무 배가 고파서 뭐라도 먹을 수 있을 것 같아. 가엾은 베키 언니가 억울한 일을 당하니 더 비참해. 언니는 나보다 더 배가 고플 거야."

어멘가드는 숨이 턱 막혔다. 그리고 슬픔에 찬 목소리로 울먹였다.

"아아, 세상에! 나는 전혀 몰랐어!"

세라가 말했다.

"너한테 알리고 싶지 않았어. 그랬다면 거리에서 구걸하는 거지 같은 기분이 들었을 거야. 물론 내 꼴이 거지처럼 보인다는 것은 알지만."

"아냐, 그렇지 않아!"

어멘가드가 말을 막았다.

"네 옷차림이 조금 이상하기는 하지만 거지처럼 보이지는 않을 거야. 길에서 구걸하는 거지의 얼굴은 아니니까."

세라는 자기도 모르게 잠깐 소리 내어 웃으며 말했다.

"전에 어떤 남자아이가 나한테 6펜스짜리 동전을 준 적도 있는걸. 이게 그 동전이야."

세라는 목에 맨 가느다란 리본을 빼서 보여주었다.

"내게 동전이 필요해 보였던 거지. 그렇지 않았다면 그 애가 크리스마스라고 나한테 동전을 줬겠니?"

어쨌든 귀여운 6펜스짜리 동전을 보고 있자니 두 아이 모두 살짝 기분이 좋아졌다. 둘 다 눈물이 그렁그렁한 얼굴로 잠깐 킥킥거리며 웃었다.

어멘가드는 그 동전이 평범한 6펜스 은화가 아닌 것처럼 유심히 바라보며 물었다.

"그런데 그 애는 누구야?"

세라가 대답했다.

"파티에 가려는 귀여운 꼬마였어. 큰집 식구들 중 다리가 통통한 어린애야. 나는 그 애를 가이 클라렌스라고 불러. 아마 그 애 방은 크리스마스 선물로 가득하고 케이크와 맛있는 것이 잔뜩 들어 있는 선물 바구니도 많을 거야. 나한테는 그런 게 하나도 없다는 걸 알아챘나 봐."

어멘가드가 갑자기 움찔하며 몸을 뒤로 뺐다. 걱정하던 차에 세라의 말을 듣고 뭔가 생각이 난 듯했다.

어멘가드가 말했다.

"맞다, 세라야! 내가 그 생각을 못 했네, 바보같이!"

"뭘?"

어멘가드는 들떠서 허둥지둥하며 말했다.

"근사한 거야! 오늘 오후에 나한테 가장 잘해주시는 고모님이 선물을 보내셨어. 맛있는 음식이 잔뜩 들어 있는 선물인데, 아직 손도 안 댔어. 점심때 푸딩을 너무 많이 먹기도 했고, 아빠가 보내준 책 때문에 입맛이 다 떨어졌거든."

어멘가드는 흥분해서 정신없이 말을 이었다.

"케이크도 있고, 조그만 고기 파이에 잼 바른 타르트랑 빵이랑 오렌지도 있고, 빨간 커런트 열매로 담근 과일 술도 있어. 무화과랑 초콜릿도. 내 방에 몰래 다시 갔다 올게. 금방 가져올 테니까 같이 먹자."

세라는 비틀거릴 뻔했다. 배가 고파서 어지러울 때는 음식 이야기만 들어도 쓰러질 것 같은 법이다. 세라는 어멘가드의 팔을 꽉 붙잡고 힘주어 말했다.

"정말 가져올 수 있겠어?"

"당연하지."

어멘가드는 문가로 달려가 살그머니 문을 열었다. 캄캄한 문밖으로 머리를 내밀고 귀를 기울였다. 그러더니 다시 세라에게로 와서 말했다.

"불이 꺼져 있어. 다들 잠자리에 들었나 봐. 살금살금 걸으면 아무도 못 들을 거야."

둘은 기쁨에 들떠서 서로 손을 꼭 잡았다. 갑자기 세라가 눈을 반짝이며 말했다.

"어멘가드, 우리 상상 놀이하자! 파티를 여는 상상을 하는 거야! 아, 옆 감방의 죄수도 초대하지 않을래?"

"좋아, 좋아! 얼른 벽을 두드려보자. 교도소장은 못 들을 테니까."

세라는 벽 쪽으로 갔다. 벽 너머에서 불쌍한 베키가 숨죽여 우는 소리가 들려왔다. 세라는 벽을 네 번 두드리고 어멘가드에게 설명해 주었다.

"이건 '벽 밑 비밀 통로를 지나 내 방으로 와. 할 이야기가 있어.'라는 뜻이야."

베키 쪽에서 다섯 번 빠르게 벽을 두드리는 소리가 들렸다.

세라가 말했다.

"오겠대."

그러자 바로 다락방 문이 열리더니 베키가 들어왔다. 베키의 눈은 빨갛게 되었고 모자는 흘러내려와 있었다. 베키는 어멘가드를 보자 불안한 표정을 지으며 앞치마로 얼굴을 닦기 시작했다.

그러자 어멘가드가 외쳤다.

"나 때문에 신경 쓰지 마!"

세라가 말했다.

"어멘가드가 언니를 초대했어. 우리한테 근사한 걸 갖다주겠대."

베키는 모자가 거의 떨어질 정도로 들떠서 세라의 말을 가로막으며 물었다.

"먹는 건가요, 아가씨? 맛있는 거예요?"

세라가 대답했다.

"맞아. 그리고 상상으로 파티 놀이를 하려고 해."

어멘가드도 거들었다.

"먹고 싶은 만큼 실컷 먹는 거야. 금방 가져올게!"

어멘가드는 서둘러 발끝으로 살금살금 다락방을 나갔다. 나가면서 빨간 숄을 떨어뜨렸지만 떨어진 줄도 몰랐다. 두 아이도 알아차리지 못했다. 베키는 갑자기 찾아온 행운에 좋아서 어쩔 줄 몰랐다.

베키는 숨도 제대로 못 쉬며 겨우 말했다.

"아아, 아가씨! 아가씨! 아가씨가 저까지 부르자고 해주신 것 알아요. 생각만 해도 눈물이 나네요."

그러더니 세라 쪽으로 와서 우러러보았다.

굶주린 세라의 눈에는 예전과 같은 빛이 다시금 피어올라 마음속 상상의 세계를 비추고 있었다. 밖은 추운 밤이었고 아까 낮에는 걷기도 힘든 진흙탕 길을 돌아다닌 세라였다. 거지 아이의 끔찍할 정도로 굶주린 모습이 아직도 세라의 기억에 생생했다. 그런데 지금 여기 이 다락방에서 이렇게 소박한 기쁨을 주는 마법과도 같은 일이 벌어진 것이다.

세라는 숨이 턱 막혔지만 목소리를 높여 이렇게 말했다.

"어쩐지 최악의 상황이 되기 전에 항상 무슨 일이든 벌어져서 숨 쉴 틈이 생기는 것 같아. 마법처럼 말이야. 그 사실을 늘 잊지 않으면 좋을 텐데. 진짜로 최악의 상황까지는 가지 않는다는 것을 말이야."

세라는 명랑하게 베키를 살짝 흔들며 말했다.

"안 돼, 안 돼! 울지 마! 얼른 파티 준비를 해야지."

베키가 다락방을 둘러보며 되물었다.

"파티 준비라고요, 아가씨? 뭘로 꾸미죠?"

세라도 다락방을 둘러보았다. 그리고 웃을 듯 말 듯한 표정으로 대답했다.

"꾸밀 만한 게 별로 없네."

그때 세라가 뭔가를 발견하고 얼른 달려갔다. 바닥에 떨어져 있던 어멘가드의 빨간 숄이었다.

세라가 외쳤다.

"숄이 있어. 어멘가드도 좋다고 할 거야. 이 숄은 아주 근사한 빨간 식탁보가 될 테니까."

두 아이는 낡은 탁자를 앞으로 끌어내어 숄을 덮었다. 빨간색은 놀라울 정도로 부드럽고 편안한 느낌을 주었다. 빨간 식탁보가 생기니 다락방은 벌써 꽤 그럴듯한 모습이 되었다.

세라가 큰 소리로 말했다.

"바닥에 빨간 양탄자가 깔려 있으면 참 근사하겠다! 빨간 양탄자가 깔려 있다고 상상하자!"

세라는 감탄하는 눈빛으로 휑한 마룻바닥을 빠르게 훑어보았다. 벌써 양탄자가 깔려 있었다.

"양탄자가 정말 부드럽고 푹신해!"

세라는 조금 웃으며 이렇게 말했다. 베키도 무슨 뜻인지 알아듣고 양탄자를 밟아보는 것처럼 발끝을 조금 들어 올렸다가 내려놓았다.

"정말 그러네요, 아가씨."

황홀한 표정으로 세라를 쳐다보며 베키가 대답했다. 베키는 항상 진심이었다.

"이제 뭘 할까?"

세라는 가만히 서서 양손으로 눈을 가렸다. 그리고 기대에 부푼 목소리로 부드럽게 말했다.

"조금만 생각해보면 뭔가 떠오를 거야. 마법이 알려줄 테니까."

세라는 '바깥세상'에 있는 여러 가지 생각이 사람들이 불러 주기를 기다리고 있다는 상상을 아주 좋아했다. 베키는 세라가 이렇게 서서 생각이 찾아오기를 기다리는 모습을 여러 번 보았다. 이제 조금만 기다리면 세라는 환하게 웃는 얼굴로 생각해낸 것을 이야기해 줄 것이다.

정말 그랬다. 잠시 후 세라가 외쳤다.

"그거야! 생각났어! 이제 알겠어! 내가 공주님처럼 지낼 때 갖고 있던 오래된 트렁크를 뒤져봐야겠어."

세라는 급히 구석으로 달려가 무릎을 꿇고 앉았다. 그 트렁크는 세라의 것이라서 다락방에 놔둔 게 아니라 달리 둘 곳이 없어서 다락방에 둔 것이었다. 안에는 잡동사니밖에 남아 있지 않았지만 세라는 뭔가 찾아내리라는 것을 알고 있었다. 마법은 항상 어떻게든 이런 어려움을 해결해주었으므로.

트렁크 한구석에 꾸러미가 하나 놓여 있었다. 대수롭지 않게 보여서 아무도 눈여겨보지 않았던 것인데, 세라가 지난날의 기념으로 간직해둔 것이었다. 꾸러미에는 하얀색의 조그만 손수건 열두 장이 들어 있었다. 세라는 기쁜 표정으로 손수건을 들고 탁자로 달려왔다. 그리고 빨간 식탁보 위에 한 장씩 깔고 톡톡 다독거려 손수건 가장자리의 가느다란 레이스가 안쪽으로 말려들지 않도록 잘 폈다. 세라가 믿는 마법이 힘을 발휘하고 있었다.

세라가 말했다.

"이건 접시야. 금으로 만든 접시. 이건 근사하게 수를 놓은 냅킨이고. 스페인의 수녀원에서 수녀들이 만든 거야."

세라의 말을 듣고 잔뜩 신이 난 베키가 소곤소곤 물었다.

"정말이에요, 아가씨?"

세라가 대답했다.

"상상하면 돼. 열심히 상상하면 눈앞에 보여."

"알겠어요, 아가씨."

세라는 다시 트렁크 쪽으로 갔다. 그동안 베키는 너무나 간절히 바라던 것을 이루려고 온갖 노력을 기울였다.

세라가 문득 돌아보니 베키는 아주 이상한 표정으로 탁자 옆에 서 있었다. 경련이라도 일어난 듯 눈을 꼭 감고 잔뜩 찡그린 얼굴이었다. 양손은 주먹을 꽉 쥐고 있었다. 어마어마하게 무거운 것을 들어 올리려고 애쓰는 듯한 모습이었다.

세라가 놀라서 외쳤다.

"베키 언니, 왜 그래? 지금 뭐 하는 거야?"

깜짝 놀라서 눈을 뜬 베키는 조금 쑥스러운 표정으로 대답했다.

"아, '상상' 중이에요, 아가씨. 아가씨가 이렇게 하는 걸 보고 저도 따라 해보는 중이었어요. 조금만 더 하면 보일 것 같아요."

베키는 희망에 찬 표정으로 활짝 웃으며 이렇게 덧붙였다.

"그런데 엄청 힘드네요."

세라가 다정하게 위로해 주었다.

"익숙하지 않아서 그럴 거야. 하지만 여러 번 해보면 아주 쉽다고 생각하게 될걸. 처음부터 그렇게 애써 노력하지 않아도 돼. 나도 그랬으니까. 조금 있으면 저절로 될 거야. 그보다 이야기해 줄 게 있어. 이것들 좀 봐."

세라는 오래된 여름 모자를 손에 들고 있었다. 트렁크 맨 밑에서 찾아낸 꽃 장식이 달린 모자였다. 세라는 꽃 장식을 떼어내며 으쓱해하는 표정으로 말했다.

"이걸로 파티에 꽃 장식을 할 거야. 방 안 가득 꽃향기가 퍼지는 거지. 세면대에 머그컵이 있어, 베키 언니. 아, 비누 접시도 갖다 줘. 탁자 가운데에 놓게."

베키는 소중한 물건을 다루듯 세라에게 컵과 비누 접시를 건네주며 물었다.

"이건 뭐가 되는 건데요, 아가씨? 도자기 그릇이라고 상상하는 거겠죠? 물론 실제로는 아니지만요."

세라는 꽃 장식의 덩굴 끝을 머그컵에 말아 고정하면서 말했다.

"이건 무늬를 새겨 넣은 포도주 병이야."

이번에는 비누 접시 쪽으로 다정하게 몸을 구부려 장미꽃을 올려놓으며 말했다.

"이건 보석으로 뒤덮인 고급 설화석고 조각품이야."

세라는 컵과 접시를 부드럽게 매만졌다. 기쁜 듯 입가에 미소가 떠오른 세라의 얼굴은 꿈을 꾸는 것처럼 보였다.

베키가 소곤거렸다.

"세상에, 너무 아름다워요!"

세라가 중얼거렸다.

"사탕 접시로 쓸 만한 게 뭐가 있을까…… 맞다!"

세라는 다시 트렁크 쪽으로 달려갔다.

"아까 봐둔 게 있어."

세라는 빨간색과 하얀색 구김 종이로 둘둘 말아놓은 털실 뭉치를 꺼냈다. 세라는 구김 종이를 뭉쳐 자그마한 접시 모양을 만들었다. 그리고 남은 꽃 장식과 한데 뭉쳐서 파티장을 비춰줄 촛대를 장식했다. 마법 같은 상상의 힘이 아니었다면 단순히 빨간 숄을 덮어놓은 낡은 탁자, 오랫동안 열어보지 않은 트렁크 속 잡동사니를 늘어놓은 탁자에 지나지 않았을 것이다. 하지만 세라의 눈에는 놀랄 만큼 아름다운 탁자였다. 세라는 한 걸음 뒤로 물러나 탁자를 바라보았다. 베키도 기쁜 표정으로 탁자를 보다가 숨죽여 조그만 목소리로 말했다.

"여기는 지금 바스티유 감옥인가요? 아니면 다른 곳으로 바뀐 건가요?"

베키는 이렇게 물으며 다락방을 둘러보았다.

세라가 대답했다.

"아, 물론 바뀌었지! 이젠 전혀 다른 곳이야. 파티장이라고!"

베키의 목소리가 높아졌다.

"세상에, 아가씨! '파도장'이라고요?"

베키는 어리둥절한 표정으로 화려한 방 안을 보려고 몸을 돌렸다.

세라가 말했다.

"아니, '파티장' 말이야. 맛있는 음식을 차려 놓은 커다란 방을 이야기하는 거야. 천장은 둥글고 악단이 연주하는 자리도 있어. 난로에서는 참나무 장작이 활활 타올라서 연기가 커다란 굴뚝을 메우고, 벽마다 양초가 반짝거려 눈이 부실 정도야."

"세상에!"

베키는 숨이 멎는 것 같았다.

그때 다락방 문이 열리고 묵직한 음식 바구니를 든 어멘가드가 비틀거리며 들어왔다. 어멘가드는 놀랍고 기뻐서 탄성을 지르며 뒤로 물러났다. 춥고 캄캄한 밖에 있다가 다락방으로 들어오니 생각지도 못했던 파티가 준비되어 있었기 때문이다. 탁자를 빨간 식탁보로 덮고 하얀 냅킨과 꽃 장식으로 꾸며 놓은 모습을 보니 기발하다는 생각이 들었다.

어멘가드가 외쳤다.

"어머나, 세라야! 너는 세상에서 제일 똑똑한 아이 같아!"

세라가 말했다.

"근사하지 않니? 오래된 내 트렁크에서 찾아낸 것들이야. 마법에게 물어보니 트렁크를 찾아보라고 하더라고."

베키가 외쳤다.

"어멘가드 아가씨, 세라 아가씨가 저게 다 뭔지 설명해 주실 거에요! 저기 있는 건 보통 물건이 아니에요. 아가씨, 어서 이야기해 주세요."

베키가 세라를 졸랐다.

세라는 탁자 위 물건들을 설명해주었다. '마법'의 도움으로 어멘가드도 금으로 만든 커다란 접시와 공처럼 둥근 천장, 활활 타오르는 장작불과 반짝거리는 양초가 있는 화려한 파티장이 보이는 것 같았다. 어멘가드가 바구니 속에서 하얀 설탕옷을 입힌 케이크, 각종 과일과 봉봉 사탕, 과일 술을 꺼내자 근사한 파티가 시작되었다.

어멘가드가 외쳤다.

"진짜 파티 같아!"

베키는 숨을 내쉬었다.

"여왕님의 식탁 같아요."

그때 어멘가드가 갑자기 기발한 생각을 떠올렸다.

"세라야, 있잖아, 네가 공주님이고 지금 궁전에서 파티를 여는 거라고 상상해보자."

세라가 말했다.

"이건 네가 여는 파티잖아. 그러니까 네가 공주님이 되어야 해. 베키 언니와 내가 공주님의 시녀가 될게."

어멘가드가 말했다.

"아, 나는 안 돼. 너무 뚱뚱하기도 하고 공주님은 어떻게 해야 하는지도 몰라. 네가 공주님 해."

세라가 말했다.

"그래, 네가 원한다면 그렇게 할게."

그러다 갑자기 뭔가 생각해내고는 녹슨 벽난로 쪽으로 달려갔다. 세라가 큰 소리로 말했다.

"여기 종이도 많고 잡동사니도 잔뜩 있어! 불을 피우면 몇 분 정도는 환하게 타오를 거야. 그러면 진짜 장작불을 피운 것 같겠지?"

세라가 성냥으로 불을 붙이자 꽤 그럴듯하게 타올라 다락방 안이 환해졌다.

세라가 말했다.

"불이 꺼질 때쯤에는 진짜 장작불이 아니라는 것도 잊게 될 거야."

춤추듯 타오르는 불빛을 바라보고 선 세라는 미소를 지으며 이렇게 말했다.

"진짜 장작불 같지 않아? 이제 파티를 시작하자."

세라는 우아한 손짓으로 어멘가드와 베키를 탁자 쪽으로 안내했다. 상상에 빠져든 세라는 행복한 꿈을 꾸는 듯한 목소리로 말했다.

"이쪽으로 오세요, 아름다운 아가씨들. 나의 아바마마, 고귀하신 임금님께서는 먼 여행을 떠나 계셔서 저에게 여러분을 대접하라고 하셨어요."

그러더니 구석 쪽을 살짝 돌아보며 말했다.

"어머나, 악단이 도착했네! 여봐라, 비올(바이올린과 비슷하게 생긴 옛 악기: 옮긴이)과 바순을 연주하거라."

세라는 어멘가드와 베키에게 얼른 설명해 주었다.

"공주님들은 항상 파티에 악단을 불러 연주하게 하거든. 저쪽 구석이 악단의 자리라고 상상하자. 이제 음식을 드실까요?"

하지만 아이들은 먹는 것은 고사하고 케이크 조각을 손에 쥐어 볼 틈도 없었다. 갑자기 세 아이 모두가 벌떡 일어나 새파랗게 질린 얼굴로 문 쪽을 향해 귀를 기울였다.

누군가 계단을 올라오는 소리가 들렸다. 잘못 들은 것이 아니었다. 화를 내는 듯 쿵쿵 구르는 발소리는 점점 크게 들렸다. 아이들은 누구의 발소리인지 알아채고 모든 것이 끝이라는 걸 깨달았다.

"마, 마님이에요!"

베키는 숨이 턱 막혀 들고 있던 케이크를 바닥에 떨어뜨렸다.

세라도 놀라서 눈이 동그래졌고 조그마한 얼굴은 하얗게 질렸다.

"맞아. 민친 교장선생님이 아셨나 봐."

그때 민친 교장이 다락방 문을 쾅 열었다. 민친 교장의 얼굴도 하얗게 질려 있었다. 너무나 화가 나서 하얗게 질린 것이었다. 민친 교장은 겁에 질린 아이들의 얼굴에서 눈을 돌려 음식을 차려 놓은 탁자를 보았다. 벽난로에서는 종이 뭉치에서 마지막 불꽃이 타올랐다.

민친 교장이 호통을 쳤다.

"수상하다는 생각은 했지만 이렇게 뻔뻔스러운 짓을 하고 있을 줄은 꿈에도 몰랐구나. 라비니아의 말이 사실이었어."

이제 아이들도 어찌된 일인지 알게 되었다. 라비니아가 아이들의 비밀을 냄새 맡고 민친 교장에게 일러바친 것이었다. 민친 교장은 베키에게 성큼성큼 다가가더니 또 따귀를 때리고는 말했다.

"뻔뻔한 것 같으니라고! 내일 아침 당장 이 집에서 나가!"

세라는 꼼짝도 하지 않고 그대로 서 있었다. 눈은 더욱 동그래졌고 얼굴은 더 새하얘졌다. 어멘가드가 울음을 터뜨리며 말했다.

"교장선생님, 베키를 내쫓지 마세요. 우리 고모님이 음식 바구니를 보내주셨길래 파티를 열었던 것뿐이에요."

민친 교장의 사나운 눈초리에 어멘가드는 잔뜩 움츠러들었다.

"이제 알겠구나. 세라 공주님이 윗자리에 앉아 계시는 거로군."

민친 교장이 험악한 표정으로 세라를 돌아보며 소리쳤다.

"네가 벌인 짓일 줄 알았다. 어멘가드 혼자서 이런 짓을 궁리해냈을 리가 없지. 이런 쓰레기로 탁자를 장식한 것도 너였겠구나."

민친 교장은 베키를 보며 발을 쾅 굴렀다.

"당장 네 방으로 돌아가!"

베키는 앞치마로 얼굴을 가리고 슬금슬금 물러났다. 울고 있는지 어깨가 떨렸다.

다음은 세라의 차례였다.

"너는 내일 아주 혼이 날 줄 알아라. 내일은 아침도 점심도 저녁도 못 먹는 거야!"

세라가 조그만 목소리로 말했다.

"민친 교장선생님, 저는 오늘도 점심부터 아무것도 못 먹었어요."

"잘 됐구나. 오늘의 교훈을 잊지 못하게 될 테니 말이야. 거기 멀뚱 멀뚱 서 있지 말고 저 음식을 바구니에 다시 담아라."

민친 교장은 손수 탁자 위의 음식을 바구니 안에 쓸어 담았다. 그러 다가 어멘가드의 새 책이 눈에 띄자 어멘가드를 향해 말했다.

"근사한 새 책을 이 더러운 다락방으로 들고 오다니. 도로 가지고 침실로 돌아가. 내일은 하루 종일 방에 있거라. 이 일은 너희 아버지 께 편지로 알려드려야겠다. 네가 오늘 밤 여기 있었던 걸 알면 네 아 버지가 뭐라고 하시겠니?"

순간 민친 교장은 세라가 심각한 눈빛으로 자신을 뚫어지게 쳐다보 고 있는 것을 알아채고 세라를 마구 다그쳤다.

"무슨 생각을 하고 있는 거냐? 왜 그런 눈빛으로 쳐다보는 거야?"

"그냥 궁금해서요."

세라가 대답했다. 전에 교실에서 민친 교장에게 상상 이야기를 했 던 그날처럼 말이다.

"뭐가 궁금하다는 거냐?"

지난번 교실에서 벌어졌던 상황과 아주 비슷했다. 세라의 태도에 는 건방진 데가 하나도 없었다. 그저 조용히 슬픔에 잠긴 표정이었다.

세라는 낮은 목소리로 말을 이었다.

"제가 오늘 밤 여기 있었던 걸 알면 '우리 아빠'는 뭐라고 하셨을까 궁금해서요."

민친 교장은 지난번과 마찬가지로 머리끝까지 화가 치밀어 올랐다. 그래서 세라에게로 달려들어 세라를 마구 흔들었다.

"이 건방진 것! 이렇게 제멋대로라니! 네까짓 게 어떻게 감히 그런 말을 해!"

민친 교장은 책을 집어 들고 남은 음식을 마구잡이로 바구니에 쓸어 담은 후 어멘가드에게 거칠게 안겨주었다. 그러고는 어멘가드의 등을 떠밀고 문으로 향하며 말했다.

"난 갈 테니 생각을 하든 뭘 하든 맘대로 해라. 당장 잠자리에 누워!"

민친 교장은 비틀비틀 걷는 불쌍한 어멘가드를 데리고 나간 뒤 문을 쾅 닫았다. 홀로 남은 세라는 방 안에 우두커니 서 있었다.

즐거운 상상은 다 끝났다. 벽난로의 종이 뭉치에서 타오르던 마지막 불꽃마저 사그라들고 불 피울 때 썼던 불쏘시개만 까맣게 탄 채로 남아 있었다. 빨간 탁자보도 사라졌다. 금으로 만든 접시와 화려하게 수놓은 냅킨도, 아름다운 꽃 장식도 마법의 힘을 잃고 오래된 손수건과 빨갛고 하얀 종이 쪼가리, 인조 꽃송이로 돌아가 바닥에 흐트러져 있었다. 악단도 어느새 떠나 버려 비올과 바순 소리도 들리지 않았다. 에밀리는 벽에 등을 기대고 앉아 앞만 열심히 쳐다보고 있었다. 에밀리를 본 세라는 그쪽으로 가서 떨리는 손으로 에밀리를 안아 올렸다.

세라가 말했다.

"파티가 끝나버렸어, 에밀리. 공주님은 사라지고 바스티유 감옥의 죄수만 남았어."

세라는 주저앉아 얼굴을 감쌌다. 만약 그때 얼굴을 감싸지 않았다면, 우연히 고개를 들어 천장으로 난 창문을 올려다보았다면, 어떻게 되었을까? 그랬다면 아는 얼굴을 발견하고 깜짝 놀랐을 것이다. 아마 이날 밤의 일은 전혀 다른 방향으로 마무리되었을지도 모른다. 아까 어멘가드와 이야기하고 있을 때 나타났던 사람이 지금 다시 유리창에 얼굴을 바짝 갖다 대고 다락방 안을 들여다보고 있었던 것이다.

하지만 세라는 위를 올려다보지 않았다. 한참 동안 조그마한 까만 머리를 팔에 묻고 앉아 있었다. 세라는 뭔가 조용히 참아내려고 할 때 항상 그런 모습으로 앉아 있었다. 한참 후 자리에서 일어난 세라는 천천히 침대 쪽으로 갔다. 그러면서 이렇게 중얼거렸다.

"깨어 있는 동안에는 아무런 상상도 할 수가 없어. 아무리 애써 봐도 소용이 없어. 잠이 들면 꿈속에서 상상이 펼쳐질지도 모르지."

세라는 침대 가장자리에 힘없이 주저앉았다. 피로와 허기가 온몸을 휘감고 있었다.

세라가 중얼거렸다.

"벽난로에서 난롯불이 환하게 타고 있다고 상상해야지. 수많은 작은 불꽃이 춤을 추듯 타오르는 거야. 그 앞에는 푹신한 의자가 있어. 그리고 그 옆에는 따끈따끈한 저녁 식사를 차려 놓은 조그만 탁자가 있는 거야. 그리고…….”

세라는 얇은 이불을 끌어다 덮었다.

“예쁘고 포근한 침대에 누워 있다고 상상해야지. 양털 담요를 덮고 있고 큼직한 베개는 구름처럼 폭신해. 그리고 또…….”

세라가 지쳐 있는 것이 차라리 다행인 상황이었다. 어느덧 눈이 스르르 감기며 깊은 잠에 빠져들었다.

얼마나 잤는지 모른다. 세라는 피곤한 나머지 곯아떨어져 있었다. 너무 곤히 잠들어서 멜키세덱이 가족들과 함께 찍찍거리며 우르르 몰려다녀도 모를 정도였다. 멜키세덱의 아기 쥐들이 전부 쥐구멍에서 기어 나와 투닥투닥 싸우고 뒹굴며 논다고 해도 전혀 알아차리지 못했을 것이다.

세라는 그러다 별안간 잠에서 깼다. 무엇 때문에 깼는지는 알아차리지 못했다. 사실 세라가 잠에서 깬 것은 실제로 소리가 났기 때문이었다. 하얀 옷을 입은 유연한 사람이 창문으로 살짝 빠져나간 후 다락방 창문을 달칵 닫는 소리였다. 그 사람은 창문 옆 슬레이트 지붕 위에 웅크리고 앉아 다락방 창문으로 안을 들여다보고 있었다. 하지만 다락방 안에서는 그 사람의 모습이 잘 보이지 않았다.

잠이 깬 세라는 바로 눈을 뜨지 않았다. 졸리기도 했고 이상하리만큼 따뜻하고 편안했기 때문이었다. 아주 포근하고 아늑해서 잠에서 깬 것 같지 않았다. 아름다운 상상이 아니면 이제까지 이렇게 따뜻하고 안락했던 적이 없었다.

세라가 중얼거렸다.

"정말 근사한 꿈이야! 이렇게 따뜻하다니. 꿈에서 깨고 싶지가 않네."

꿈이 분명했다. 따뜻하고 기분 좋은 감촉의 이불에 폭 싸인 느낌이었다. 실제로 이불의 감촉이 느껴지기도 했다. 손으로 만져보았더니 오리털을 채워 넣은 새틴 이불과 똑같은 느낌이었다. 이 기분 좋은 꿈에서 깰 수는 없었다. 그대로 가만히 누워서 계속 꿈을 꾸어야 했다.

하지만 그럴 수가 없었다. 눈을 꼭 감고 있었지만 안타깝게도 잠에서 깨고 말았다. 방 안에 뭔가 자꾸 세라의 잠을 깨우는 것이 있었기 때문이었다. 뭔가 빛나는 느낌이었다. 소리도 들리는 듯했는데, 난롯불이 타닥타닥 타오르는 소리였다.

세라가 슬픈 표정으로 중얼거렸다.

"아, 잠이 깨 버렸네. 아쉽지만 어쩔 수 없지."

세라는 자기도 모르게 눈을 번쩍 뜨고는 미소를 지었다. 다락방의 풍경은 지금까지 전혀 본 적 없는 광경이었고, 앞으로도 영영 볼 수 없는 모습이었다.

"어머, 잠이 깬 것이 아니었구나. 아직 꿈속인가 봐."

소곤소곤 중얼거린 세라는 몸을 일으켜 사방을 둘러보았다. 꿈이 틀림없다고 생각했다. 꿈이 아니라면 이런 일이 일어날 리 없었다.

잠에서 깨어났는데도 꿈속에 있는 기분이 드는 것은 이상한 일일지도 모른다. 하지만 세라의 눈앞에 펼쳐진 광경은 믿어지지 않는 것이었다. 벽난로에는 장작불이 활활 타오르고 있었다. 벽난로 안에 걸린 조그만 놋쇠 주전자에서는 물이 보글보글 끓고 있었다. 바닥에는 푹신하고 따뜻한 진홍색 양탄자가 깔려 있었다. 난롯가에는 쿠션을 깐 접이식 의자가 놓여 있었다. 의자 옆에는 역시나 접이식인 작은 탁자가 있었다. 하얀 식탁보를 깐 탁자 위에는 조그만 뚜껑을 덮어놓은 접시와 찻잔, 찻주전자가 놓여 있었다. 침대에는 따뜻한 새 이불과 새틴 오리털 이불이 있었다. 발치에는 솜을 넣은 독특한 실크 옷과 누비 슬리퍼, 그리고 책이 몇 권 놓여 있었다. 세라의 꿈속 다락방은 요정 나라의 방으로 변신한 것 같았다. 장밋빛 전등갓을 씌워 탁자 위에 켜 놓은 환한 등불 덕분에 방 안 가득 따뜻한 불빛이 넘실거렸다. 세라는 팔꿈치로 몸을 괴고 앉았다. 숨이 차올랐다.

세라가 가쁜 숨을 쉬며 중얼거렸다.

"사라지지 않네. 이런 꿈은 처음이야."

세라는 움직일 엄두가 나지 않았지만, 이내 이불을 젖히고 기쁨에 찬 미소를 지으며 바닥에 발을 내려놓았다.

"나는 꿈을 꾸고 있는 거야. 꿈속에서 침대를 내려오고 있어."

세라의 귀에도 자기 목소리가 들렸다. 세라는 방 한가운데 일어나서서 천천히 주위를 둘러보았다.

"꿈이 진짜가 되는 꿈을 꾸고 있나 봐! 꿈속인데 진짜처럼 느껴져.

다락방이 마법에 걸렸나? 아니면 내가 마법에 걸렸는지도 모르지. 이 모든 게 보이는 것 같지만 실은 상상일 뿐이야."

그러다가 서둘러 소리쳤다.

"계속되기만 한다면 상상이라도 뭐 어때? 난 상관없어!"

세라는 잠시 숨을 몰아쉬다가 다시 큰 소리로 말했다.

"아, 이건 진짜가 아니야! 진짜일 리 없어! 그런데 너무 진짜 같아!"

세라는 타오르는 난롯불 쪽으로 다가가 무릎을 꿇고 앉아 손을 뻗었다. 그러다 생생하게 뜨거운 열기를 느끼고는 깜짝 놀라 뒤로 물러섰다.

세라가 외쳤다.

"꿈이고 상상이라면…… 불이 뜨거울 리 없어!"

벌떡 일어난 세라는 탁자와 접시, 양탄자를 만져보았다. 침대로 가서 이불도 만져보았다. 솜이 든 부드러운 실내복을 집어 들더니 갑자기 옷을 꼭 끌어안고 볼에 갖다 대어보았다.

"따뜻해. 부드러워! 이건 진짜야. 틀림없어!"

세라의 목소리는 거의 흐느끼는 것처럼 들렸다.

세라는 급히 옷을 걸치고 슬리퍼를 신었다. 그리고 큰 소리로 외쳤다.

"옷도 신발도 진짜야. 모두 진짜야! 상상이 아냐. 꿈을 꾸고 있는 게 아니라고!"

세라는 비틀거리며 책 쪽으로 가서 맨 위에 놓인 책을 펼쳤다. 책표지 안쪽에 짤막한 글이 쓰여 있었다.

다락방 아이에게. 친구가.

그 글을 읽은 세라가 책에 얼굴을 파묻고 울음을 터뜨린 것도 무리는 아니었다.

"누군지는 모르지만 나를 걱정해주는 사람이 있는 거야. 나에게 친구가 있어."

세라는 촛불을 들고 살금살금 다락방에서 나왔다. 그리고 베키의 방으로 들어가 침대 가까이에 섰다. 세라는 최대한 힘주어 소곤소곤 베키를 깨웠다.

"베키 언니, 베키 언니! 일어나 봐!"

잠에서 깬 베키의 얼굴에는 아직도 눈물 자국이 남아 있었다. 베키는 솜이 든 호화로운 빨간 비단 옷을 입고 침대 옆에 서 있는 세라를 보고 벌떡 일어났다. 그리고 놀란 눈으로 세라를 쳐다보았다. 눈부시게 환한 세라의 얼굴이 시야를 밝혔다. 침대 옆에 촛불을 들고 서 있는 세라는 베키가 기억하는 세라 공주님의 모습이었다.

세라가 말했다.

"내 방으로 가자. 베키 언니, 어서!"

베키는 너무 놀라서 아무런 대답도 할 수 없었다. 베키는 입을 딱

벌리고 눈은 휘둥그레진 채로 조용히 세라를 따라갔다.

자기 방 문턱을 넘어선 세라는 조용히 문을 닫고 베키를 따뜻하게 빛나는 방 안으로 안내했다. 베키는 눈앞이 빙글빙글 도는 것 같았다. 놀라서 배고픈 것도 잊을 지경이었다.

세라가 말했다.

"이거 진짜야. 진짜라고! 내가 다 만져봤어. 다 진짜야. 우리가 자는 동안 마법이 와서 이렇게 해놓았나 봐. 최악의 상황이 일어나지 않게 해주는 마법 말이야."

16
손님

    그 후 두 아이가 얼마나 즐거운 시간을 보냈을지 상상이 갈 것이다. 두 아이는 난롯가에 자리를 잡았다. 난롯불이 조그만 철망 위에서 기세 좋게 활활 타오르고 있었다. 접시 위에 덮어 놓은 뚜껑을 열자 따끈따끈하고 먹음직스러운 진한 수프가 담겨 있었다. 그것만으로도 한 끼 식사가 될 것 같은데, 샌드위치와 토스트, 머핀도 둘이 먹고 남을 만큼 넉넉하게 차려져 있었다. 베키는 세면대에 있던 머그컵으로 차를 마셨는데, 차가 아주 맛있어서 다른 음식이라고 애써 상상할 필요가 없었다. 두 아이는 따뜻하고 배불리 먹을 수 있어 행복했다. 이런 이상한 행운이 진짜라는 것을 알게 되자, 세라는 평소의 자신처럼 마음껏 즐거워했다. 워낙 상상의 세계에 단련되어 있어서 아무리 놀라운 일이 일어나도 감당할 수 있었다. 당황스러운 마음도 금세 사라졌다.

세라가 말했다.

"내가 아는 사람 중에는 이런 일을 할 수 있는 사람이 없는데. 하지만 그런 사람이 있긴 있나 봐. 그러니까 우리가 여기 이렇게 불을 쬐며 앉아 있는 거겠지? 이건 진짜야! 누구인지도 어디에 있는지도 모르지만 나에게 친구가 있는 거야, 베키 언니. 내 친구가 있다고!"

활활 타는 난롯불 앞에 앉아 영양이 풍부한 음식을 배불리 먹다니, 두 아이는 두려울 정도로 기뻐서 믿어지지 않는다는 듯 서로를 바라보았다.

베키가 머뭇거리며 조그맣게 말했다.

"갑자기 사라져 버릴 수도 있지 않을까요, 아가씨? 그렇다면 빨리 먹어버리는 게 좋지 않아요?"

말을 마친 베키는 샌드위치를 잔뜩 입에 물었다. 꿈이라면 부엌에서 먹듯 볼품없이 먹어도 괜찮을 것 같았다.

세라가 대답했다.

"아냐, 없어지지 않을 거야. 나는 지금 실제로 이 머핀을 먹고 있고 맛도 느껴지는걸. 꿈에서는 진짜로 먹지는 못하잖아. 이제 먹을 거라고 생각만 하지. 게다가 난 계속 내 몸을 꼬집어보고 있어. 아까는 뜨거운 석탄을 일부러 만져보기도 했고."

마침내 달콤한 졸음이 밀려들면서 두 아이는 하늘에 둥둥 떠 있는 듯한 기분이 들었다. 배고픔이라고는 모르던 행복한 어린 시절에 느꼈던 나른한 기분이었다. 두 아이는 타오르는 난롯불 옆에 앉아 한가로이 졸기 시작했다.

그러다 문득 세라가 새로운 침대 쪽으로 눈길을 돌렸다. 베키와 나누어 덮어도 될 만큼 이불이 많았다. 그날 밤 옆 다락방의 좁은 잠자리는 베키가 그동안 바라던 것보다 더 편안해졌다.

세라의 방을 나갈 때 베키는 문가에서 열심히 주위를 둘러보았다.

"이 모든 것이 아침이면 사라진다 해도 어쨌든 오늘 밤에는 여기 있었잖아요. 전 절대 잊지 않을 거예요."

베키는 방 안의 물건들을 기억에 담으려는 듯 하나하나 바라보았다. 그러고는 손가락으로 난롯불을 가리키며 말했다.

"저기서 난롯불이 타오르고 있었어요. 그 앞에는 탁자가 있었고요. 저기 있던 등불은 장밋빛으로 빛났어요. 아가씨 침대에는 새틴 이불이 있었고, 바닥에는 따뜻한 양탄자가 깔려 있었어요. 모든 것이 너무 아름다웠어요."

베키는 잠시 말을 멈추고 손을 배에 살짝 얹었다.

"수프와 샌드위치, 머핀도 여기 있었어요. 분명히 있었어요."

적어도 그것만은 진짜라고 생각하며 베키는 자기 방으로 돌아갔다.

아침이 되자 학교에 소문이 다 퍼져 학생들과 하인들도 지난밤의 일을 자세히 알게 되었다. 세라 크루는 톡톡히 창피를 당했고, 어멘가드는 벌을 받는 중이며, 베키는 아침 식사 전에 짐을 싸서 학교를 나갈 뻔했지만 당장 부엌일하는 하녀가 없으면 아쉬워서 내쫓지 못했다는 이야기였다. 하인들은 민친 교장이 베키를 쫓아내지 못할 줄 알고 있었다. 몇 푼 안 되는 월급을 주면서 노예처럼 부려먹을 힘없고 고분고분한 아이를 다시 찾기가 쉽지 않기 때문이었다. 큰 학생들은 세라가 쓸모 있기 때문에 민친 교장이 내쫓지 않는 거라고 수군거렸다.

제시가 라비니아에게 말했다.

"어쨌든 세라는 부쩍 크고 있고 공부도 많이 하니까 곧 수업을 맡게 될 거야. 세라는 돈 한 푼 주지 않아도 일을 할 거 아냐. 그나저나 다락방에서 재미있게 노는 걸 일러바치다니, 라비니아 너도 좀 너무했다. 어떻게 알게 된 거야?"

라비니아가 젠 체하며 말했다.

"로티한테서 알아냈지. 워낙 멍청한 어린애라 저도 모르게 나한테 다 말해버렸지 뭐야. 민친 교장선생님한테 이른 게 뭐가 나쁘다는 거니? 당연히 할 일을 한 것뿐이야. 세라는 교장선생님을 속인 거잖아. 그런데도 도도한 척 굴다니, 말도 안 돼. 누더기를 입고 있는데도 다들 그렇게 떠받들어주고 말이야!"

"민친 교장선생님한테 들켰을 때 그 애들은 뭘 하고 있었을까?"

"또 바보 같은 상상 놀이를 하고 있었겠지, 뭐. 어멘가드가 세라와

베키랑 나눠 먹으려고 음식 바구니를 가지고 올라갔잖아. 우리한테
는 같이 먹자는 말도 안 하면서. 그런 걸 신경 쓰는 건 아니지만 다락
방에서 하녀들하고 음식을 나눠 먹다니 좀 천박하잖아. 민친 교장선
생님이 세라를 쫓아내지 않은 게 놀라운 거지. 아무리 교사로 쓰고 싶
다고 해도 너무해."

그러자 제시가 약간 걱정스러운 얼굴로 물었다.

"만약 쫓겨난다면 세라는 어디로 갈까?"

라비니아가 톡 쏘아붙였다.

"내가 어떻게 알아? 어제 그런 일을 당했으니 오늘 아침에 교실로
들어오면 꼴이 말이 아닐 거야. 어제 저녁도 못 먹은 데다 오늘 하루
종일 아무것도 못 먹는대."

제시는 어리석긴 해도 심술궂은 아이는 아니어서 불쑥 책을 집어
들며 말했다.

"야, 그건 너무한 것 아냐? 세라를 굶겨 죽일 권리는 누구에게도 없
잖아."

그날 아침 주방장과 하녀들은 부엌 안으로 들어온 세라를 힐끔 바
라보았다. 세라는 서둘러 사람들 옆을 지나쳤다. 세라는 약간 늦잠을
잤고 베키도 마찬가지였다. 둘은 얼굴 볼 틈도 없이 각자 허둥지둥 아
래층으로 내려왔다.

세라가 부엌방으로 설거지하러 들어가 보니 베키는 조그맣게 콧노

래를 흥얼거리며 솥을 박박 닦고 있었다. 베키는 행복한 표정으로 세라를 올려다보았다.

"아침에 깨어 보니 그대로 있었어요, 아가씨. 이불 말이에요. 어젯밤처럼 진짜였어요."

베키가 들뜬 표정으로 소곤소곤 말했다.

세라가 대답했다.

"내 것도 그랬어. 지금 다 그대로 있어. 모두 다. 옷 갈아입으면서 어제 남았던 음식도 좀 먹었고."

"어머나, 세상에! 이런 일이 다 있네요!"

베키는 기쁨에 들뜬 목소리로 감격하며 몇 마디 중얼거리다가 다시 고개를 숙여 솥을 바라보았다. 때마침 주방장이 부엌에 들어왔다.

민친 교장도 라비니아와 마찬가지로 세라가 교실 안으로 들어오는 모습을 보려고 잔뜩 벼르고 있었다. 세라는 아무리 심하게 다루어도 울거나 겁내지 않았기 때문에 늘 짜증스러웠고, 수수께끼같이 알 수 없는 아이였다. 혼을 내면 꼼짝 않고 서서 진지한 표정으로 예의 바르게 귀를 기울였다. 일을 더 시키거나 식사를 주지 않아도 불평 한마디 하지 않았고 반항하는 기색도 없었다.

민친 교장은 세라가 건방진 말대답을 하지 않으니 더욱 부아가 치밀었다. 하지만 어제부터 굶주린데다 밤에는 지독한 소동도 겪었고 오늘도 하루 종일 아무것도 먹지 못할 테니, 제아무리 세라라도 태연

할 리 없었다. 아래층으로 내려오는 세라의 얼굴이 핼쑥하고 눈은 빨갛게 부은데다 비참하고 풀 죽은 표정을 하고 있지 않다면, 그것이 오히려 더 이상한 일이었다.

민친 교장이 그날 처음 세라의 모습을 본 것은 프랑스어 수업 시간이었다. 세라는 어린 학생들의 프랑스어 수업을 듣고 연습 문제 푸는 것을 감독하러 교실 안으로 들어왔다. 그런데 기대와 달리 세라는 활기찬 발걸음으로 들어왔다. 얼굴은 혈색이 좋았고 입가에는 미소마저 떠올라 있었다. 이렇게 놀라운 일은 처음이었다. 민친 교장은 충격을 받았다. 도대체 이 아이는 어떻게 된 아이일까? 어떻게 이럴 수 있지? 민친 교장은 세라를 자기 쪽으로 불러 다그쳤다.

"네가 얼마나 창피한 일을 저질렀는지 모르는 얼굴이로구나. 완전히 철면피가 된 모양이지?"

사실 아직 어린아이라면, 아니 어른이라고 해도 잘 먹은 다음 따뜻하고 포근한 잠자리에서 푹 자고 나면 우울할 리가 없고 비참해 보이지도 않는다. 게다가 요정 이야기에 나오는 꿈 같은 일을 경험하고 잠이 들었는데, 깨어 보니 여전히 사실이라면 풀 죽어 보일 이유가 없지 않은가? 아무리 애를 써도 즐거운 눈빛을 숨길 수 없을 것이다. 민친 교장은 흐트러짐 없이 예의 바르게 대답하는 세라를 보고 놀란 나머지 말문이 막힐 지경이었다.

세라가 말했다.

"죄송합니다, 민친 교장선생님. 저도 창피하다고 생각해요."

"그럼 그렇게 큰돈이라도 물려받게 된 사람처럼 굴지 않았으면 좋겠구나. 그 무슨 건방진 태도냐? 오늘은 아무것도 못 얻어먹으니 그런 줄 알고."

"네, 교장선생님."

세라는 얌전히 대답했다. 하지만 돌아서려는데 어제 일이 떠오르면서 가슴이 뛰었다. 세라는 생각했다.

'마법이 제때 나를 구해주지 않았다면 얼마나 끔찍한 기분이었을까!'

라비니아가 소곤거렸다.

"세라는 그다지 배고파 보이지 않는데. 저 얼굴을 좀 봐. 맛있는 아침을 먹었다고 상상하는 건가?"

라비니아가 심술궂게 웃었다.

제시는 세라가 어린 학생들을 가르치는 모습을 보면서 말했다.

"세라는 다른 애들하고는 달라. 가끔 좀 무섭다니까."

그러자 라비니아가 힘주어 말했다.

"말도 안 돼!"

그날 하루 종일 세라의 표정은 밝았고 안색도 좋았다. 하인들은 의아한 표정으로 세라를 힐끔힐끔 쳐다보며 자기들끼리 수군거렸다. 아멜리아 선생의 조그맣고 파란 눈에도 당황한 기색이 엿보였다. 불만스러운 상황을 당당하게 받아들이며 그토록 대담하게 행복한 표정

319

을 짓다니, 아멜리아 선생은 이해할 수가 없었다. 그것은 세라만의 독특하고 고집스러운 모습이었다. 어쩌면 이 난관을 용감하게 헤쳐 나가기로 결심한 것인지도 몰랐다.

세라는 깊이 생각해본 끝에, 간밤의 놀라운 일은 무슨 일이 있어도 비밀로 해야겠다고 결심했다. 물론 민친 교장이 세라의 다락방으로 올라오면 모든 사실이 드러날 것이었다. 하지만 민친 교장이 의심을 품지 않는다면 당분간 다락방까지 올라오는 일은 없을 것 같았다. 어멘가드와 로티는 엄격한 감시를 받을 테니 몰래 다락방을 찾아오기는 어려웠다. 어멘가드에게는 그 이야기를 해주고 비밀을 지켜 달라고 해도 괜찮을 것 같았다. 로티가 뭔가 눈치챈다 해도 로티 역시 비밀을 지켜줄 것이다. 어쩌면 마법이 놀라운 기적을 감출 수 있도록 힘을 빌려줄지도 몰랐다.

세라는 하루 종일 이렇게 중얼거렸다.

"정말 무슨 일이 일어나든 이 세상 어딘가에 하늘이 내려준 다정한 나의 친구가 있는 거니까. 누구인지도 모르고 감사의 말조차 전하지 못한다 해도 결코 쓸쓸하지 않을 거야. 아, 마법이 있어서 얼마나 좋은지 모르겠어!"

어제도 말할 수 없이 험악한 날씨였지만 오늘은 더했다. 비는 더 많이 왔고 질척거림과 추위도 훨씬 심했다. 심부름 갈 일도 어제보다 많았다. 주방장은 더 짜증을 부렸다. 간밤에 세라가 혼난 것을 알고 더 악랄하게 굴었다. 하지만 마법을 친구로 둔 만큼 세라는 개의치 않았다. 어젯밤 먹은 음식 덕분에 기운이 났다. 밤이 되면 따뜻하게 푹 잘 것이라 생각하니 마음도 든든했다. 저녁 무렵이면 당연히 배가 고파오겠지만 내일은 다시 아침을 먹을 수 있을 테니, 그때까지 견딜 수 있을 것 같았다. 세라는 아주 늦게야 다락방으로 올라갈 수 있었다. 교실로 가서 열 시까지 공부하라는 지시를 들었고, 공부가 재미있어서 훨씬 늦게까지 책을 읽었던 것이다.

공부를 마친 세라는 계단을 다 올라 다락방 문 앞에 섰을 때 가슴이 두근거렸다. 세라는 마음을 다독이려 애쓰며 소곤소곤 혼잣말을 했다.

"모두 사라지고 원래대로 돌아가 있을지도 몰라. 힘들었던 어젯밤 딱 하루만 나를 도와주었던 것인지도 모르지. 하지만 도움의 손길은 정말 나타났고 나는 도움을 받았어. 그건 진짜였어."

세라는 문을 열고 안으로 들어가서 살짝 심호흡을 하고 문을 닫았다. 그리고 돌아서서 방을 둘러보았다.

마법은 다시 나타나 있었다. 게다가 전날보다 훨씬 더 많은 일을 해놓고 갔다. 근사한 불꽃이 넘실거리는 난롯불은 어제보다 더 따스하게 타오르고 있었다. 새로 물건도 늘어서 다락방은 전혀 다른 방처럼 보였다. 어젯밤에도 한 번 겪은 일이어서 그렇지, 꿈이 아닐까 착각할 정도였다. 나지막한 탁자에는 저녁 식사가 또 차려져 있었다. 이번에는 베키의 컵과 접시도 있었다. 낡은 벽난로 선반은 독특한 자수 장식에 화사하고 두꺼운 천으로 덮여 있었고, 그 위에는 장식품이 놓여 있었다. 휑하고 보기 흉한 것은 멋진 천을 덮어 근사하게 가려놓았다. 화려한 색에 독특한 소재의 천이 가늘고 뾰족한 압정으로 벽에 고정되어 있었다. 압정은 잘 다듬어져서 망치질을 하지 않아도 회칠을 한 목재 벽에 잘 들어갔다. 멋진 부채도 벽에 걸려 있었다. 큼직한 쿠션도 여러 개 있었는데 깔고 앉아도 될 만큼 크고 속이 꽉 찬 상태였다. 나무 상자에는 깔개를 덮고 쿠션을 얹어 놓아 소파 같았다.

문 앞에 서 있다가 쿠션을 얹은 나무 상자 쪽으로 천천히 가서 앉은 세라는 방 안을 둘러보고 또 둘러보았다. 그러면서 중얼거렸다.

"요정 이야기가 현실이 된 것 같아. 요정 이야기와 뭐가 달라? 다이아몬드든 황금 자루든 바라는 건 뭐든지 나타날 것만 같아. 그렇다 해도 이것보다 더 신기하지는 않을 거야. 여기가 내 다락방 맞아? 내가 흠뻑 젖은 누더기를 입고 추위에 떨던 그 세라가 맞을까? 난 요정들이 있다고 열심히 상상했고, 실제로 있었으면 좋겠다고 바랐지! 늘 요정 이야기가 현실이 되기를 꿈꿨는데, 지금 내가 요정 이야기 속에서 살고 있잖아. 어쩌면 내가 요정이라서 뭐든 다른 것으로 바꿔 놓을 수 있는지도 몰라."

세라는 벽을 두드려 옆 감방 죄수에게 이쪽으로 오라는 신호를 보냈다.

잠시 후 방으로 들어온 베키는 놀라서 바닥에 엉덩방아를 찧을 뻔했다. 베키는 잠시 숨도 제대로 쉬지 못했다.

"세상에, 어떻게 이런 일이!"

세라가 말했다.

"보는 대로야."

그날 밤 베키는 벽난로 앞 양탄자에 놓인 쿠션을 깔고 앉아 자기 찻잔으로 차를 마셨다.

세라가 잠자리에 들려고 보니 두꺼운 새 매트리스와 크고 폭신한 베개가 몇 개 있었다. 세라는 어제 썼던 매트리스와 베개를 베키의 침대로 옮겨주었다. 덕분에 베키도 난생처음 포근한 잠자리가 생겼다.

베키가 행복에 겨운 얼굴로 물었다.

"어휴, 이게 다 어디서 온 걸까요? 대체 누구일까 궁금해요, 아가씨."

그러자 세라가 말했다.

"우리 그런 건 궁금해하지 말자. 정말 고맙다고 감사 인사를 하려는 게 아니라면 모르는 게 나아. 그편이 더 아름답잖아."

그때부터 하루하루 더욱 놀라운 일이 펼쳐졌다. 요정 이야기는 계속되었다. 매일같이 기적이 펼쳐졌다. 밤이 되어 세라가 문을 열고 들어갈 때마다 편리한 물건과 장식품이 새로 늘었다. 얼마 지나지 않아 다락방은 온갖 독특하고 호화로운 물건으로 가득 찬 아름다운 방이 되었다. 보기 흉한 벽은 그림과 예쁜 천으로 뒤덮였고, 아이디어가 기발한 접이식 가구도 여럿 생겼다. 위쪽 책꽂이에는 책이 꽉 차 있었고

안락하고 편리한 물건이 하나씩 늘었다. 더 바랄 게 없을 정도였다. 아침이 되면 세라는 전날 밤 남은 음식을 탁자 위에 놔두고 아래층으로 내려갔다. 저녁때 다락방으로 돌아오면 마법이 남은 음식을 수거하고 다시 맛있는 음식을 갖다 놓아 주었다.

민친 교장은 언제나처럼 모질고 모욕적인 말과 행동을 일삼았다. 아멜리아 선생은 불평이 심했고 하인들은 천박하고 무례했다. 세라는 날씨가 어떻든 심부름을 다녔고 여기저기서 꾸중을 들으며 혹사당했다. 어멘가드나 로티와 이야기를 나눌 기회도 거의 없었다. 라비니아는 날이 갈수록 허름해지는 세라의 옷을 보고 비아냥거렸다. 다른 학생들도 세라가 교실에 들어오면 호기심에 찬 눈길로 빤히 쳐다보았다. 하지만 멋지고 신비로운 요정 이야기 속에서 살고 있는 세라에게 그런 것은 중요치 않았다. 굶주린 영혼을 위로하고 절망에 빠지지 않으려고 만들어냈던 상상 속 이야기보다 훨씬 낭만적이고 즐거운 나날이 펼쳐지고 있었기 때문이다. 가끔은 혼날 때조차 웃음이 나오려고 해서 참기 힘들었다.

세라는 마음속으로 이렇게 생각했다.

'지금은 나를 혼내지만 진실을 알게 된다면 어떨까?'

세라는 편안하고 행복한 생활을 하며 건강해졌다. 가슴속에는 항상 희망을 품고 지냈다. 흠뻑 젖어 지치고 허기진 몸으로 심부름을 다녀와도 다락방으로 올라가면 곧 따뜻해지고 잘 먹을 수 있다는 믿음이 있었다. 고달픈 하루를 보내는 중에도 다락방 문을 열면 눈앞에 펼쳐질 아늑한 세상을 떠올렸다. 오늘은 또 무슨 즐거운 일이 기다리고 있을지 생각하면 뛸 듯이 기뻤다. 얼마 지나지 않아 세라는 그다지 여위어 보이지 않게 되었다. 얼굴에 혈색이 돌아왔고 큼직한 눈도 지나치게 퀭해 보이지 않았다.

민친 교장은 동생 아멜리아 선생에게 못마땅하다는 듯 말했다.

"세라 크루는 놀라울 정도로 건강해 보이네."

딱하게도 눈치 없는 아멜리아 선생이 이렇게 말했다.

"그러게요. 확실히 살이 좀 올랐죠. 늘 굶주린 까마귀처럼 보였는데 이젠 좀 덜해요."

민친 교장이 신경질을 냈다.

"굶주려? 굶주린 것처럼 보일 이유가 뭐 있어? 항상 충분히 먹고 있잖아!"

아멜리아 선생은 또 말을 잘못했구나 싶어 깜짝 놀라며 잔뜩 움츠러든 채 맞장구를 쳤다.

"아, 물론 그렇죠."

민친 교장은 거만한 말투로 알 듯 말 듯한 얘기를 했다.

"세라는 그 나이 또래 아이들 같지 않은 데가 있어서 아주 거슬려."

아멜리아 선생이 조심스럽게 물어보았다.

"그게 뭔데요?"

"반항한다고 해야 하나……."

민친 교장은 이렇게 대답했지만 짜증이 났다. 자신이 분하게 생각하는 것은 반항 같은 것이 아니었지만 별다른 말이 떠오르지 않았다.

"다른 아이라면 하루아침에 처지가 뒤바뀌었으니 의욕도 활기도 없이 움츠러들어 슬퍼하기만 했을 거야. 그런데 아무리 봐도 세라는 별로 기가 꺾인 것 같지 않아. 마치 공주라도 되는 것처럼 도도하잖아."

아멜리아 선생이 눈치 없이 끼어들었다.

"기억나요, 언니? 전에 교실에서 세라가 그랬잖아요. 자기가 공주인 걸 언니가 알면 어떻게 될까……."

"아니, 기억 안 난다. 말도 안 되는 소리 그만 해."

민친 교장은 말을 잘랐지만 사실 똑똑히 기억하고 있었다.

한편, 베키도 자연히 살이 붙었고 겁에 질린 표정도 줄었다. 그럴 수밖에 없었다. 비밀 요정 이야기 속에 베키도 함께 있었기 때문이었다. 침대에는 매트리스가 두 개, 베개 두 개에 이불도 여러 개 있었다. 두 아이는 날마다 따끈한 음식을 먹고 쿠션을 깔고 앉아 난롯불을 쬐었다. 바스티유 감옥은 사라졌고 죄수도 없었다. 몸도 마음도 편안해진 두 아이가 즐겁게 앉아 있었다. 세라는 책을 소리 내어 읽기도 했고, 어떤 날은 공부를 하기도 했다. 난롯불을 바라보며 앉아 이 모든 것을 보내준 친구가 누구일까 상상하기도 했으며, 그 친구에게 마음속 이야기를 해줄 수 있으면 좋겠다고 생각했다.

그러던 어느 날, 놀라운 일이 또 일어났다. 어떤 사람이 학교를 찾아와 선물 상자를 여러 개 놓고 간 것이다. 모두 큼직한 글씨로 '오른쪽 다락방의 여자아이에게'라고 쓰여 있었다.

세라가 직접 문을 열어주고 상자를 가지고 들어왔다. 제일 큰 상자 두 개를 현관 탁자에 올려놓고 주소를 살펴보는데, 민친 교장이 계단을 내려오다가 그 모습을 보았다.

민친 교장이 엄하게 지시했다.

"얼른 상자를 학생에게 갖다주거라. 거기 서서 쳐다보고 있지만 말고."

세라가 차분하게 대답했다.

"이건 저한테 온 거예요."

민친 교장이 놀라서 물었다.

"너한테? 그게 무슨 소리냐?"

세라가 말했다.

"누가 보낸 건지는 모르겠지만 받는 사람이 저로 되어 있어요. 제가 오른쪽 다락방을 쓰잖아요. 베키 언니가 왼쪽 방이고요."

민친 교장은 세라 쪽으로 가서 흥분한 표정으로 선물 상자를 살펴보더니 따지듯 물었다.

"안에 뭐가 든 거냐?"

세라가 대답했다.

"모르겠어요."

그러자 민친 교장이 명령했다.

"열어 봐."

세라는 시키는 대로 상자를 열었다. 상자를 열자 갑자기 민친 교장의 표정이 일그러졌다. 상자에 든 것은 편안해 보이는 예쁜 옷이었다. 신발과 스타킹에 장갑도 있을 뿐더러 따뜻하고 근사한 코트도 들어 있었다. 멋진 모자와 우산까지 있었다. 모두 값비싼 물품이었다. 코트 주머니에는 쪽지가 핀으로 꽂혀 있었는데, 쪽지에는 '평소에 입어요. 필요하면 다른 걸 더 보내줄게요.'라고 쓰여 있었다.

민친 교장은 몹시 불안해졌다. 순수하지 못한 민친 교장의 눈에 이번 일은 아주 이상했다. 혹시 자신이 실수한 것은 아닐까 하는 걱정이 들었다. 의지할 데 없는 아이인 줄 알았는데, 막강하지만 별난 후원자가 뒤에 있는 것은 아닐까? 어쩌면 알려지지 않은 친척이 갑자기 세라의 행방을 찾아내어 비밀에 싸인 엉뚱한 방법으로 세라를 돌보기로 한 것은 아닐까?

가끔은 아주 별난 친척도 있는 법이다. 특히 가족이 없는 부자 노인은 친척 아이를 가까이 두는 것보다 멀리서 그 아이가 잘 지내는지 지켜보는 것을 더 좋아할지도 모른다. 하지만 그런 사람은 십중팔구 괴팍하고 성격이 불같아서 쉽게 화를 낸다. 만약 그런 사람이 세라의 친척이어서 세라가 얇고 허름한 옷을 입고 잘 먹지도 못하는 데다 고된 일을 한다는 사실을 전부 알게 된다면 좋을 게 없었다. 민친 교장은 몹시 찜찜하고 불안한 기분이 들어 세라를 힐끗 쳐다보았다.

민친 교장은 세라가 아버지를 잃은 후로 들어본 적 없는 다정한 목소리로 말했다.

"어머나, 너에게는 아주 고마운 분이로구나. 애써 보내주신 것이기도 하고 옷이 낡았으니 가서 단정하게 갈아입도록 해라. 옷을 갈아입은 후에는 아래층으로 내려와 교실에서 공부를 해도 좋아. 오늘은 심부름하러 나가지 않아도 된다."

삼십 분쯤 후 교실 문이 열리고 세라가 들어오자 모든 학생이 깜짝 놀라서 교실 안이 조용해졌다.

제시가 라비니아의 팔꿈치를 쿡쿡 찌르며 말했다.

"세상에, 세라 공주님이잖아!"

모두 세라를 쳐다보고 있었다. 라비니아는 세라의 모습을 보고 얼굴이 새빨개졌다.

세라는 정말 공주님같은 모습이었다. 적어도 세라의 처지가 바뀐 후로는 지금 같은 차림을 했던 적이 없었다. 몇 시간 전에 뒤쪽 계단을 내려오던 세라와 완전히 다른 사람인 것 같았다. 지금 세라는 라비니아가 예전에 부러워하던 옷을 입고 있었다. 진하고 따뜻한 색감의 아름다운 옷이었다. 발은 제시가 감탄했던 때와 마찬가지로 작고 갸름해 보였다. 머리카락은 숱이 많아 풀어놓으면 조그맣고 독특한 얼굴이 셰틀랜드 조랑말(영국 셰틀랜드 지방에 사는 털빛이 아름답고 튼튼한 조

랑말: 옮긴이)처럼 보였는데, 오늘은 머리를 뒤에서 하나로 모아 리본으로 묶고 있었다.

　제시가 소곤소곤 말했다.

　"어쩌면 누가 큰 재산을 물려주었는지도 몰라. 나는 늘 세라한테 무슨 일이 일어날 것 같더라고. 애가 워낙 독특하잖아."

　라비니아가 냉랭한 표정으로 말했다.

　"갑자기 다이아몬드 광산이라도 다시 나타났나 보지. 그렇게 쳐다보지 마, 바보야. 세라가 우쭐해할 것 아냐."

　그때 민친 교장이 낮은 목소리로 세라를 불렀다.

　"세라는 이쪽으로 와서 앉아라."

교실 안 모두가 세라를 빤히 쳐다보았고 팔꿈치로 서로를 쿡쿡 찌르며 호기심에 들뜬 기분을 감추려 하지 않았다. 세라는 예전에 앉던 우등생 자리에 앉아 고개를 숙이고 책을 들여다보았다.

그날 밤 다락방으로 돌아온 세라는 베키와 함께 앉아 저녁을 먹은 후 오랫동안 진지한 표정으로 난롯불을 바라보았다.

"뭔가 이야기를 만들고 계신 거예요, 아가씨?"

베키는 존경 어린 눈빛으로 부드럽게 물었다. 보통 세라가 말없이 앉아서 꿈꾸는 듯한 눈빛으로 난롯불을 바라보고 있으면 새로운 이야기를 만들고 있을 때가 많았다. 하지만 이번에는 아니었다. 세라는 고개를 저으며 대답했다.

"아니야. 내가 어떻게 해야 할까 생각하는 중이야."

베키는 여전히 존경스러운 눈빛으로 세라를 바라보았다. 베키는 세라의 모든 말과 행동에 존경심을 가득 품고 있었다.

세라가 말했다.

"계속 비밀 친구 생각을 하게 돼. 만약에 그분이 자신의 존재를 감추고 싶어 한다면 그분이 누구인지 알아내려고 하는 것은 무례한 일이잖아. 하지만 나는 내가 얼마나 감사하고 있는지 알리고 싶어. 그분 덕분에 내가 얼마나 행복하게 지내는지도 알려드렸으면 좋겠고. 친절을 베풀었으면 상대가 행복해졌는지 알고 싶을 테니까. 감사 인사보다 그런 것을 더 좋아할 거야. 내가 정말로 바라는 건……."

세라는 갑자기 말을 멈췄다. 구석 쪽 탁자 위에 놓인 물건이 눈에 띄었다. 이틀 전 다락방에 올라와서 발견한 것인데 종이와 봉투, 펜과 잉크를 갖춘 조그마한 필기구 상자였다.

세라가 외쳤다.

"아! 왜 저걸 생각하지 못했을까?"

얼른 자리에서 일어난 세라는 구석 쪽으로 가서 상자를 가지고 난롯가로 돌아왔다. 그리고 즐거운 표정으로 말했다.

"그분에게 편지를 써서 탁자 위에 놔두면 되겠다. 그러면 남은 음식을 치우면서 편지도 함께 가져갈지 몰라. 나는 그분에게 아무것도 물어보지 않을 거야. 감사 인사라면 싫어하지 않으시겠지. 그건 분명해."

세라는 편지를 썼다. 편지 내용은 다음과 같았다.

누구인지 드러내고 싶지 않을 수도 있는데, 제가 이런 편지를 드리는 것이 무례하다고 생각하지 않으셨으면 좋겠어요. 저는 무례하게 굴려는 것도 아니고 뭔가 알아내려고 하는 것도 아니니 믿어주세요. 그저 저에게 따뜻한 친절을 베풀어 주셔서 감사드리고 싶을 뿐이에요. 많은 도움을 주신 덕분에 모든 것이 요정 이야기 같아요. 정말 감사드려요. 저는 참 행복해요. 베키 언니도 그렇고요. 베키 언니도 저만큼 감사해하고 있어요. 저와 마찬가지로 베키 언니에게도 참 아름답고 근사한 일이거든요. 저희는 그동안 너무나 쓸쓸하고 춥고 배고팠지만 지금은…… 아, 저희에게 베풀어 주신 일을 생각만 해도 눈물이 날 것 같아요. 이 말씀만은 꼭 드리고 싶어요. 이것만큼은 반드시 말씀드려야 할 것 같아요. 정말 고맙습니다! 정말 정말 고마워요!

다락방 아이 드림.

다음날 아침 세라는 이 편지를 조그만 탁자 위에 올려놓았다. 저녁 때 와보니 다른 것들과 함께 편지도 없어져 있었다. 세라는 마법사가 편지를 받은 것을 알고 더욱 행복을 느꼈다. 잠자리에 들기 전 세라는 베키에게 새 책을 읽어주었는데, 그때 천장에 난 창문에서 무슨 소리가 들렸다. 세라는 책에서 고개를 들었다. 베키도 무슨 소리를 들었는지 위를 쳐다보며 불안한 표정으로 귀를 기울였다.

베키가 소곤소곤 말했다.

"뭔가 있나 봐요, 아가씨."

세라가 천천히 대답했다.

"응. 소리가…… 고양이 같은 것이 안으로 들어오려는 것 같아."

세라는 의자에서 일어나 창문 쪽으로 갔다. 살살 긁는 것 같은 작고 이상한 소리가 들렸다. 세라는 갑자기 무언가가 떠올라 웃음을 터뜨렸다. 전에 세라의 다락방으로 들어온 작고 독특한 손님이 생각난 것이었다. 세라는 바로 그날 오후에도 그 손님을 보았다. 손님은 인도 신사의 집 다락방 창문 앞 탁자 위에 쓸쓸하게 앉아 있었다.

세라는 기뻐하며 신이 나서 속삭였다.

"어쩌면 그 원숭이가 다시 도망친 건 아닐까? 그랬으면 좋겠다!"

세라는 의자 위에 올라서서 조심스럽게 창문을 올리고 빼꼼 내다보았다. 그날은 하루 종일 눈이 왔는데, 세라의 눈앞 지붕에 쌓인 눈 위에서 조그만 동물이 웅크린 채 바들바들 떨고 있었다.

세라가 외쳤다.

"그 원숭이야. 라스카의 다락방에서 몰래 빠져나와 불빛을 따라왔나 봐."

베키가 세라 쪽으로 달려와서 물었다.

"안으로 들여보내실 거예요, 아가씨?"

세라가 즐거운 표정으로 대답했다.

"응! 원숭이가 밖에 있기에는 너무 춥잖아. 허약한 동물이니까. 달래서 들어오게 할 거야."

세라는 조심스럽게 손을 내밀며 달래는 듯한 목소리로 원숭이에게 말을 건넸다. 세라는 참새들과 멜키세덱에게 말을 걸 때도 그랬다. 나도 너희와 마찬가지로 다정하고 힘없는 동물이라고 말하는 듯했다.

"이리 온, 귀여운 원숭아. 해치지 않을 거야."

원숭이는 세라가 자신을 해치지 않는다는 것을 이미 알고 있었다. 세라가 애정이 깃든 작고 부드러운 손으로 자신을 잡아 끌어당기기

전에 알았다. 람다스의 날렵한 갈색 손을 통해 인간의 사랑을 느껴온 원숭이는 세라의 손길에서도 그것을 느꼈다. 그래서 얌전히 세라의 손에 들려 다락방 창문으로 들어왔다. 세라가 안아주자 품에 꼭 안기며 세라의 얼굴을 올려다보았다.

세라는 콧노래를 부르며 원숭이의 우스꽝스러운 머리에 입을 맞춰 주었다.

"착하지, 귀여운 원숭아! 아, 나는 조그만 동물들이 너무나 좋아."

원숭이는 따스한 난롯가에 오자 확실히 기뻐하는 것 같았다. 세라의 무릎에 앉아서 호기심과 고마움이 뒤섞인 눈빛으로 두 아이를 번갈아 쳐다보았다.

베키가 말했다.

"예쁘지는 않네요, 아가씨."

세라가 웃음을 터뜨리며 말했다.

"아주 못생긴 아기처럼 생겼어. 미안하다, 원숭아. 네가 사람 아기가 아니라서 참 다행이야. 사람 아기였으면 엄마가 자랑은 못 하셨을걸. 가족 중 누구를 닮았다는 얘기도 차마 못 하셨을 거고. 아, 그래도 나는 네가 너무 좋아!"

의자 등받이에 기대어 뭔가를 곰곰

이 생각해보던 세라가 말했다.

"어쩌면 이 원숭이도 자기가 못생긴 게 싫을 수도 있어. 항상 마음에 걸리는 거지. 그런데 원숭이도 마음이 있을까? 사랑스러운 원숭아, 너도 마음이 있니?"

하지만 원숭이는 조그만 앞발을 들어 머리를 긁적일 뿐이었다.

베키가 물었다.

"원숭이를 어떻게 하실 거예요?"

"오늘 밤은 나하고 같이 자고 내일 인도 신사에게 돌려보내야겠어. 원숭아, 너를 돌려보내기는 아쉽지만 넌 가야 해. 너는 네 가족에게서 사랑을 받아야지. 나는 진짜 가족이 아니잖아."

세라가 잘 준비를 하면서 자기 발치에 잠자리를 마련해주자, 원숭이는 아기처럼 몸을 동그랗게 말고 잠이 들었다. 그 자리가 몹시 마음에 드는 듯했다.

17
그 아이

    다음날 오후 캐리스포드 씨의 서재에는 큰집 식구 중 세 아이가 찾아와 캐리스포드 씨의 기운을 북돋우려 애썼다. 아이들은 캐리스포드 씨의 특별 초대를 받아 이 서재에 들어와 놀 수 있었다. 캐리스포드 씨는 한창 마음을 졸이며 지내고 있었는데, 그날은 유독 아주 초조하게 누군가를 기다리고 있었다. 카마이클 씨가 모스크바에서 돌아오는 날이었던 것이다.

    카마이클 씨는 모스크바에서 돌아오는 날을 한주 두주 계속 미뤘다. 처음에는 러시아 부부의 행방을 제대로 알 수 없었다. 마침내 확실하게 찾았다고 생각하고 집에 가보니, 가족 모두 여행을 떠나고 없었다. 연락을 해보려 애썼지만 소용이 없었다. 결국 카마이클 씨는 그 가족이 여행에서 돌아올 때까지 모스크바에서 기다리기로 했다.

캐리스포드 씨는 안락의자에 앉고 재닛은 의자 옆 바닥에 앉았다. 캐리스포드 씨는 재닛을 아주 귀여워했다. 노라는 발받침대를 찾아 앉았고, 도널드는 호랑이 가죽으로 만든 장식용 양탄자의 호랑이 머리에 걸터앉았다. 도널드가 호랑이 머리를 조금 과격하게 타고 놀았는지 재닛이 주의를 줬다.

"이랴 이랴 소리가 너무 시끄럽잖아, 도널드. 편찮으신 분을 문병 와서 그렇게 큰 소리를 내면 아저씨가 기운이 나시겠니?"

재닛은 캐리스포드 씨를 향해 물었다.

"노는 게 너무 시끄럽죠, 아저씨?"

하지만 캐리스포드 씨는 재닛의 어깨를 토닥여주며 말했다.

"아니, 괜찮다. 소리가 나면 이런저런 생각에 몰두하지 않게 되니 더 나아."

도널드가 큰 소리로 대답했다.

"조용히 할게요. 우리 모두 생쥐처럼 조용히 있을 거예요."

그러자 재닛이 말했다.

"생쥐는 그런 시끄러운 소리를 내지 않아."

도널드는 호랑이 머리에 손수건으로 고삐를 만들어 씌우고 펄쩍펄쩍 뛰면서 명랑하게 말했다.

"생쥐가 아주 많으면 그럴 수도 있지. 한 천 마리쯤 있으면."

재닛이 엄한 표정으로 말했다.

"오천 마리는 있어야 할걸. 그리고 우린 생쥐 한 마리처럼 조용히 해야 한다고."

캐리스포드 씨는 웃으면서 다시 재닛의 어깨를 토닥여주었다.

재닛이 말했다.

"이제 곧 아빠가 오시잖아요. 잃어버린 여자아이 얘기해도 돼요?"

캐리스포드 씨는 지친 듯 이마를 찌푸리며 대답했다.

"지금은 그것 말고 다른 이야기는 별로 할 수 있을 것 같지가 않구나."

노라가 말했다.

"우린 그 아이가 무척 좋아요. 우리끼리는 '요정이 아닌 공주님'이라고 불러요."

"왜?"

캐리스포드 씨가 물었다. 큰집 아이들의 상상 이야기를 듣다 보면 골치 아픈 일들을 조금 잊을 수 있었다.

재닛이 대답했다.

"왜냐면요, 요정은 아니지만 그 아이를 찾는다면 그 애는 요정 이야기 속 공주님처럼 부자가 될 거잖아요. 처음에는 '요정 공주님'이라고 불렀는데요, 딱 맞는 말이 아닌 것 같아서 좀 고쳤어요."

그러자 노라가 덧붙였다.

"그런데요, 그 아이 아버지가 전 재산을 친구의 다이아몬드 광산에 쏟아부었다는 게 진짜예요? 그 친구분은 돈을 전부 잃은 줄 알고 강도처럼 아이 아버지의 돈을 빼앗은 기분이 들어 도망쳤다면서요?"

"사실 강도는 아니었잖아."

재닛이 급히 끼어들어 말했다.

캐리스포드 씨는 얼른 재닛의 손을 잡아주며 말했다.

"그래, 강도는 아니었지."

재닛이 말했다.

"저는 그 친구분이 안됐어요. 자꾸 그런 생각이 들어요. 그럴 의도는 아니었잖아요. 친구분도 괴로웠을 거예요. 분명히 아주 마음이 아팠을 거라고요."

"재닛, 너는 이해심이 많은 아이로구나."

캐리스포드 씨는 이렇게 말하며 재닛의 손을 꼭 잡았다.

도널드가 다시 큰 소리로 말했다.

"캐리스포드 아저씨한테 '거지가 아닌 여자아이' 얘기 해드렸어? 그 누나가 근사한 새 옷을 입고 있었다는 이야기 말이야. 어쩌면 누군가 그 누나를 잃어버렸다가 찾은 건지도 몰라."

그때 재닛이 외쳤다.

"마차다! 이 집 앞에 멈춰 서고 있어. 아빠야!"

아이들 모두 창가로 달려가 내다보았다.

도널드가 말했다.

"정말 아빠네! 그런데 여자아이는 없어."

세 아이 모두 호들갑스럽게 현관으로 우르르 몰려갔다. 아이들은 항상 이런 식으로 아버지를 마중했다. 아이들이 펄쩍펄쩍 뛰고 손뼉을 치면서 아버지에게 매달려 뽀뽀하는 소리가 들렸다.

캐리스포드 씨는 일어나려고 애쓰다가 다시 털썩 주저앉았다. 그리고 힘없이 중얼거렸다.

"소용없군. 몸이 엉망이 되었어!"

카마이클 씨의 목소리가 문가에서 들려왔다.

"얘들아, 안 돼. 캐리스포드 아저씨와 할 이야기가 있으니 얘기 끝나면 들어오렴. 가서 람다스와 놀고 있어."

문이 열리자 전보다 더욱 볼이 발그레해진 카마이클 씨가 경쾌하면서도 활기찬 분위기를 몰고 들어왔다. 하지만 병색이 완연한 캐리스포드 씨가 악수를 나누면서도 좀처럼 궁금한 표정을 감추지 못하자, 카마이클 씨는 안타깝고 걱정스러운 눈빛으로 바라보았다.

캐리스포드 씨가 물었다.

"어떻게 됐나? 러시아 부부가 입양한 아이 말이야."

카마이클 씨가 대답했다.

"그 아이는 우리가 찾는 아이가 아니었어. 크루 대위의 딸보다 훨씬 어려. 이름은 에밀리 카루야. 내가 그 아이를 만나 이야기를 나누었지. 러시아 부부도 아주 자세하게 이야기해 주었네."

그 말을 들은 캐리스포드 씨의 모습은 너무나 지치고 비참해 보였다. 악수하던 손이 툭 떨어졌다.

　캐리스포드 씨가 말했다.

　"그럼 처음부터 다시 찾아봐야겠네. 그럴 수밖에 없잖아. 앉게나."

　카마이클 씨는 자리를 잡고 앉았다. 왠지 모르게 카마이클 씨의 마음은 이 불행한 남자에게 점점 더 이끌렸다. 카마이클 씨 자신은 건강하고 행복했으며 밝은 분위기와 따스한 사랑에 둘러싸여 지냈다. 캐리스포드 씨처럼 쇠약해진 몸으로 쓸쓸하게 지내면 비참하고 견딜 수 없을 것 같았다. 집 안에 어린아이의 명랑하고 높은 목소리만 들려도 이렇게까지 쓸쓸하지는 않았을 것이다. 게다가 자기 때문에 괴로운 일을 겪은 아이를 잃어버렸다는 죄책감에 사로잡혀 지내야 한다면 견디지 못할 것 같았다.

　카마이클 씨가 명랑한 목소리로 위로했다.

　"자, 자, 이제 찾게 될 거야."

　캐리스포드 씨가 조바심을 내며 말했다.

　"당장 찾아야 해. 시간이 없어. 새로운 아이디어 없나? 뭐라도 좋아."

　자리에서 일어난 카마이클 씨는 자신 없는 표정으로 생각에 잠긴 채 방 안을 서성거리다가 입을 열었다.

　"음, 어떻게 하면 효과가 있을지 모르겠네. 사실 도버에서 기차로 여기까지 오는 동안 한 가지 떠오른 생각이 있어."

"그게 뭔데? 아이가 살아 있다면 분명 어딘가에 있을 것 아닌가."

"그래, '어딘가에' 있겠지. 우린 파리에 있는 학교를 찾아보지 않았나. 이제 파리는 포기하고 런던에서 찾아보자고. 그게 내 생각이야. 런던에서 찾는 것."

캐리스포드 씨가 말했다.

"런던에도 학교는 많지."

그러더니 뭔가 떠오른 듯 움찔하며 놀랐다.

"우리 집 옆도 학교야."

"그럼 거기부터 찾아보자고. 가까운 곳부터 찾아야지."

캐리스포드 씨가 말했다.

"없을 거야. 사실 거기에는 내가 관심을 기울이는 아이가 하나 있어. 하지만 그 아이는 학생이 아니야. 조그맣고 까무잡잡하고 쓸쓸한 아이지. 불쌍한 크루의 아이일 리는 없어."

어쩌면 그 순간, 아름다운 마법이 또 한 번 힘을 발휘했을지도 모른다. 정말 그런 것 같았다. 그렇지 않고서야 람다스가 왜 하필이면 그때, 심지어 주인이 이야기하는 중이었는데도 방에 들어와 공손하게 인사를 했을까? 람다스는 까맣고 반짝이는 눈에 들뜬 기색을 감추지 못하며 말했다.

"주인님, 그 아이가 찾아왔습니다. 주인님이 가여워하셨던 아이 말입니다. 원숭이가 또 지붕 밑 다락방에서 밖으로 도망쳤나 본데, 그 아이가 데리고 왔습니다. 제가 잠깐 머물러 있다 가라고 했습니다. 그 아이를 만나 이야기를 나누면 주인님도 즐거워하실 것 같아서요."

카마이클 씨가 물었다.

"그 아이라니? 그게 누군가?"

캐리스포드 씨가 대답했다.

"나도 잘은 모른다네. 아까 내가 이야기한 아이야. 학교에서 일하는 어린 하녀 말일세."

캐리스포드 씨는 람다스에게 손짓을 하며 말했다.

"그래, 나도 그 아이를 만나보고 싶구나. 아이를 이리 데리고 와."

그리고 다시 카마이클 씨를 향해 말했다.

"자네가 모스크바에 가 있는 동안 나는 절망에 빠져 있었다네. 어둡고 긴 나날이었지. 람다스가 나에게 그 아이의 어려운 처지에 대해 이야기해 주었어. 그래서 함께 그 아이를 도와줄 꿈같은 계획을 세웠던 거야. 유치한 일인지도 모르지만, 계획을 짜고 생각할 거리가 있어서 좋았네. 물론 람다스처럼 민첩하고 발소리가 안 나는 하인이 도와주지 않았다면 어려웠겠지."

그때 세라가 방으로 들어왔다. 세라는 원숭이를 안고 있었다. 원숭이는 좀처럼 세라와 떨어질 기색이 없어 보였고, 세라에게 바짝 매달려 끽끽 소리를 냈다. 세라는 인도 신사의 방에 들어온 것이 재미있기도 하고 들뜨기도 해서 볼이 빨갛게 달아올랐다.

세라가 예쁜 목소리로 말했다.

"이 집 원숭이가 또 도망쳤나 봐요. 어젯밤에 제 다락방 창문까지 왔길래 안으로 들여보내 주었어요. 밖이 너무 추워서요. 늦은 시간이 아니었다면 바로 데려왔을 거예요. 그런데 아저씨가 아프셔서 방해하면 안 될 것 같았어요."

캐리스포드 씨는 움푹 팬 두 눈으로 궁금하기도 하고 재미있기도 한 표정을 지으며 세라를 바라보았다. 그러고는 말했다.

"정말 고맙구나."

세라는 문가에 서 있는 람다스를 바라보고 물었다.

"원숭이는 저기 있는 '라스카'에게 넘겨줄까요?"

캐리스포드 씨는 살짝 웃으면서 말했다.

"네가 '라스카'를 어떻게 아니?"

세라는 떨어지기 싫어하는 원숭이를 건네주며 말했다.

"물론 알죠. 저는 인도에서 태어났거든요."

캐리스포드 씨가 표정이 싹 바뀌면서 벌떡 일어나는 바람에 세라는 깜짝 놀랐다.

캐리스포드 씨가 큰 소리로 말했다.

"인도에서 태어났다고? 이리 와 보렴."

캐리스포드 씨는 손을 내밀었다.

세라는 캐리스포드 씨가 손을 잡고 싶어 하는 것 같아서 그쪽으로 다가가 캐리스포드 씨의 손에 자기 손을 올려놓았다. 세라는 가만히 서서 초록빛이 도는 회색 눈에 궁금증을 가득 담아 캐리스포드 씨의 눈을 마주보았다. 긴히 할 말이 있어 보였다.

캐리스포드 씨가 물었다.

"너, 옆 학교에 사니?"

"네, 민친 여학교에 살아요."

"그런데 학생은 아니고?"

세라의 입가에 묘한 미소가 살짝 떠올랐다. 세라는 잠깐 머뭇거리다가 이렇게 대답했다.

"저도 확실히는 모르겠어요."

"어째서?"

"처음에는 학생이었거든요. 특별 기숙생이었어요. 그런데 지금은……."

"학생이었다고? 그럼 지금은?"

세라의 입술에 슬프면서도 묘한 미소가 번졌다. 세라는 대답했다.

"지금은 심부름꾼 하녀와 함께 다락방에서 자고 주방장을 도와 심부름을 다니며 시키는 건 뭐든 해요. 어린 학생들을 가르치는 일도 하고요."

캐리스포드 씨는 기운이 없는지 의자에 털썩 주저앉으며 말했다.

"카마이클, 자네가 이 아이에게 물어봐 주게. 물어봐 줘. 난 못 하겠네."

덩치가 크고 상냥한 큰집 식구들의 아버지는 어린 여자아이에게 어떻게 질문해야 하는지 잘 알고 있었다. 세라도 카마이클 씨가 상냥하게 다독이는 듯 말하는 것을 들으니, 아이들과 많이 이야기해본 어른이라는 것을 알 수 있었다.

카마이클 씨가 물었다.

"애야, '처음에는'이라는 게 언제를 말하는 거니?"

"처음에 저희 아빠가 저를 학교에 데려가셨을 때요."

"너희 아빠는 지금 어디 계시니?"

세라는 아주 차분하게 대답했다.

"아빠는 돌아가셨어요. 재산을 모두 잃으셔서 저한테는 아무것도 남겨주지 못하셨죠. 저를 맡아주거나 민친 교장선생님께 학비를 내줄 사람이 아무도 없었어요."

캐리스포드 씨는 흥분해서 외쳤다.

"카마이클! 카마이클!"

카마이클 씨는 캐리스포드 씨를 향해 목소리를 낮춰 재빨리 말했다.

"아이가 겁먹으면 어쩌려고 그러나."

카마이클 씨는 다시 세라를 향해 또랑또랑한 목소리로 말을 이었다.

"그래서 다락방으로 올라가 잔심부름을 하게 되었다는 말이로구나. 그렇지?"

세라가 대답했다.

"네, 저를 맡아줄 사람이 없었거든요. 돈도 없고 친척도 없어서요."

그때 캐리스포드 씨가 숨 가쁜 목소리로 끼어들어 물었다.

"너희 아버지는 어쩌다 재산을 잃으셨니?"

세라는 계속 이상하다는 생각을 하며 대답했다.

"아빠가 직접 잃으신 건 아니에요. 아빠가 아주 좋아하는 친구분이 계셨는데 그 친구분에게 돈을 맡기셨대요. 친구분을 너무 믿으셔서요."

캐리스포드 씨는 더욱 숨을 가쁘게 몰아쉬며 말했다.

"그 친구가 일부러 해를 끼칠 생각은 아니었을 수도 있잖니? 실수로 그런 일이 벌어졌을 수도 있잖아."

세라는 자신의 차분한 대답이 얼마나 매정하게 들리는지 알아차리지 못했다. 알았더라면 캐리스포드 씨의 마음을 편하게 해주려고 부드럽게 말하려 애썼을 것이다.

세라가 대답했다.

"아빠는 그 일로 무척 괴로워하셨어요. 결국 돌아가셨고요."

캐리스포드 씨가 물었다.

"아버지 성함이 어떻게 되시니? 말해 다오."

세라가 놀라며 대답했다.

"아버지 성함은 랠프 크루예요. 크루 대위요. 인도에서 돌아가셨어요."

캐리스포드 씨가 야윈 얼굴을 찌푸리자 람다스가 다급하게 옆으로 달려왔다.

캐리스포드 씨는 숨을 몰아쉬며 말했다.

"카마이클, 바로 이 아이일세. 이 아이야!"

그 순간 세라는 캐리스포드 씨가 죽는 줄 알았다. 람다스가 약병을 가져와 약을 조금 따라서 캐리스포드 씨의 입에 흘려 넣어주었다. 놀란 세라는 덜덜 떨며 그 옆에 서 있었다. 당황한 얼굴로 카마이클 씨를 바라보던 세라가 머뭇거리며 물어보았다.

"제가 무슨 아이라는 말씀이세요?"

그러자 카마이클 씨가 대답해 주었다.

"이분이 바로 네 아버지의 친구분이야. 겁내지 마라. 우린 이 년 동안이나 너를 찾아다녔어."

세라는 이마에 손을 올렸다. 입술도 떨렸다. 세라는 꿈을 꾸는 듯한 기분이 들어 조그만 목소리로 말했다.

"저는 계속 민친 여학교에 있었어요. 바로 벽 하나 건너편에요."

18
품위를 잃지 않는 공주님

아름답고 다정한 카마이클 부인이 모든 것을 설명해 주었다. 부인은 바로 와달라는 전갈을 받고 광장을 지나 캐리스포드 씨의 집에 도착했다. 부인은 세라를 따뜻하게 안아주며 그동안의 일을 전부 자세히 들려주었다.

너무나 뜻밖에도 아이를 찾게 되어 흥분한 게 쇠약한 몸에는 무리였는지, 캐리스포드 씨는 잠깐 몸을 움직이지 못했다. 그래서 세라를 다른 방으로 보내자고 하자, 캐리스포드 씨가 카마이클 씨에게 힘없이 말했다.

"분명히 말하는데, 나는 이 아이가 눈앞에 보이지 않으면 안 될 것 같네."

그러자 재닛이 말했다.

"제가 함께 있을게요. 엄마도 조금 있으면 오실 거예요."

재닛이 세라를 데리고 서재에서 나왔다. 재닛은 세라에게 이렇게 말했다.

"너를 찾게 되어서 다들 진심으로 기뻐하고 있어. 우리가 얼마나 기쁜지 넌 모를 거야."

도널드는 양손을 주머니에 넣고 서서 후회하는 표정으로 세라를 쳐다보다가 이렇게 말했다.

"내가 6펜스 동전을 줄 때 누나 이름을 물어볼걸. 그러면 누나가 세라 크루라고 이야기해 줬을 테고, 그럼 바로 찾았을 텐데."

그때 카마이클 부인이 들어왔다. 감동에 벅찬 얼굴이었다. 부인은 세라를 와락 끌어안고 입을 맞췄다.

부인이 말했다.

"가엾게도 당황한 것 같구나. 놀라지 않아도 돼."

세라는 한 가지 생각밖에 할 수 없었다.

방문이 닫혀 있는 서재 쪽을 힐끗 보며 세라가 말했다.

"그럼 저분이 나쁜 친구분이에요? 말씀해 주세요!"

카마이클 부인은 눈물을 흘리며 또다시 세라에게 입을 맞췄다. 부인의 생각에는 오랫동안 아무도 세라에게 입 맞춰준 사람이 없었으니 이제라도 계속 입 맞춰주어야 할 것 같았다.

부인은 세라에게 이렇게 대답해 주었다.

"얘야, 저분은 나쁜 분이 아니야. 너희 아빠 재산을 정말 잃은 것도 아니었어. 다 잃은 줄 알았을 뿐이지. 저분은 너희 아빠를 너무 좋아해서 슬픔에 빠져 지내다가 큰 병에 걸렸고 한동안 제정신이 아니었어. 뇌염으로 죽을 뻔하셨지. 병이 나아갈 무렵에는 불쌍한 너희 아빠가 이미 돌아가신 뒤였단다."

세라가 중얼거렸다.

"그리고 저를 어디서 찾아야 할지 모르셨던 거죠. 저는 이렇게 가까이 있었는데."

세라는 자신이 이렇게 가까이에 있었다는 사실이 도무지 믿기지 않았다.

카마이클 부인이 설명해 주었다.

"네가 프랑스 학교에 다니는 줄 아셨어. 계속 엉뚱한 실마리를 쫓아다닌 거지. 너를 찾으려고 안 가본 곳이 없을 정도야. 그러다 네가 지나가는 모습을 본 거지. 돌봐주는 사람도 하나 없고 너무 안타까웠대. 아저씨는 네가 불쌍한 친구의 아이인 줄은 꿈에도 모르셨어. 하지만 너도 그 또래로 보여서 가엾게 여긴 거란다. 너를 행복하게 해주고 싶어서 람다스에게 지시해 네가 편안히 지내도록 다락방 창문을 통해 이것저것 갖다주신 거야."

깜짝 놀란 세라의 표정은 기쁨으로 물들었다.

세라가 외쳤다.

"람다스가 그 많은 물건을 갖다준 거였어요? 정말 아저씨가 람다스에게 지시하신 거예요? 아저씨가 꿈을 현실로 만들어주신 거예요?"

"그래, 얘야. 맞아. 아저씨는 친절하고 마음씨 좋은 분이야. 행방을 알 수 없는 세라 크루 생각에 널 그렇게 안타까워하신 거야."

서재 문이 열리고 카마이클 씨가 손짓으로 세라를 부르며 말했다.

"캐리스포드 씨 상태가 좀 나아졌단다. 네가 와줬으면 하셔."

세라는 곧바로 갔다. 캐리스포드 씨는 서재로 들어오는 세라의 얼굴을 살폈다. 세라의 표정은 밝아 보였다.

세라는 캐리스포드 씨의 의자 앞까지 다가가서 두 손을 가슴 앞에 모아 쥐었다. 그러고는 기쁜 마음을 듬뿍 담아 말했다.

"아저씨가 보내주신 거로군요. 그렇게 아름다운 물건들을 말이에요. 바로 아저씨였어요!"

캐리스포드 씨가 대답했다.

"그래, 가여운 세라야. 내가 보냈어."

캐리스포드 씨는 몸과 마음의 병이 오래되어 아주 쇠약해져 있었지만, 세라가 기억하는 아빠의 눈빛처럼 다정한 눈길로 세라를 바라보았다. 세라를 진심으로 사랑하고 안아주고 싶어 하는 눈빛이었다. 세라는 가장 친한 친구이자 사랑하는 가족이었던 아버지 옆에 앉을 때처럼 캐리스포드 씨 옆에 무릎을 꿇고 앉았다. 그리고 이렇게 말했다.

"그럼 아저씨가 제 비밀 친구였군요. 바로 아저씨였어요!"

세라는 고개를 숙여 캐리스포드 씨의 여윈 손에 몇 번이나 입을 맞췄다.

카마이클 씨는 곁에 있던 부인에게 말했다.

"저 친구, 삼 주만 있으면 다시 기운 차리겠는걸. 표정은 벌써 그래."

캐리스포드 씨는 정말로 표정이 확 바뀌어 있었다. '꼬마 마님'이 눈앞에 있으니 새롭게 생각하고 계획할 일들이 막 떠올랐다. 먼저 민친 교장 일이 있었다. 민친 교장을 만나서 세라가 이제는 부자라는 사실을 알려주어야 했다.

세라는 학교로 돌아가지 않기로 했다. 캐리스포드 씨가 그 부분에 있어 아주 단호했던 것이다. 세라는 그대로 있고 카마이클 씨가 가서 민친 교장을 만나보기로 했다.

세라가 말했다.

"돌아가지 않아도 된다니 다행이에요. 교장선생님은 무척 화를 내실 거예요. 저를 싫어하시거든요. 제 잘못일 수도 있기는 해요. 저도 교장선생님을 싫어하니까요."

마침 절묘하게도 카마이클 씨는 학교를 방문하지 않아도 되었다. 민친 교장이 직접 세라를 찾으러 왔기 때문이었다. 민친 교장은 세라에게 시킬 일이 있어서 어디 있는지 물어보았다가 귀를 의심할 만한 이야기를 들었다. 하녀 한 명이 세라를 보았는데, 옷자락 밑에 뭔가를 숨겨 가지고 몰래 학교를 빠져나가더라는 것이었다. 그 하녀는 세라가 옆집 계단을 올라가 집 안으로 들어가는 것까지 보았다고 했다.

"대체 무슨 짓을 하고 다니는 거야?"

민친 교장은 아멜리아 선생에게 분통을 터뜨렸다.

아멜리아 선생이 대답했다.

"저는 몰라요. 정말이에요, 언니. 어쩌면 이웃집 신사와 친구가 되었는지도 모르죠. 그분도 인도에 살았다면서요."

민친 교장이 말했다.

"세라 같으면 그 집에 무작정 밀고 들어가 뻔뻔하게 동정심을 얻으려고 할 수도 있지. 그 집에 들어간 지 틀림없이 두 시간은 됐을 텐데, 이렇게 주제넘은 짓을 하게 놔둬선 안 되지. 내가 가서 무슨 일인지 물어보고 세라가 한 짓에 대해 사과를 해야겠어."

세라는 캐리스포드 씨의 무릎 가까이에 놓인 발받침대 위에 앉아 있었다. 캐리스포드 씨는 세라에게 반드시 해명해야 한다고 생각하는 여러 가지 일에 대해 이야기하고 있었다. 그때 람다스가 손님이 오셨다고 알려주었다.

자기도 모르게 벌떡 일어선 세라의 얼굴은 하얗게 질려 있었다. 하지만 캐리스포드 씨가 보기에 세라는 말없이 서 있기만 했을 뿐, 보통 아이들이 두려울 때 짓는 표정이나 행동은 내비치지 않았다.

민친 교장은 엄격하고 품위 있는 태도로 들어왔다. 격식 있는 옷차림에 엄격하다는 느낌이 들 정도로 예의 바르게 행동했다.

민친 교장이 말했다.

"실례지만 말씀드릴 게 있어요. 저는 옆 건물 여자 기숙학교를 맡고 있는 민친 교장입니다."

캐리스포드 씨는 물끄러미 민친 교장을 살펴보았다. 원래 성미가 좀 급했지만 자제력을 잃고 정신없이 화를 내고 싶지는 않았다.

캐리스포드 씨가 입을 열었다.

"아, 당신이 민친 교장선생님이군요?"

"네, 그래요."

그러자 캐리스포드 씨가 대답했다.

"그렇다면 제때 찾아오셨군요. 제 변호사 카마이클 씨가 찾아뵈려던 참이었거든요."

카마이클 씨가 살짝 고개를 숙여 인사했다. 당황한 민친 교장은 카마이클 씨와 캐리스포드 씨를 번갈아 쳐다보며 말했다.

"변호사라고요? 무슨 말씀이신지 모르겠네요. 저는 제가 해야 할 일이 있어서 온 겁니다. 저희 학생 하나가 주제넘게 여기로 왔다고 들어서요. 정확히 말하면 불쌍해서 돈 한 푼 받지 않고 거둬주고 있는 학생이지요. 제 허락도 받지 않고 마음대로 이 집에 왔다는 걸 알려드리러 온 겁니다."

민친 교장은 세라를 향해 성난 목소리로 명령했다.

"당장 집으로 돌아가거라. 단단히 혼나야겠다. 어서 가라니까."

캐리스포드 씨는 세라를 자기 쪽으로 끌어당기고 세라의 손을 다독거리며 말했다.

"이 아이는 안 갑니다."

민친 교장은 정신을 잃는 것이 아닐까 싶을 정도로 놀라서 캐리스포드 씨에게 되물었다.

"안 간다고요?"

그러자 캐리스포드 씨가 말했다.

"네, 안 갑니다. 세라는 집으로 가지 않을 겁니다. 교장선생님의 학교가 집이라면 말입니다. 앞으로 세라는 나와 함께 여기서 지낼 겁니다."

민친 교장은 기가 막힌 나머지 뒤로 물러났다.

"당신과 함께요? 여기서 함께 지내다니요? 그게 무슨 말입니까?"

캐리스포드 씨가 카마이클 씨를 향해 말했다.

"미안하지만 자네가 설명해주게, 카마이클. 되도록 빨리 끝내주게나."

그러고는 세라를 다시 앉히고 세라의 아빠가 늘 그랬듯 세라의 손을 잡아주었다.

카마이클 씨는 지금 민친 교장에게 해주어야 할 말이 무엇인지, 그것이 법적으로는 어떤 의미가 있는지 분명하게 알고 있었다. 그래서 조용하고 차분한 말투와 침착한 태도로 자신이 아는 바를 술술 설명해나갔다. 민친 교장도 사업을 하는 사람이라 잘 알아들었지만 기분이 언짢았다.

카마이클 씨가 말했다.

"교장선생님, 캐리스포드 씨는 돌아가신 크루 대위와 절친한 친구였습니다. 두 사람은 손을 잡고 사업에 큰 돈을 투자했지요. 크루 대위가 잃은 줄 알았던 막대한 재산은 되찾았고, 지금 캐리스포드 씨가 가지고 있습니다."

"막대한 재산이라고요?"

민친 교장이 외쳤다. 그리고 새파랗게 질린 얼굴로 기가 막힌 듯 말했다.

"세라에게 막대한 재산이라니?"

카마이클 씨가 조금 쌀쌀맞게 대답했다.

"앞으로 세라 양의 재산이 될 겁니다. 지금도 세라 양의 재산이기는 하지요. 그동안 여러 가지 일로 그 재산은 어마어마하게 불어났습니다. 다이아몬드 광산도 되찾았고요."

"다이아몬드 광산이라고요?"

민친 교장은 숨이 막혀 겨우 말을 내뱉었다. 자신이 듣고 있는 얘기가 사실이라면 이렇게 끔찍한 일은 평생 처음이라고 생각했다.

"네, 다이아몬드 광산 말입니다."

카마이클 씨는 다시 한번 이야기해주었다. 그는 변호사답지 않게 약간 장난스러운 미소를 띠며 이렇게 덧붙였다.

"민친 교장선생님, 이제 교장선생님이 돈 한 푼 받지 않고 거둬주는 세라 크루보다 돈 많은 공주님은 별로 없을 겁니다. 캐리스포드 씨는 거의 이 년 동안이나 세라 양을 찾아다녔어요. 드디어 찾았으니 이제 캐리스포드 씨가 세라 양을 맡아 돌봐야죠."

카마이클 씨는 민친 교장에게 앉으라고 한 뒤 자초지종을 설명해주었다. 매우 자세히 설명해주었기 때문에 민친 교장도 세라의 앞날은 이제 아무런 어려움이 없다는 사실을 똑똑히 알게 되었다. 잃은 줄로만 알았던 재산은 열 배가 되었고, 캐리스포드 씨가 세라의 후견인이자 친구가 되는 것이었다.

민친 교장은 똑똑한 사람은 아니었다. 흥분한 나머지 추하게 굴었다. 지난날의 속물스럽고 어리석은 행동 때문에 잃어버린 기회를 되찾으려고 몸부림쳤던 것이다.

민친 교장이 따지듯 말했다.

"찾으셨다는 세라는 제가 보살피고 있는 아이입니다. 저는 아이에게 뭐든 다 해줬지요. 제가 아니었으면 거리에서 굶어 죽었을 겁니다."

그러자 캐리스포드 씨는 결국 화를 내고 말았다.

"거리에서 굶어 죽었을 거라고요? 당신네 다락방에서 지내는 것보다는 그쪽이 훨씬 편했을지도 모릅니다."

민친 교장이 반박했다.

"크루 대위님이 저에게 세라를 맡겼으니 어른이 될 때까지는 제 학교에 있어야 합니다. 다시 특별 기숙생이 되는 거지요. 교육은 마저 받아야 하지 않겠어요? 법이 저를 위해 싸워줄 겁니다."

카마이클 씨가 끼어들었다.

"자, 자, 민친 교장선생님. 법이 그런 일까지 하지는 않습니다. 세라가 돌아가고 싶어 한다면 아마 캐리스포드 씨도 붙잡지 못하겠죠. 결정은 세라 양이 할 겁니다."

그러자 민친 교장이 말했다.

"그럼 세라와 이야기해 보죠."

민친 교장은 세라를 향해 어색한 표정으로 말했다.

"학교에서 네가 해달라는 대로 다 해주지는 않았을지 모르지만 네 아빠는 네 공부가 잘 되고 있다며 기뻐하셨잖니. 그리고, 어흠, 난 항상 너를 귀여워했어."

세라는 민친 교장을 가만히 쳐다보았다.

민친 교장이 특히 싫어하는 침착하고 또렷한 눈빛을 한 채로 세라가 말했다.

"정말이세요, 교장선생님? 저는 몰랐어요."

얼굴이 빨갛게 된 민친 교장은 자세를 꼿꼿하게 바로잡으며 이렇게 말했다.

"그 정도는 알고 있었어야지. 안타깝게도 아이들은 입에 쓴 약이 몸에 좋은 걸 모르는 법이야. 아멜리아 선생과 나는 항상 네가 학교에서 가장 똑똑하다며 칭찬했단다. 불쌍한 네 아빠를 봐서라도 나와 함께 돌아가지 않겠니?"

세라는 민친 교장 쪽으로 한 걸음 나아가서 그대로 멈춰 섰다. 그러고는 친척이 아무도 없어서 거리로 쫓겨날 처지라는 말을 들었던 그 날을 떠올렸다. 외로운 다락방에서 에밀리랑 멜키세덱과 함께 보낸 춥고 배고팠던 나날을 떠올렸다.

세라는 민친 교장의 얼굴을 똑바로 쳐다보며 말했다.

"제가 왜 돌아가려고 하지 않는지 교장선생님께서도 아실 거예요. 아주 잘 아시잖아요."

민친 교장의 매섭게 화난 얼굴은 더욱 빨갛게 되었다.

민친 교장이 괘씸하다는 듯 입을 열었다.

"네 친구들을 다시는 못 볼 줄 알아라. 내가 어멘가드와 로티를⋯⋯."

카마이클 씨가 공손하면서도 단호하게 민친 교장의 말을 막았다.

"실례지만 세라 양은 만나고 싶은 사람은 누구든 만나게 될 겁니다. 세라 양의 후견인인 캐리스포드 씨의 집으로 친구들을 초대하면 친구들 부모님도 안 된다고 하지 않으실 텐데요. 캐리스포드 씨가 잘 해결하실 겁니다."

무서울 것 없는 민친 교장도 이번에는 움찔했다. 세라에게 혼자 사는 별난 친척이 있을지도 모른다는 상상은 했었다. 조카에게 신경 써주지 않으면 쉽게 기분 나빠하고 화도 잘 내는 친척 말이다. 캐리스포드 씨는 그보다 더했다. 민친 교장은 돈만 밝히는 사람이었기 때문에, 부모라면 대부분 자기 아이가 다이아몬드 광산의 어린 상속녀와 친하게 지내는 것을 막지 않으리라는 것을 쉽게 짐작할 수 있었다. 만약 캐리스포드 씨가 학부모 중 누군가에게 세라 크루가 학교에서 얼마나 비참하게 지냈는지 이야기한다면 달갑지 않은 일이 생길지도 모르는 일이었다.

민친 교장은 밖으로 나가려다 말고 캐리스포드 씨를 향해 말했다.

"만만한 아이가 아니에요. 곧 알게 되실 겁니다. 솔직하지도 않고 고마워할 줄도 모르는 아이예요."

그러더니 세라를 향해 빈정거렸다.

"이제 다시 공주님이 된 기분이겠구나."

세라는 고개를 숙였다. 얼굴이 조금 빨개졌다. 세라에게는 좋아하는 상상 이야기였지만 처음 듣는 사람은 아무리 좋은 사람이라도 쉽게 이해해주지 못할 것 같았다. 그래서 풀죽은 목소리로 대답했다.

"품위를 잃지 않으려고 했던 거예요. 아무리 춥고 배고파도 공주님처럼 품위를 잃지 않으려고요."

"이제 그렇게 애쓸 필요도 없겠구나."

민친 교장은 비꼬는 투로 말하고는 나가버렸다. 람다스가 허리를 굽혀 인사했다.

학교로 돌아온 민친 교장은 자기 방으로 들어가 아멜리아 선생을 급히 불렀다. 두 사람은 그날 오후 내내 그 방에 틀어박혀 있었고, 불쌍한 아멜리아 선생은 십오 분 넘게 심한 잔소리를 들어야 했다. 아멜리아 선생은 펑펑 울면서 계속 눈물을 훔쳤다. 그러다가 말 한번 잘못해서 민친 교장이 펄펄 뛰며 야단을 쳤는데, 마침내 폭발한 아멜리아 선생도 발끈해서 대들었다.

"나는 언니만큼 똑똑하지 않아요. 항상 언니가 화낼까 봐 무서워서 말 한마디 마음 놓고 못 했죠. 내가 이렇게 소심하지 않았다면 학교를 위해서나 우리 자매를 위해서나 훨씬 좋았을지도 몰라요. 언니가 세라를 너무 모질게 대하지 말았으면 좋겠다고 생각했던 적이 한두 번이 아니야. 제대로 된 옷을 입히고 좀 더 편안하게 지내도록 보살펴줄 수도 있었잖아. 세라가 아직 어린데 너무 고된 일을 하는 것도 난 알고 있었어. 밥도 고작……."

"어떻게 감히 그런 소리를 해?"

민친 교장이 버럭 소리를 질렀다.

아멜리아 선생은 어디서 그런 용기가 생겼는지 계속 말대꾸했다.

"감히 할 소리인지는 모르겠지만 일단 말을 꺼냈으니 끝까지 할게. 세라는 똑똑한 아이였고 성격도 좋았어. 언니가 친절을 베풀었다면 세라도 보답했을 거야. 언니는 그러지 않았지. 사실 세라는 언니가 가르치기에는 과분할 정도로 똑똑했어. 그래서 늘 그렇게 세라를 미워한 거잖아. 그 애는 우리 둘 다 무슨 생각을 하고 있는지 훤히 알고……."

"아멜리아!"

민친 교장은 화가 머리끝까지 나서 씩씩거렸다. 베키에게 자주 그
랬듯이 쓰고 있는 모자가 떨어질 정도로 세차게 뺨이라도 때릴 기세
였다.

하지만 아멜리아 선생은 실망감에 정신없이 흥분해서 아무것도 신
경 쓰지 않았다. 아멜리아 선생은 울부짖었다.

"다 알아! 정말이야! 세라는 우리 둘을 꿰뚫어 보고 있었어. 언니가
인정머리 없는 속물인 것도, 내가 나약하고 멍청한 것도 알고 있었다
고. 우리 둘 다 천박하고 인색해서 세라네 돈 앞에서 굽실거리다가 재
산이 없어지자마자 매정하게 굴었다는 것도 말이야. 그래도 그 애는
돈 한 푼 없을 때조차 어린 공주님처럼 행동했어. 그랬잖아. 공주님처
럼 품위를 지켰다고!"

불쌍한 아멜리아 선생은 흥분을 못 이겨 울다 웃다 하며 몸을 앞뒤
로 흔들기 시작했다. 그러면서 정신없이 소리쳤다.

"이제 세라를 놓치게 되었지. 다른 학교에서 세라를 맡고 돈을 받을
거야. 다른 아이 같으면 우리에게 어떤 취급을 받았는지 말할 거고 학
생들이 모두 떠나 우린 파산하겠지. 우리는 그래도 싸. 나도 벌 받아
마땅하지만 언니는 더 그래. 언니는 지독한 사람이니까. 마리아 민친,
언니는 정말 지독하고 이기적인 속물이야!"

아멜리아 선생은 흥분해서 악다구니를 쓰다가 목이 메어 요란하게 켁켁거렸다. 민친 교장은 어쩔 수 없이 의식을 회복시키는 약을 갖다 주며 진정시켰다. 동생의 건방진 말에 분노할 때가 아니었다.

그 후로 민친 교장은 동생을 조금 두려워하게 되었다. 바보 같아 보이지만 생각보다 멍청하지 않은 것이 분명했고, 자칫하면 다른 사람들이 몰랐으면 하는 이야기를 떠들어댈지도 모르기 때문이었다.

그날 저녁 잠자리에 들기 전, 학생들은 늘 그렇듯 교실 난롯가에 모여 있었다. 그때 어멘가드가 동그란 얼굴에 이상한 표정을 지으며 편지를 들고 왔다. 기쁘고 들뜬 모습이기는 한데 충격을 받은 듯 놀란 표정이 뒤섞여 있었다.

두세 명의 학생이 한꺼번에 물었다.

"무슨 일 있어?"

라비니아도 눈을 반짝이며 물었다.

"좀 전에 있었던 소란하고 관련된 거야? 민친 교장선생님 방에서 아주 난리가 났었잖아. 아멜리아 선생님이 히스테리를 일으켜서 침대 신세를 지게 됐어."

어멘가드는 아직도 반쯤 멍한 듯 느릿느릿 대답했다.

"세라한테 편지를 받았어."

어멘가드는 아이들에게 편지를 내밀었다. 척 보기에도 긴 편지였다.

"세라라고?"

모두 한 목소리로 외쳤다.

제시가 거의 악을 쓰듯 물었다.

"세라는 지금 어디 있어?"

그러자 어멘가드가 대답했다.

"옆집에. 인도 신사의 집 말이야."

"어디? 어디라고? 학교에서 쫓겨난 거야? 민친 교장선생님도 아셔? 아까 소란도 그것 때문인가? 세라가 편지에 뭐라고 썼는데? 말해줘, 얼른!"

다들 한 마디씩 하느라 시끌시끌해졌고, 로티는 애처롭게 울기 시작했다.

그 순간 어멘가드는 가장 중요하고 분명한 사실이 무엇인지 정리라도 하는 듯 느릿느릿 대답했다. 하지만 말투는 단호했다.

"다이아몬드 광산은 진짜 있었어! 편지에서 그랬어!"

아이들은 입을 떡 벌리고 눈을 동그랗게 뜬 채로 어멘가드를 바라보았다.

어멘가드가 서둘러 말을 이었다.

"광산은 진짜 있었어. 무슨 착오가 있었던 거야. 한동안 무슨 일이 일어나서 캐리스포드 씨는 망한 줄 알고……."

"캐리스포드 씨가 누군데?"

제시가 큰 소리로 물었다.

"옆집 인도 신사 말이야. 세라네 아버지도 망했다고 생각했나 봐. 지금은 돌아가셨지. 캐리스포드 씨는 뇌염에 걸려 달아났는데, 그분도 죽을 뻔했대. 그런데 세라가 어디 있는지 몰랐던 거야. 나중에 알고 보니 광산에는 다이아몬드가 엄청나게 많았대. 그중 절반은 세라 거야. 세라가 주방장의 심부름을 하면서 멜키세덱 말고는 아무도 없는 다락방에서 지낼 때에도 세라 거였지. 그러다가 오늘 오후 캐리스포드 씨가 세라를 찾은 거야. 그래서 그 집에 있는 거고. 세라는 다시 안 올 거래. 예전보다 더, 십오만 배는 더 공주님처럼 될 거래. 난 오늘 오후에 세라를 보러 갈 거야. 알았지?"

이후 교실은 엄청나게 소란스러워졌다. 민친 교장이 직접 나선다 해도 감당하기 힘들 정도였다. 민친 교장은 아이들이 떠드는 소리를 듣고도 제지하지 않았다. 민친 교장은 자기 방에서 고민하는 문제 말고 다른 문제를 신경 쓸 기분이 아니었다. 아멜리아 선생은 침대에 누운 채로 울고 있었다. 세라의 소식은 순식간에 퍼질 것이고, 하인이며 학생 모두가 잠자리에 들면서 세라 이야기로 열을 올리리라는 것은 민친 교장도 알고 있었다.

어쨌거나 학교의 모든 규칙이 잠시 힘을 잃은 것을 전교생이 알아챘다. 아이들은 한밤중까지 교실에서 어멘가드를 둘러싼 채 편지를 계속 되풀이해서 읽어 달라고 했다. 편지에는 세라의 상상만큼 근사한 이야기가 쓰여 있었다. 세라와 옆집의 신비로운 인도 신사에게 벌어진 일들은 놀랍고도 매력적이었다.

베키는 세라의 소식을 듣고 분위기를 살피며 평소보다 일찍 다락방으로 올라갔다. 사람들과 떨어져 있고 싶었고, 세라의 조그만 마법의 방을 한 번 더 보고 싶기도 했다. 무슨 일이 벌어질지 알 수 없었다. 민친 교장이 그 방을 그대로 두지는 않을 테니, 마법의 방은 사라지고 다시 휑하니 텅 빈 다락방으로 돌아갈 게 분명했다. 세라를 생각하면 기뻤지만, 꼭대기 층 계단을 올라가던 베키는 외로운 마음에 울컥 눈물이 앞을 가렸다. 오늘 밤에는 난롯불도 없고, 장밋빛 등불이나 음식도 없고, 난롯불을 쬐고 앉아 책을 읽거나 이야기를 들려주는 공주님도 없을 것이다. 세라가 없는 것이다!

베키는 울음을 삼키며 세라의 다락방 문을 열었는데, 그 순간 조그맣게 비명을 지르고 말았다.

다락방은 등불을 밝혀 환했고 난롯불이 활활 타오르고 있었다. 근사한 식사도 준비되어 있었다. 람다스가 놀란 베키를 향해 미소 지으며 서 있었다.

람다스가 말했다.

"세라 아가씨는 잊지 않고 있어요. 아가씨가 주인님에게 모두 말씀드렸죠. 세라 아가씨는 자신에게 일어난 행운을 베키 양에게 알리고 싶어 했습니다. 쟁반 위에 편지가 있습니다. 아가씨의 편지예요. 아가씨는 베키 양이 슬픈 마음으로 잠들지 않기를 바라셨어요. 주인님이 내일 찾아오라고 하셨습니다. 베키 양은 세라 아가씨의 시중을 들게 될 거예요. 이 물건들은 오늘 밤에 제가 다시 가져다 놓을 거고요."

람다스는 환한 표정으로 이 말을 하고 나서 살짝 허리를 굽혀 인사했다. 그리고 이런 일은 전에도 쉽게 했다는 것을 보여주려는 듯, 창문으로 소리 없이 민첩하게 빠져나갔다.

19
앤

지금까지 큰집 식구네 아이들 방이 이렇게 큰 기쁨으로 들썩인 적은 없었다. '거지가 아닌 여자아이'와 친해지면 이렇게 즐거울 줄은 꿈에도 몰랐다. 세라가 겪은 고생과 모험만 해도 값을 매길 수 없을 만큼 귀중한 재산이었다. 큰집 식구네 아이들은 세라에게 그간 겪은 일을 몇 번이고 되풀이해서 들려 달라고 졸랐다. 크고 환한 방에서 따뜻한 난롯가에 앉아 차디찬 다락방 이야기를 듣는 것이 재미있었다. 다락방에도 소소한 즐거움은 있는 것 같았다. 멜키세덱이나 참새들 이야기도 그렇고, 탁자 위에 올라가 천장으로 난 창문으로 몸을 내밀었을 때 눈앞에 펼쳐질 풍경을 떠올리면 다락방의 춥고 휑한 모습은 별것 아닌 것처럼 느껴지기도 했다.

물론 아이들이 가장 좋아했던 이야기는 다락방의 파티 이야기와 상상 속 꿈이 이루어진 이야기였다. 세라는 모든 것을 알게 된 다음날, 처음으로 그 이야기를 했다. 그날 큰집 식구네 아이들은 세라와 함께 차를 마시러 왔다. 아이들이 세라와 함께 의자에 앉거나 난롯가 양탄자 위에 웅크리고 자리를 잡자, 세라는 독특한 말솜씨로 이야기를 들려주었다. 캐리스포드 씨도 세라를 바라보며 이야기에 귀를 기울였다. 이야기를 마친 세라는 캐리스포드 아저씨를 올려다보며 손을 그 무릎 위에 올려놓고 말했다.

"여기까지가 제 이야기예요. 이제 톰 아저씨 이야기도 들려주세요."

캐리스포드 씨를 톰 아저씨라고 부른 것은, 캐리스포드 씨가 자신을 '톰 아저씨'라고 불러 달라고 했기 때문이었다.

"아저씨 이야기는 아직 듣지 못했지만 틀림없이 멋질 거예요."

캐리스포드 씨는 세라의 부탁을 들어주었다. 병든 몸으로 홀로 앉아 지루한 나날을 보낼 때, 캐리스포드 씨는 예민해져 있었다. 람다스는 주인의 관심을 돌리려고 집 앞을 지나가는 사람들 이야기를 해주었다. 그런데 어린아이 하나가 유독 자주 지나다녔던 것이다. 캐리스포드 씨는 그 아이에게 관심을 기울이기 시작했다. 어쩌면 그 또래의 여자아이를 찾으려고 신경을 많이 쓰다 보니 그랬을지도 모른다. 람다스가 원숭이를 쫓아 세라의 다락방에 들어갔던 이야기를 들려주었기 때문이기도 했다. 람다스는 음산한 다락방의 모습과 함께 어린 심부름꾼이지만 여느 하인들과는 달라 보이는 세라의 행동과 말투에 대해 자세히 들려주었다. 람다스는 세라의 비참한 생활도 조금씩 알게 되었다. 몇 미터쯤 지붕을 타고 다락방 창문까지 가는 것이 어렵지 않다는 사실도 알게 되었고, 그 후로 많은 일이 벌어진 것이다.

어느 날 람다스가 말했다.

"주인님, 그 아이가 심부름 나가 있는 동안 제가 지붕을 타고 건너가서 난롯불을 피워줄 수도 있습니다. 비에 젖어 오들오들 떨면서 돌아왔을 때 난롯불이 활활 타고 있는 것을 보면 그 아이는 마법사가 다녀간 줄 알 겁니다."

기발한 아이디어에 캐리스포드 씨의 슬픈 표정이 미소로 환해졌다. 람다스는 크게 기뻐하며 자신의 생각을 여러 가지로 발전시켰고, 다른 일들도 얼마나 간단하게 해줄 수 있는지 주인에게 상세히 설명해주었다. 캐리스포드 씨도 아이처럼 기뻐하며 아이디어를 냈다. 그렇게 계획을 실행할 준비를 하는 데 며칠이 걸렸다. 이 일이 없었다면 지루하게 흘러갔을 하루하루가 흥미진진하게 지났다.

파티가 실패로 끝났던 날 밤에도 람다스는 이를 지켜보고 있었다. 다락방에 들고 갈 물건들은 모두 람다스의 방에 준비되어 있었다. 운반을 도와줄 사람도 람다스만큼 이 독특한 모험을 즐거워하며 함께 기다렸다. 파티가 비참하게 막을 내렸을 때, 람다스는 지붕에 납작 엎드려 다락방 창문으로 들여다보고 있었다. 람다스는 세라가 지쳐서 깊이 잠들 게 분명하다고 생각했다. 그래서 잠시 후 희미한 등불을 가지고 살금살금 다락방으로 들어갔다. 도와주는 사람은 지붕 위에 남아서 물건들을 건네 주었다. 세라가 아주 힘없이 뒤척였을 때 람다스는 등불 가리개를 닫고 바닥에 납작 엎드려 있었다. 세라는 아이들이 끝없이 질문을 퍼붓는 바람에 이것 말고도 다른 흥미진진한 이야기를 많이 알게 되었다.

세라가 말했다.

"기뻐요. 아저씨가 제 친구여서 정말 기뻐요!"

두 사람은 둘도 없는 친구가 되었다. 어쩐 일인지 두 사람은 놀라울 정도로 잘 맞았다. 캐리스포드 씨는 이제까지 만난 그 어떤 친구보다도 세라를 좋아했다. 한 달쯤 지나자 캐리스포드 씨는 카마이클 씨가 예상한 대로 딴 사람이 되었다. 늘 즐겁고 재미있게 지냈으며, 전에는 짐이 되어 싫었지만 막대한 재산으로 누릴 수 있는 기쁨도 알게 되었다. 세라에게 사주고 싶은 멋진 물건들이 많았던 것이다. 세라는 우스갯소리로 캐리스포드 씨를 마법사라 부르며 즐거워했다.

세라를 깜짝 놀라게 해주는 것은 캐리스포드 씨의 큰 즐거움이었다. 세라의 방에 못 보던 아름다운 꽃이 눈에 띄기도 했고, 베개 밑에 뜻밖의 작은 선물이 숨어 있기도 했다. 한번은 저녁때 두 사람이 함께 있는데, 묵직한 앞발로 문을 긁는 소리가 들렸다. 세라가 나가 보니 커다란 개 한 마리가 있었다. 근사한 러시아 보어하운드(몸집이 큰 사냥개의 일

종: 옮긴이)였는데, 금과 은으로 꾸민 화려한 목줄에 글자가 새겨져 있었다. '나는 보리스예요. 세라 공주님을 지켜요.'라는 글자였다.

캐리스포드 씨는 세라가 누더기를 입은 작은 공주님이었던 때의 이야기를 무엇보다 좋아했다. 오후에 큰집 아이들이나 어멘가드와 로티가 찾아오면 못내 기쁘고 즐거웠다. 물론 세라와 캐리스포드 씨가 단둘이 앉아 책을 읽거나 이야기를 나누는 시간도 특별한 매력이 있었다. 그런 때에도 재미있는 일은 많이 생겼다.

어느 날 저녁 캐리스포드 씨는 책을 보다가 고개를 들었다. 세라가 한동안 꼼짝도 하지 않고 난롯불만 뚫어지게 바라보고 있었던 것이다.

캐리스포드 씨가 물었다.

"무슨 상상을 하고 있니, 세라야?"

세라가 고개를 들고 발그레해진 뺨으로 말했다.

"아주 배고팠던 날을 생각하고 있었어요. 그날 봤던 어떤 아이도 생각했고요."

그러자 캐리스포드 씨는 조금 슬픈 목소리로 말했다.

"그때는 배고팠던 날이 많았을 텐데, 어떤 날 말이니?"

세라가 대답했다.

"아저씨가 모르신다는 걸 깜박 잊었어요. 꿈이 이루어지던 날 말이에요."

세라는 캐리스포드 씨에게 빵 가게 이야기와 진흙탕 길에서 4펜스짜리 동전을 주웠던 이야기, 자신보다 더 배고파 보였던 어떤 아이의 이야기를 들려주었다. 세라는 아주 간단하게, 되도록 짧게 이야기했지만 어쩐지 캐리스포드 씨는 손으로 눈을 가리고 양탄자를 내려다볼 수밖에 없었다.

세라가 이야기를 마무리 지으며 이렇게 말했다.

"말하자면 계획 같은 것을 세우고 있었어요. 뭔가 하고 싶다는 생각이 들어서요."

캐리스포드 씨가 나지막한 목소리로 말했다.

"뭐가 하고 싶은데? 하고 싶은 일은 뭐든 해도 돼요, 우리 공주님."

세라가 조금 머뭇거리며 말했다.

"음, 저에게 돈이 아주 많다고 하셨잖아요? 혹시 제가 그 빵 가게에 가서 아주머니에게 부탁할 수 있지 않을까 생각하고 있었어요. 날씨가 유독 안 좋은 날, 배고픈 아이가 와서 계단에 앉아 있거나 진열창을 들여다보고 있으면 빵 가게 안으로 들어오라고 해서 먹을 것을 주고 빵 값은 저한테 받으시라고 말이에요. 그래도 될까요?"

캐리스포드 씨가 대답했다.

"그럼, 내일 아침에 빵 가게에 가보자."

세라가 말했다.

"고맙습니다. 저도 배고픈 기분이 어떤 것인지 알거든요. 아무리 상상을 해도 배고픔을 잊을 수 없으면 너무 힘들어요."

캐리스포드 씨가 말했다.

"그래, 그래, 세라야. 정말 그렇겠구나. 이젠 잊으려고 애서 보렴. 내 옆에 앉아서 너는 공주님이라는 것만 떠올리는 거야."

세라가 생긋 웃으며 말했다.

"네! 저도 이제는 백성들에게 빵을 나눠줄 수 있게 되었네요."

세라가 가까이 와서 등받이 없는 의자에 앉자, 캐리스포드 씨는 세라의 조그맣고 까만 머리를 자기 무릎에 얹게 하고 머리를 쓰다듬어 주었다. 세라는 가끔 '인도 신사'라는 표현을 썼는데 캐리스포드 씨도 좋아했다.

다음날 아침 민친 교장은 창밖을 내다보다가 눈에 거슬리는 광경을 보았다. 훤칠한 말 여러 마리가 끄는 마차가 옆집 문 앞에 서더니, 캐리스포드 씨와 조그만 아이가 계단을 내려와 마차에 오른 것이다. 아이는 부드럽고 값비싼 모피 옷을 따뜻하게 차려 입고 있었다. 낯익은 아이의 모습을 보니 민친 교장은 옛 기억이 떠올랐다. 그 뒤로 낯익은 얼굴이 또 하나 나타났다. 그 얼굴을 보자 민친 교장은 짜증이 치솟았다. 베키였다. 베키는 즐거운 얼굴로 무릎 덮개와 소지품을 들고 마차까지 세라를 따라 나왔다. 베키의 홀쭉했던 얼굴은 통통해졌고 혈색도 발그레했다.

잠시 후 마차는 빵 가게 앞에 멈춰 섰고, 두 사람이 내렸다. 마침 빵 가게 아주머니는 예전 그날처럼 김이 모락모락 나는 따끈한 빵 쟁반을 진열창에 내려놓는 중이었다.

세라는 빵 가게 안으로 들어섰다. 세라를 본 아주머니는 빵을 내려놓고 카운터 뒤에 가서 섰다. 그리고 잠시 동안 세라를 유심히 쳐다보더니 마음씨 좋아 보이는 얼굴이 환해졌다.

아주머니가 말했다.

"아가씨가 분명히 기억나기는 하는데……."

세라가 말했다.

"맞아요. 예전에 4펜스를 낸 저에게 빵을 여섯 개 주셨죠. 그리고……."

"아가씨는 그중 다섯 개를 거지 아이한테 줬고요."

아주머니가 끼어들어 말했다.

"늘 잊지 않고 있었어요. 처음에는 이해할 수가 없었죠."

아주머니는 캐리스포드 씨 쪽으로 몸을 돌리고 이렇게 말했다.

"죄송합니다, 손님. 하지만 어린 나이에 그렇게 다른 사람이 배고픈 줄 알아채기는 쉽지 않거든요. 그동안 생각이 많이 났어요."

그러고는 다시 세라를 향해 말했다.

"이런 말을 해도 될지 모르겠지만, 볼도 발그레해지고 그때보다 뭐랄까…… 좋아 보여요."

세라가 말했다.

"고맙습니다. 많이 나아졌죠. 훨씬 행복하고요. 오늘은 아주머니께 뭘 좀 부탁드리러 왔어요."

빵 가게 아주머니는 명랑한 얼굴로 미소 지으며 말했다.

"나한테 부탁을? 세상에! 그래요, 아가씨. 무엇을 도와드릴까요?"

카운터에 기댄 세라는 날씨가 안 좋은 날 거리의 배고픈 아이들에게 빵을 줄 수 있는지 물어보았다.

아주머니는 놀란 얼굴로 세라를 물끄러미 쳐다보며 귀를 기울였다. 이야기를 다 들은 아주머니는 흔쾌히 대답했다.

"이런, 세상에! 그러면 나도 기쁘겠어요. 잠깐 다른 이야기를 하자면, 비 오던 그날 이후로 나도 아가씨 생각을 하면서 빵을 좀 나누어 주었어요. 그날 아가씨는 흠뻑 젖어서 추위에 떨고 있었고 배도 고파 보였지요. 그런데도 따끈따끈한 빵을 나누어 주었잖아요. 공주님처럼 말이에요."

그 말에 캐리스포드 씨는 자신도 모르게 미소를 지었다. 세라도 살짝 미소를 지었다. 누더기 옷을 입은 배고픈 아이의 무릎에 빵을 놓아 주면서 바로 그 말로 스스로를 타일렀던 것이 떠올랐다.

세라가 말했다.

"그 아이가 너무나 배고파 보였거든요. 저보다 훨씬 더요."

그러자 아주머니가 말했다.

"그 아이는 굶어 죽을 지경이었어요. 나에게 여러 번 이야기해주었죠. 비를 맞으며 거기 앉아 있을 때, 늑대가 그 불쌍한 어린것의 뱃속을 잡아 뜯는 것처럼 배가 고팠다더군요."

세라가 외쳤다.

"아, 그 후로 그 아이를 본 적 있으시군요? 어디 있는지도 아세요?"

아주머니는 그 어느 때보다도 푸근하게 웃으며 말했다.

"그럼요, 알죠. 저기 안쪽 작은 방에 있답니다. 한 달 정도 됐어요. 알고 보니 착하고 괜찮은 아이더라고요. 예전에 어떻게 지냈는지 알고 있으니 믿기 힘들겠지만, 가게에서나 부엌에서나 얼마나 도움이 되는지 몰라요."

아주머니는 뒤쪽의 작은 방으로 가서 뭐라고 이야기했다. 그러자 잠시 후 여자아이 하나가 아주머니를 따라 나와 카운터 뒤로 갔다. 정말 그때의 거지 아이였다. 깨끗하고 단정한 옷차림에, 오랫동안 굶주렸던 적이 있었나 싶을 정도로 건강한 모습이었다. 부끄러운 표정을 짓기는 했지만 말끔한 얼굴이었다. 이제는 야생동물 같은 분위기도, 사나운 눈빛도 찾아볼 수 없었다. 그 아이는 세라를 바로 알아보았고, 아무리 보아도 부족한 것처럼 세라를 계속 쳐다보고 서 있었다.

아주머니가 말했다.

"제가 애한테 배가 고프면 찾아오라고 했죠. 아이가 찾아왔을 때 이것저것 일을 시켜봤어요. 열심히 하려는 의지도 있는 것 같고, 왠지 마음에 들더라고요. 결국 얘한테 일자리와 지낼 곳을 마련해 주었죠. 얼마나 잘 도와주는지 몰라요. 예의 바른 데다 고마워할 줄도 알고요. 이름은 앤이랍니다. 가족은 없대요."

두 아이는 한참 동안 서로를 바라보며 서 있었다. 세라가 손토시에서 손을 빼서 카운터 너머로 내밀자, 앤이 세라의 손을 잡았다. 두 아이는 서로의 눈을 똑바로 쳐다보았다.

세라가 말했다.

"다시 만나 정말 기뻐. 내가 계획한 일이 있는데, 아주머니께서 배고픈 아이들에게 빵 나누어 주는 일을 너한테 시키실 거야. 너도 배고픈 기분이 어떤 건지 아니까 그 일을 좋아할 거고."

그러자 앤이 대답했다.

"그럼요, 아가씨."

앤은 별말 없이 그대로 서서 바라볼 뿐이었지만, 어쩐지 세라는 앤이 자신의 마음을 이해하는 것 같았다. 세라는 인도 신사와 함께 빵 가게를 나섰다. 이윽고 두 사람을 태운 마차가 떠났다. 앤은 그 모습을 바라보며 세라를 눈으로 배웅했다.

지은이 프랜시스 호지슨 버넷

영국 맨체스터에서 태어난 미국의 소설가다. 작가의 기질을 타고나서 어릴 때부터 이야기를 만들고 인형을 주인공 삼아 연기하는 것을 즐겼다. 명작 『비밀의 화원』을 포함해 40여 권의 책을 썼으며, 따뜻하고 감성적인 동화 작가로 세계적인 명성을 얻었다.

옮긴이 정영선

숙명여자대학교 경제학과를 졸업했다. 이후 출판사에 입사하여 다양한 영어 교재를 집필하고 기획, 진행했다. 영어 월간지를 만들며 번역을 하다가 번역의 매력에 빠져 번역가의 길로 들어섰다. 현재 출판번역 에이전시 베네트랜스 소속 전문 번역가로 활동 중이다. 옮긴 도서로는 『밀레니얼 세대에게 팔아라』, 『빨강 머리 앤 - 별글클래식 파스텔 에디션 21』 등이 있다.

그린이 천은실

수채화를 즐기며 다양한 분야의 그림 작업을 하는 일러스트레이터다. 상상을 그림으로 표현하는 시간을 좋아하고, 그 결과물이 보는 이들에게 즐거움을 줄 수 있기를 소망한다. 『제인 에어』, 『별』, 『겨울날 눈송이처럼 너를 사랑해』, 『씨앗 이야기』, 『내 팬티 못 봤니?』, 『바다는 속이 깊어』, 『딱 한 번만이야』 등 다수의 그림책 일러스트를 작업했다. 이외에도 'Mr.hopefuless someday', 'Bugs in paper'의 아트 상품 및 '2004, 2008 시월에 눈 내리는 마을' 포스터, '2008 뚜레쥬르 월그래픽' 표지, 사보, 웹 일러스트 등 다양한 분야에서 활동하고 있다. 인디고 「아름다운 고전 시리즈」 『피노키오』, 『백설 공주』, 『버드나무에 부는 바람』, 『80일간의 세계 일주』, 『메리 포핀스』, 『비밀의 화원』, 『톰 소여의 모험』 등을 작업했다.

세라 이야기 아름다운고전시리즈 ㉘

지은이 | 프랜시스 호지슨 버넷   **옮긴이** | 정영선   **그린이** | 천은실
펴낸이 | 김종길   **펴낸곳** | 인디고
편집 | 이은지 · 이경숙 · 김보라 · 김윤아 · 안수영   **영업** | 박용철 · 김상윤
디자인 | 엄재선 · 박윤희   **마케팅** | 정미진 · 김민지   **관리** | 박지웅
출판등록 | 1998년 12월 30일 제2013-000314호   **주소** | (04029) 서울특별시 마포구 월드컵로8길 41 (서교동 483-9)
홈페이지 | indigostory.co.kr   **전화** | (02)998-7030   **팩스** | (02)998-7924
블로그 | blog.naver.com/geuldam4u   **페이스북** | www.facebook.com/geuldam4u
이메일 | geuldam4u@naver.com   **인스타그램** | geuldam
초판 1쇄 인쇄 | 2021년 6월 22일   **초판 1쇄 발행** | 2021년 7월 1일   **정가** | 13,800원
ISBN 979-11-5935-087-0 02840